Christoph Spielberg

MAN STIRBT NUR DREIMAL

Ein Dr. Felix-Hoffmann-Krimi

berlin.krimi.verlag
be.bra verlag

Bibliografische Information der Deutschen Nationalbibliothek

Die Deutsche Nationalbibliothek verzeichnet diese Publikation in der Deutschen Nationalbibliografie; detaillierte bibliografische Daten sind im Internet über http://dnb.d-nb.de abrufbar.

Alle Rechte vorbehalten.
Dieses Werk, einschließlich aller seiner Teile, ist urheberrechtlich geschützt.
Jede Verwertung außerhalb der engen Grenzen des Urheberrechtsgesetzes ist ohne Zustimmung des Verlages unzulässig und strafbar. Das gilt insbesondere für Vervielfältigungen, Übersetzungen, Mikroverfilmungen, Verfilmungen und die Einspeicherung und Verarbeitung auf DVDs, CD-ROMs, CDs, Videos, in weiteren elektronischen Systemen sowie für Internet-Plattformen.

© berlin.krimi.verlag im be.bra verlag GmbH
Berlin-Brandenburg, 2015
KulturBrauerei Haus 2
Schönhauser Allee 37, 10435 Berlin
post@bebraverlag.de
Lektorat: Gabriele Dietz, Berlin
Umschlag: Ansichtssache, Berlin (Foto: Fotolia.com/bilderstoeckchen)
Satz: psb, Berlin
Schrift: Stempel Garamond 10/12,7 pt
Druck und Bindung: Finidr, Český Těšín
ISBN 978-3-89809-539-6

www.bebraverlag.de

Prolog
Juli 2000, irgendwo im Kosovo

Eigentlich ein wunderschöner Abend. Ein ausgesprochen friedlicher Abend. Die Hitze des Sommertages lag noch über der Schlucht, angenehm gekühlt vom Fluss, der sich seit Jahrtausenden seinen Weg durch den Karst bahnte. Zu beiden Seiten krallten sich Bäume in den Kalkstein, nur hier und da zeigte sich nackter Fels. In romantischem Bogen überspannte die gerade erst instand gesetzte, im Grunde vollkommen neu erbaute Brücke Schlucht und Fluss. Wie vor dem Krieg kamen die Bauern nun morgens wieder ohne langen Umweg auf ihre Felder und abends von dort zurück. Vor einer Stunde etwa waren die letzten mit ihren überladenen Karren über die Brücke gerumpelt. Jetzt saßen sie in ihren kleinen Häusern vor dem Fernseher oder schliefen schon, morgen ging es früh wieder raus. Wenn der Deutsche nach rechts schaute, den Hals dabei etwas streckte, konnte er ein wenig von ihrem Dorf sehen: die Spitze des Minaretts, ein paar rote Dächer, Teile auch der heruntergekommenen Plattenbauten aus sozialistischer Zeit. Diesem Blick nach könnte er ebenso zu Hause in Deutschland sein, irgendwo in Ostdeutschland, in Thüringen zum Beispiel oder in Sachsen. Bis auf das Minarett. Und bis auf den Sprengsatz, der in gut zwölf Minuten zünden würde.

Auch die drei Männer neben ihm hätten in ihren braungrün-schwarz gefleckten Tarnanzügen nicht recht nach Thüringen oder Sachsen gepasst. Schon gar nicht das Abzeichen auf dem linken Ärmel: schwarzer Doppeladler auf rotem Grund, eingefasst mit dem Schriftzug Ushtria Çlirimtare e Kosovës in Gelb. Oben auf dem Abzeichen, in großen Buchstaben, die Initialen von drei Worten, die der Welt inzwischen gut bekannt waren: UÇK, Befreiungsarmee des Kosovo. Dass ihre UÇK von der NATO aufgelöst worden war, schien die

Männer nicht zu interessieren. Ihre Gewehre auf den Knien, rauchten sie eine filterlose Zigarette nach der anderen und lachten immer wieder laut, amüsierten sich offenbar köstlich über ihre Witze. Wahrscheinlich irgendwelche Zoten, er verstand kein Wort. Nur mit dem Anführer, der wenigstens ein paar Brocken Englisch sprach, konnte sich der Deutsche leidlich verständigen.

»You are sure they are going to find me? My dead body, I mean?«

»Sure. They will find body. And papers. Your pasaportë. Your foto. You not worry!«

Dieser Korab war ihm nicht besonders sympathisch. Seine Stellung als Anführer des kleinen Sabotagetrupps spiegelte sich im Alter wider, deutlicher jedoch in der Tatsache, dass er ein brandneues amerikanisches AR 180 Sturmgewehr auf den Knien balancierte, und mehr noch in seinen fast eleganten Reitstiefeln. Seine kaum der Pubertät entwachsenen Mitkämpfer, ein pickeliger Rotschopf und ein Vollbärtiger mit schwarzer Pudelmütze, mussten sich mit der guten alten Kalaschnikow und Tennisschuhen begnügen.

Plötzlich deutete der Rotschopf aufgeregt über die Brücke, in Richtung der Felder.

»Mut! Ne kemi një problem!«

»Problem« konnte der Deutsche verstehen. Und er sah es jetzt auch. Deutlich zeichnete sich die kleine Prozession gegen die untergehende Sonne ab: ein zweirädriger, gummibereifter Karren, ein Esel, ein Mann, eine Frau, ein junger Bursche. Der Esel zog gottergeben das mit Heu überladene Gefährt. Auf dem Bock der Mann, der durch den Feldstecher noch älter aussah als mit unbewehrtem Auge. Wie die Frau, die neben dem Gefährt einhertrottete mit fast so viel Heu auf dem Rücken wie auf dem Karren. In Deutschland hätte er die beiden für die Großeltern des Jungen gehalten. Hier aber war das Leben hart und die Menschen alterten schnell, es waren sicher die Eltern.

»Mein Gott!«

Er schaute auf seine Armbanduhr. Acht Minuten vor halb zehn. In acht Minuten würde die Familie mitten auf der Brücke sein. Um halb zehn. Genau wenn die Brücke hochging.

»We must stop the explosion!«

Korab wandte sich ihm zu, Unverständnis in den Zügen. Nicht weil er nicht verstanden hätte, sondern angesichts der Forderung. Denn die, das musste der Mann aus Deutschland doch wissen, war unsinnig. Sie saßen hier nicht neben einer Zündmaschine am Ende eines Kabels, die Sprengsätze an den Brückenpfeilern wurden auch nicht per Handysignal ausgelöst, wie die UÇK-Männer es bei den serbischen Militärkonvois gemacht hatten. Hier tickte ein Zeitzünder, eingestellt auf Punkt neun Uhr dreißig. Ein äußerst zuverlässiger Zünder, den er selbst aus Deutschland mitgebracht hatte.

»But they are your people. Kosovo-Albaner! Albanians!«

Korab hob die Schultern und steckte sich eine neue Zigarette an. Lächelte er sogar? Jedenfalls hatte er recht. Einmal ganz davon abgesehen, dass sie aus ihrem Versteck hervorkommen müssten, dauerte der Abstieg bis zur Brücke mindestens eine Viertelstunde. Keine Chance, den Sprengsatz rechtzeitig zu entschärfen. Außerdem hatten sie zwei installiert, zur Sicherheit.

Ein Stück aus dem Tollhaus, wie so vieles hier. Nicht nur, dass es Korabs Landsleute waren, die gerade direkt auf die Brücke zumarschierten, man hatte die »Brücke der Freundschaft« eigens für sie wieder aufgebaut. Die andere Seite war fast ausschließlich serbisches Siedlungsgebiet, in das Heiraten oder sonst ein Zufall im Laufe der Zeit vereinzelte albanische Felder eingestreut hatten. So viel Geld für den Zugang zu ein paar Hektar! Seines Erachtens eine riesige Verschwendung, aber damit konnte der Deutsche problemlos leben. Wie oft war diese Brücke schon zerstört und wieder aufgebaut worden? Titos Partisanen hatten sie im Zweiten Weltkrieg gesprengt, Pioniere der deutschen Wehrmacht neu errichtet und dann, beim Rückzug kurz vor dem Kriegsende, gesprengt. Im Kosovo-Krieg war sie wieder zerstört worden, von welcher Seite auch immer. Der Deutsche hatte mit seiner Baufirma nicht schlecht verdient an ihrem erneuten Wiederaufbau. Die EU hatte gut gezahlt für dieses Symbol der Verständigung, ein Prestigeobjekt. Und er würde von ihrer abermaligen Sprengung nicht nur finanziell profitieren. Man würde eine Leiche mit seinen Papieren unter ihren Trümmern finden. Und obgleich er solche Gründlichkeit hier nicht voraussetzte, hatte er im Bad seines Hotelzimmers einen Kamm zurückgelassen – mit Haaren von dieser Leiche.

In gemächlichem, aber stetem Tempo näherte sich die verspätete Bauernfamilie der Brücke und ihrem Schicksal. Der Deutsche justierte den Feldstecher nach, beobachtete die Unausweichlichkeit dessen, was gleich geschehen würde. Wie alt mochten diese Leute tatsächlich sein? Um die vierzig, schätzte er, die Eltern, knapp zwanzig der Junge. Welche Pläne, Hoffnungen und Wünsche hegten sie? Dass mit der neuen Brücke endlich alles besser würde, nach dem Krieg, dem Leid und den Zerstörungen? Dass wenigstens der Sohn es besser haben würde als sie, dass er in einem souveränen Kosovo der Albaner sein Glück machen würde, vielleicht sogar als stolzer Bürger der Europäischen Union? Was auch immer, aus all dem würde jetzt nichts mehr. Wie könnte er sie noch stoppen? Durch Rufen? Nie würden sie ihn über das Rauschen des Flusses hinweg hören. Keine Chance. In ein paar Minuten würden ihre zerfetzten Körper durch die Luft gewirbelt werden. Teile würden in den Bäumen an der Schlucht landen, andere auf den Felsvorsprüngen. Oder im Fluss, wo man sie zusammen mit einem toten Körper samt Pass und Familienfotos finden würde.

Ursprünglich hatten die UÇK-Albaner überlegt, die neue Brücke schon vor einer Woche, gleich während der Eröffnungszeremonie, in die Luft zu jagen, wegen der dann sicher weltweiten Aufmerksamkeit. Aber es wären nur ein paar wenige Serben gewesen, die dabei umgekommen wären, in der Hauptsache hätte es viele Albaner aus dem Dorf und die Leute von der KFOR und der UNMIK getroffen. Der Kollateralschaden wäre zu groß gewesen. Und er wäre dann, als mit dem Wiederaufbau beauftragter Unternehmer, natürlich Teilnehmer der Feier, tatsächlich unter den Leichen gewesen. Heute aber würde »seine« Leiche ein schöner Nebeneffekt dieser UÇK-Aktion sein.

Sechs Minuten bis zur Zündung.

Die Sprengung war sorgfältig geplant. Zwei Tage hatten sie die Brücke beobachtet, nie war nach neun Uhr abends hier noch jemand zu sehen gewesen. Der Sprengstoff, den sie an den Pfeilern platziert hatten, würde mehr als ausreichend sein. Auch deshalb, weil er kräftig an Baumaterial gespart hatte. Nicht an dem, was mit der UNMIK abgerechnet, sehr wohl aber an dem, was tatsächlich verbaut wurde. Wäre schade gewesen um den Stahl und Zement, den er für andere Projekte im Kosovo gut gebrauchen konnte. Oder beim erneuten Wiederaufbau dieser Brücke, unter welchem neuen Namen und mit welcher neuen Firma auch immer. »Der Beton muss noch endgültig abbinden, mindestens eine weitere Woche« hatte er behauptet und damit dafür gesorgt, dass die Eröffnungsgäste die Brücke feierlich zu Fuß überschritten, ihre gepanzerten Limousinen vor seiner instabilen Konstruktion parkten.

Vier Minuten bis zur Sprengung. Das würden der Esel und die Bauernfamilie leider locker schaffen. Aber plötzlich – die Frau strauchelt, einer der Heuballen fällt ihr vom Rücken. Der kleine Konvoi kommt zum Stehen, die Frau wird ihre gesamte Last ablegen müssen, um den Ballen aufzulesen. Sie werden die Brücke nicht mehr bis zur Sprengung erreichen. Das Schicksal hat es sich doch anders überlegt! Beruhigt will der Deutsche den Feldstecher weglegen, da stößt ihn der UÇKler an, bedeutet ihm grinsend, dass er die Sache weiter beobachten solle: Höchst ungewöhnlich für dieses Land, schultert jetzt der Bursche den Heuballen. Offenbar hat der Vater zur

Eile getrieben, als wisse er, dass man das Schicksal nicht warten lassen darf.

Wider alle Vernunft schreit der Deutsche aus Leibeskräften in Richtung der untergehenden Sonne, vielleicht kommt er ja doch gegen den Fluss an. Natürlich nicht. Die UÇK-Männer ziehen es vor, sein unprofessionelles Verhalten zu ignorieren.

Noch eine Minute. Noch zehn Meter für den kleinen Treck. Wieder Lachen von den UÇKlern. Was haben die jetzt vor, um Gottes willen? In aller Ruhe zielt Korab, der Anführer, mit seiner AR 180 auf die Bauernfamilie, die fast die Brücke erreicht hat. Was soll das? Wen hat er im Visier seines Zielfernrohrs? Zu spät springt der Deutsche auf und stürzt sich auf den Albaner. Als er dem Schützen endlich in den Arm fällt, hat die tödliche Kugel bereits den Gewehrlauf verlassen und der Schuss hallt als vielfaches Echo durch die Schlucht.

Und dann geht das Echo in der gewaltigen Explosion unter, mit der die Brücke zuerst fast einen Meter angehoben wird, um dann in einer gewaltigen Wolke aus Steinen und Staub in sich zusammenzubrechen. Mit offenem Mund beobachtet der Deutsche das Schauspiel, gespannt wartet er auf das Ende. Denn erst dann wird er sehen können, wen der Albaner erschossen hat. Denn getroffen hat er bestimmt, das weiß er aus Erfahrung.

Millionen Staubkörnchen brechen das Licht der fast untergegangenen Sonne tausendfach, ein schönes Bild. Erst nach Minuten legt sich der Staub. Von der Brücke stehen nur noch die Pfeiler, mehr war bei dem schlechten Material auch nicht zu erwarten. Und dort, am östlichen Rand der Schlucht, wo noch vor kurzem der Weg von den Feldern die Brücke erreicht hat, erkennt er Bewegung – Bewegung von drei Menschen! Ein Mann, eine Frau und ein Bursche, die sich um einen umgekippten Heukarren und einen toten Esel bemühen.

»Perhaps the man liked me more to shoot the woman. Not the donkey. New woman more cheap«, lacht Korab und folgt dem Beispiel seiner Männer, die bereits ihre Ausrüstung zusammenpacken. Er klopft dem Deutschen auf die Schulter. »But donkey or woman, they find your body, my friend!«

Nun kann auch der Deutsche lachen. Letztlich ist alles so gelaufen wie geplant, und er würde noch andere gute Geschäfte mit diesen Leuten machen. Er zog einen gefalteten Zettel aus der Hosentasche und gab ihn dem Anführer.

»Here, my part of the deal. The address I promised you. He doesn't live in Ferizaj any more. He is … untergetaucht … is hiding.«

Der Anführer steckte den Zettel in die Brusttasche seiner Uniform und grinste zufrieden.

Aber auch der Deutsche konnte zufrieden sein: Die besten Geschäfte waren immer noch die, bei denen man seinen Partner nicht ausbezahlen musste. Auch wenn das bedeutete, dass der nun in irgendeinem Gefängnis vergammeln würde. Natürlich, als eben unter der Brücke Begrabener hätte der Deutsche wahrscheinlich sowieso nicht zahlen müssen. Aber, das lehrt das Sprichwort und das Leben: doppelt hält besser.

Selbst die Schmerzen in der Leiste akzeptiert der Deutsche jetzt gern. Immerhin sind seit dem Eingriff erst gut zwei Wochen vergangen – und diese Schmerzen bedeuten ein neues Leben. Dafür waren 80.000 Euro nicht zu viel. Es ist schon komisch: Offiziell ist er eben bei der Explosion gestorben. Und irgendwie ist das richtig, denn diese Niere hat ihm ein neues Leben geschenkt. Und darum geht es doch im Leben – ums Leben!

I

»Nur dass wir uns recht verstehen: Ich soll also Ihrem Bruder das Leben nehmen? Ihn umbringen?«

Der Herr im Brioni-Anzug wich meinem Blick nicht aus. Trotzdem bereitete ihm das Wort »umbringen« offensichtlich Missbehagen, sicher wäre er lieber bei einer seiner interpretierbaren Umschreibungen geblieben. Aber manchmal ist es wichtig, die Dinge auf den Punkt zu bringen.

»Fragen Sie sich einmal selbst, Herr Doktor Hoffmann«, antwortete er mir, »möchten Sie dermaßen leiden? Ist nicht jeder Tag mit Leiden ohne Aussicht auf Heilung, oder wenigstens Besserung, ein Tag zu viel?«

Ich hatte den Mann, der hier den baldmöglichsten Tod seines Bruders von mir forderte, vorher nie gesehen, und immerhin lag der Patient Wurm inzwischen gut drei Wochen bei uns. Aber ich hatte erst vor einer Woche die Verantwortung für diesen Herrn Wurm übernommen, und außerdem versuche ich mich sowieso zu verdrücken, wenn nachmittags die Angehörigen auftauchen. Denn meist kommen die nicht gemeinsam, sondern ich darf zehnmal die gleichen Fragen beantworten: der Ehefrau oder dem Ehemann, dem Bruder, der Schwester, der Tochter, dem Sohn. Sie wollen über ihren kranken Angehörigen informiert werden, aber ebenso oft wollen sie Absolution von mir, dass sie doch alles richtig gemacht hätten, was die Krankheit des Mannes, des Vaters, des Bruders anbelangt, oder, besser noch, sie wollen mir die eigene Krankengeschichte erzählen. Jedenfalls musste die Tatsache, dass ich den Bruder von Herrn Wurm erst heute kennenlernte, nicht bedeuten, dass dies sein erster Besuch bei meinem Patienten war.

Ich sagte erst einmal nichts und studierte, offenbar mit Nachdenken beschäftigt, die auf Hochglanz geputzten schwarzen Schuhe des Bruders. Der legte nach.

»Oder wollen Sie mir erzählen, dass es für meinen Bruder Hoffnung auf Heilung gibt?«

Was blieb mir zu antworten? Sollte ich ihm mit einem Spruch wie »Hoffnung gibt es immer« oder »Manchmal geschehen auch in der Medizin Wunder« kommen? Mein Patient Wurm hatte ein Pankreaskarzinom mit Lungenmetastasen. Die linke Lunge war praktisch bereits ausgefallen, die rechte mit hässlichen Rundherden durchsetzt. Den Sauerstoff, mit dem wir Herrn Wurm über eine Nasensonde unterstützten, hatte ich gerade auf vier Liter in der Minute erhöht. Die Bilder in der Röntgenkonferenz am Mittag hatten meine Befürchtung bestätigt: Mit dem Husten war es so schlimm geworden, weil der Tumor eine Fistel zwischen der Luftröhre und der Speiseröhre herausgefressen hatte, also plötzlich eine Verbindung zwischen Luft- und Speiseröhre bestand. Nun ernährten wir den Patienten über eine Magensonde und warteten auf die Lungenentzündung. Nein, auch ein Wunder dürfte Herrn Wurm nicht retten, in spätestens vier Wochen würde er tot sein.

»Worum ich Sie bitte, ist doch nur, meinem Bruder unnötiges Leiden zu ersparen. Ist Leiden zu vermeiden nicht auch Ihre Aufgabe als Arzt?«

Wir standen auf dem Flur der Privatstation und mussten zur Seite treten, Platz machen für zwei Pfleger, die einen Patienten in seinem Bett samt Tropf und Urinflasche in Richtung Röntgen schoben. Es war später Abend, offenbar waren die Röntgenleute mit ihrem Programm nicht in der Zeit. In der Regel führe ich Gespräche mit Angehörigen in meinem Dienstzimmer, aber bei diesem Thema hatte ich wenig Lust, Bruder Wurm zu mir hereinzubitten. Das würde dem Gespräch einen konspirativen Anstrich geben, fand ich. Immerhin ging es bei dem Patient Wurm noch dazu um eine Menge Geld. Auch wenn davon im Moment nicht die Rede war.

Ich sagte weiterhin nichts. Mein Gegenüber fuhr fort: »Aber vielleicht sind Sie einer von denen, die meinen, der

Mensch wird unter Schmerzen geboren, und das ist gut so, denn Schmerzen zu erdulden sei seine Bestimmung? Oder zeugt wenigstens von Charakterstärke? Soll mein Bruder Ihnen hier Charakterstärke beweisen?«

Privatpatient Wurm sei Bauunternehmer, hatte mir Chefarzt Kleinweg vor seiner Abreise erzählt, und nach allem, was ich sonst noch gehört hatte, ein recht erfolgreicher. Ich wusste nicht, womit der Bruder meines Patienten seine Brötchen verdiente, aber sicher war auch er erfolgreich. Obwohl eigentlich er der Bittsteller war, sah ich mich in die Defensive gedrängt. Damit kann ich umgehen, das lernt man in Kursen zu »Powertalk« oder hat es irgendwann einmal selbst herausgefunden: Wenn du argumentativ in der Klemme steckst, ist es oft günstig, selbst in die Offensive zu gehen.

»Woher wollen Sie wissen, dass Ihr Bruder leidet?«

Etwas gelernt haben heißt noch lange nicht, es in der entsprechenden Situation auch richtig anzuwenden.

Der Bruder des Patienten Wurm schaute mich an. Erst erstaunt, dann mitleidig, als habe er es mit einem kompletten Idioten zu tun. Was bedeutete, dass auch sein Bruder mit einem kompletten Idioten zu tun hatte. Also musste jetzt ich nachlegen.

»Ihr Bruder leidet nicht. Er bekommt alles an Schmerzmitteln, was er braucht.«

Mein Gegenüber lachte ein kurzes, unfrohes Lachen.

»Nur weil Sie ihm mit Ihrer Chemie die Schmerzen nehmen und ihm Sauerstoff in die Nase blasen, meinen Sie, dass mein Bruder nicht leidet?«

Das ganze Gespräch war zutiefst unfair und entsprach nicht den Informationen, die mir Chefarzt Kleinweg gegeben hatte. Der hatte mir versichert, Wurms Familie wisse Bescheid. Da würde es keine Probleme geben, auch mit der Ehefrau habe er die Prognose und das medizinische Vorgehen ausführlich besprochen. Danach war Kleinweg in den Urlaub geflogen, und nun stand ich hier und wollte nur eines: endlich nach Hause.

Natürlich hatte der Bruder recht, aber diesmal beherzigte ich die Powertalk-Regel.

»Was sagt eigentlich Ihre Schwägerin, die Frau Ihres Bruders, zu Ihrem Ansinnen? Weiß sie von diesem Gespräch?« Wenn es so war, warum hatte sie das nicht mit Kleinweg vor dessen Urlaub besprochen?

Wieder dieser fast mitleidige Blick.

»Meinen Sie nicht, Herr Doktor Hoffmann, dass meine Schwägerin im Moment schon genug durchzumachen hat?«

Erneut mussten wir einem Bett, das in Richtung Röntgen unterwegs war, ausweichen. Vielleicht war im Laufe des Tages wieder einmal der Computertomograph ausgefallen und die armen Kollegen dort mussten jetzt in die Nacht hinein arbeiten. Wobei sie von den Patienten für ihre unbezahlten Überstunden keinen Dank erwarten durften. Die würden sich beschweren, dass sie so lange warten mussten oder dass ihre Nachtruhe gestört wurde. Aber da Krankenhäuser heutzutage nicht mehr in Tagessätzen, sondern allein entsprechend der Diagnose bezahlt werden, ist die Verschiebung einer Untersuchung auf den nächsten Tag ein Verlustgeschäft.

»Mein Bruder wäre doch sicher nicht der erste Patient, dessen Leidensweg Sie aus ärztlicher Einsicht abkürzen würden, Herr Dr. Hoffmann.«

Natürlich hatte er recht. Sterbehilfe gibt es in jedem Krankenhaus, abgesprochen oder unausgesprochen, passiv zumal, selten auch aktiv. Und hin und wieder ungewollt: falsche Diagnose, falsches Medikament, falsche Dosierung.

Mein Gegenüber wusste, dass er keinen Widerspruch zu erwarten hatte. »Mein Bruder wird sterben, spätestens in ein paar Wochen, das haben Sie selbst gesagt. Was machen nach fünfundsechzig Jahren zwei Wochen mehr oder weniger aus?«

Wirklich nicht sehr viel Zeit. Aber eine Ewigkeit, wenn sie nur noch aus Schmerzen, Erstickungsanfällen und Angst besteht.

Trotzdem war ich das Gespräch leid. Am 1. April, in nur fünf Tagen, wäre Professor Kleinweg zurück. Sollte der sich um die Sache kümmern, schließlich war Wurm sein Patient. Außerdem hatte ich, dank Chefarzturlaub und ohnehin dünner Personaldecke in unserer seit Jahren privatisierten Klinik, noch einiges zu tun, bevor ich endlich nach Hause konnte. Sonst wird man als Oberarzt ständig gestört, wegen eines angeblichen Notfalls oder weil irgendwo ein Apparat nicht funktioniert. Aber an diesem Abend kam mir niemand zu Hilfe, sodass ich das Gespräch einfach hätte abbrechen können.

»Was Sie fordern – das wissen Sie –, ist gegen das Gesetz.«

»Gegen das Gesetz der Menschlichkeit?«

Ich wusste, dass es noch stundenlang so weitergehen konnte.

»Lassen Sie uns die Sache noch einmal überschlafen. Einverstanden?«

»Selbstverständlich, Dr. Hoffmann. Denken Sie nur in Ruhe nach. Für mich gibt es da allerdings nichts zu überschlafen. Und vergessen Sie bitte nicht: In jeder Minute, die Sie mit Nachdenken verbringen, quält sich mein Bruder weiter. Denn im Gegensatz zu Ihnen findet er bestimmt keinen Schlaf.«

Ob erlernt oder aus dem Bauch heraus, dieser Mann kannte wirklich alle Tricks. Tatsächlich legte er sogar noch einen drauf.

Er hatte sich schon von mir abgewandt, scheinbar bereit, zu gehen, drehte sich aber wieder um.

»Ich gehe davon aus, der Herr Chefarzt hat Sie über das Vermächtnis meines Bruders informiert?«

Ich nickte. Da kam es also doch noch, das dem Krankenhaus angeblich im Testament versprochene Geld. Soweit ich gehört hatte, ging es um 250.000 Euro. Dafür würden wir uns zwar kein Spiral-CT der neuesten Generation kaufen können, aber natürlich würden auch 250.000 Euro helfen. Wurde jetzt ein Junktim zwischen der Forderung an mich und dem Testament angedeutet? Es sah ganz so aus. Besaß Bruder Wurm die notwendige Verfügungsgewalt, konnte er dieses Junktim überhaupt herstellen? Jedenfalls hatte er es gerade getan. Ich wartete ab, ob er konkreter würde, aber er drehte sich endgültig um und verschwand mit ausladenden Schritten in Richtung der Fahrstühle.

Das Display meines Diensthandys zeigte an, dass die Chirurgen mich zu einem Patienten sprechen wollten. Außerdem hatte ich auf meiner Inneren Abteilung noch nicht alle Neuaufnahmen von heute gesehen, eine Aufgabe, die ich mir normalerweise mit Professor Kleinweg teile. Aber der amüsierte sich irgendwo in der Karibik beim Hochseeangeln, und aktuell war nur die Tatsache tröstlich, dass in der kommenden Woche die Rollen vertauscht sein würden. Nächste Woche um diese Zeit würde ich mit Celine irgendwo auf Mallorca einen Aperitif genießen, auf das Meer blicken und den Duft der für uns auf dem Rost brutzelnden Seezunge genießen.

Celine und ich wohnen nach wie vor nicht zusammen, waren aber heute Abend bei mir verabredet. Für unsere gemeinsame Frühjahrswoche auf Mallorca war zwar alles vorbereitet, aber bald nach dem Urlaub würde ich umziehen, und Celine hatte versprochen, mir beim Aussortieren zu helfen. Ich rief sie kurz an, dass es später werden würde. Sie war darüber nicht glücklich, aber auch nicht sonderlich überrascht.

Tatsächlich lief es dann auf der Chirurgie ebenso glatt wie bei den Neuaufnahmen, kurz vor halb neun war ich so gut wie durch mit dem Tagesprogramm. Zeit für den Heimweg.

Doch vorher schaute ich noch bei Herrn Wurm vorbei. Natürlich nicht um zu fragen, ob ich ihm wirklich so bald wie möglich eine kleine Überdosis verabreichen sollte. Aber ich wollte vorsichtig vorfühlen, ob vielleicht er seinen Bruder zu mir geschickt hatte.

Als ich in sein Zimmer kam, saß Wurm auf der Bettkante und rang nach Luft. Ein Bild des Jammers, das den Wunsch seines Bruders mehr als verständlich machte. Ein Teil des Problems war die Nasensonde, die im Moment vier Liter Sauerstoff pro Minute an ihm vorbei in das Krankenzimmer pustete. Vorsichtig schob ich ihm den kleinen Schlauch wieder in die Nase und fixierte ihn mit einem neuen Pflaster auf der ausgetrockneten, brüchigen Haut.

»Danke, Dr. Hoffmann.«

»Keine Ursache. Sie müssen klingeln, wenn Ihnen die Nasensonde herausrutscht. Oder Ihnen sonst etwas fehlt.«

Ich vergewisserte mich, dass die Klingel für ihn auch tatsächlich erreichbar war und nicht personalfreundlich irgendwo unter dem Bett lag. Aber nein, er konnte ohne Mühe herankommen. Schlaff hob mein Patient die Schultern. »Ich habe es nicht gemerkt.«

Dank der korrigierten Nasensonde nahm sein Gesicht langsam wieder ein wenig Farbe an.

»Ich habe vorhin übrigens ziemlich ausführlich mit Ihrem Bruder gesprochen, Herr Wurm.«

Ich hatte mich neben ihn auf die Bettkante gesetzt.

»Das ist sehr nett von Ihnen, dass Sie sich die Zeit dafür nehmen. Wo Sie so viel zu tun haben!« Herr Wurm machte eine Pause und wartete, bis der erneute Hustenanfall vorüber war. Dann wandte er mir langsam sein Gesicht zu. »Aber – ich habe keinen Bruder.«

2

Irritiert hatte ich mich von Wurm verabschiedet, bereit, mich endlich aus dem Staub zu machen, da meldete sich die Aufnahmestation. Ob ich noch »eben mal zwei Ambulante« anschauen könne. Auf dem Weg zur Aufnahmestation wollte ich mir gerade ordentlich leid tun, als meine langjährige Kollegin Marlies mit einem beatmeten Patienten auf dem Weg zur Intensivstation an mir vorbeischob.

»Brauchst du Hilfe?«

»Danke, Felix. Wir haben jetzt alles im Griff.«

Was bedeutete, dass Marlies, Ärztin und alleinerziehende Mutter, mindestens eine Stunde volles Programm hinter sich hatte, was eben so anfällt bei einer Wiederbelebung. Während zu Hause ihre Tochter auf sie wartete mit Fragen zu englischen Vokabeln oder zur Geometrie. Oder zum Leben an sich. Auf mich hingegen warteten, neben der schon vertrösteten Celine, lediglich ungepackte Umzugskartons.

Also tat ich mir schon deutlich weniger leid, und es gelang mir, bei beiden ambulanten Patienten relativ freundlich zu bleiben. Selbst bei der Beamtenwitwe, die mich während der Untersuchung wiederholt auf ihren Status als Privatpatientin hinwies und, natürlich, auf die richtige Diagnose.

»Ich weiß doch, was ein Darmverschluss ist, Herr Doktor. Ich habe den ganzen Tag keinen Stuhlgang gehabt!«

Wenigstens war sie damit nicht erst nachts um zwei Uhr gekommen. Ich ordnete einen hohen Einlauf an, der neben seinem therapeutischen auch einen gewissen erzieherischen Wert hat. »Aber wartet damit noch eine halbe Stunde« bat ich die Schwestern. Dann wäre es 22 Uhr und Professor Kleinweg könnte ihr zusätzlich 26,23 Euro berechnen als »Zuschlag für in der Zeit zwischen 22 und 6 Uhr erbrachte Leistungen«.

Danach trat ich definitiv die Heimfahrt an. Wenigstens würde inzwischen kein Stau mehr auf der Avus sein.

Kurz vor meiner Ausfahrt, Hüttenweg, ging das Handy. Jahrelang hatte ich mich erfolgreich gegen ein Handy gewehrt, aber schließlich seine Notwendigkeit für die Arbeit in der Klinik eingesehen. Es war eine Schwester Manuela von der Chirurgie, die sich wegen eines Patienten meldete, den ich dort vorhin angeschaut hatte. Sie könne das von mir verordnete Medikament auf ihrer Station nicht finden.

»Sind Sie schon auf die Idee gekommen, in unserer Apotheke nachzufragen? Oder bei Ihren Kolleginnen auf der Inneren?«

Ich bemühte mich, meine Verärgerung zu unterdrücken – Streitereien in der Medizin gehen oft auf Kosten der Patienten –, war allerdings inzwischen fast an der Ausfahrt Hüttenweg vorbei, was meine Laune nicht verbesserte. Nur mit einer waghalsigen Vollbremsung hätte ich es vielleicht noch in die richtige Spur geschafft. Trotz meiner vielen Jahre in der Humana-Klinik kannte ich diese Schwester nicht. Kein Wunder, mittlerweile ist es eher die Ausnahme und ein Glück, wenigstens für eine gewisse Zeit mit einem festen Stamm von Ärzten und Pflegepersonal zu arbeiten. Die Humana-Klinik ist seit ihrer Privatisierung Teil der Vital-GmbH, die aus einem sogenannten Stellenpool inzwischen auch Krankenschwestern nach Tagesbedarf zwischen ihren Kliniken hin- und herschiebt. Wobei die Definition nicht OP-Schwester oder Orthopädie-Schwester oder Urologie-Schwester heißt, sondern schlicht Krankenschwester. Auf den Dienstplänen in der Zentralverwaltung gibt es somit keine unterbesetzten Abteilungen. Also war diese Schwester auf der Chirurgie wahrscheinlich nur zum Teil für meinen Unmut verantwortlich. Vielleicht war sie bis gestern Kinderkrankenschwester gewesen und kannte sich im Gegensatz zu mir hervorragend mit den Ernährungsbedürfnissen und Durchfallerkrankungen von Säuglingen aus.

Wenigstens vertrödelte ich nicht die nächste Ausfahrt, Niko-
lassee, erreichte über die Spinnerbrücke die andere Seite der
Avus und fuhr zurück Richtung Hüttenweg. Natürlich machte
ich mir Sorgen um den Patienten Wurm. Er war mit Mitte
sechzig nicht gerade jung, hatte aber bisher keine Zeichen von
Altersdemenz oder Alzheimer gezeigt. Hatte sein Tumor
schon ins Hirn gestreut? Verhielt er sich deshalb so gar nicht
wie ein befehlsgewohnter Baulöwe gegenüber dem Dienstleis-
ter Arzt? Und, hätte er tatsächlich Hirnmetastasen, würde das
etwas ändern? Würde es meine Haltung zur Forderung seines
Bruders beeinflussen? Jedenfalls wollte ich morgen nachschauen, ob Kleinweg eigentlich schon ein CT oder eine MRT
von seinem Gehirn gemacht hatte.

Etwas oberhalb der erlaubten Geschwindigkeit war ich
nach guten fünf Minuten zurück an der Ausfahrt Hüttenweg.
Wieder ging das Handy, diesmal ließ ich es seine Melodie spie-
len, bis ich mich auf dem Hüttenweg eingeordnet und an die
Dunkelheit gewöhnt hatte, denn die Straße verläuft ohne jede
Beleuchtung mitten durch den Grunewald. Es war erneut
Schwester Manuela von der Chirurgie, die mir nur mitteilen
wollte, dass sie das Medikament gefunden habe.

Mit der rechten Hand tastete ich nach der Halterung für
das Handy, im Gegenverkehr blendete mich ein Halogen-
scheinwerfer. Ich meinte einen Schatten wahrzunehmen und
stieg reflexartig auf die Bremse – zu spät. Ein furchtbarer
Rums, mein Airbag öffnete sich. Vor mir quiekte es herzzer-
reißend, hinter mir quietschten Bremsen. Während der Airbag
in sich zusammenfiel, sah ich, wie sich ein enormer Keiler vor
meinem Golf aufrappelte, irritiert in die Gegend schaute und
sich dann hinkend in Richtung Wald schleppte, allerdings
noch vor den Bäumen zusammenbrach. Er versuchte, wieder
auf die Beine zu kommen, aber es gelang ihm nicht. Ich schaltete die Warnblinkanlage ein und fuhr den Wagen an die Seite,
damit sich der Stau hinter mir auflösen konnte.

»Haben Sie Vollkasko?«

»Das ist ein Wildschaden. Das muss ihm die Versicherung auf jeden Fall zahlen, geht auf Teilkasko.«

»Aber er muss die Polizei rufen.«

»Vorsicht, die Wildsau könnte uns angreifen.«

»Nein, den Förster muss man anrufen.«

Wenigstens drei Fahrer waren hinter mir ausgestiegen, einer holte jetzt eine starke Taschenlampe aus seinem Wagen. Der arme Keiler starrte direkt in den Strahl der Lampe, sah aber nicht so aus, als würde er in diesem Leben noch irgendwen angreifen. Dann begutachteten die Umstehenden den Schaden an meinem Wagen, schätzten Reparaturkosten und meinten, ich solle auf jeden Fall die Spur kontrollieren lassen, die könnte verzogen sein. Ich rief inzwischen bei der Polizei an.

»Gibt es Verletzte?«

»Ja, das Wildschwein.«

»Läuft das da noch rum?«

»Nein. Es liegt neben der Straße.«

»Behindern Sie oder das Tier den Verkehrsfluss?«

Auch das konnte ich verneinen. Dann, so die Auskunft, wäre die Sache kein Fall für die Polizei, sondern für den zuständigen Revierförster. Wenigstens konnte der Beamte mir dessen Nummer geben.

Es dauerte fast eine Stunde, bis der Förster auftauchte. Er habe von der Pfaueninsel kommen müssen, der eigentlich zuständige Kollege aus dem Grunewald sei im Urlaub. Die letzte halbe Stunde hatte ich gemeinsam mit Celine Wache bei der sterbenden Wildsau gehalten. Ich hatte Celine gleich nach dem Förster angerufen, sie war mit einem Taxi gekommen und hatte sich sofort an das Tier herangetraut. Wäre es nicht so ein gewaltiger Keiler gewesen, hätte sie ihn bestimmt in die Arme genommen. Wenigstens machte sie mir keine Vorwürfe.

»Ist die Sau tot?« fragte der Förster, als er aus seinem Wagen stieg.

Dem Tier war mittlerweile Blut aus der Schnauze geflossen, aber ab und zu war noch ein leises Röcheln zu hören. Der

Förster sagte, wir sollten uns in den Wagen setzen, und holte sein Gewehr. Sein Bloodhound musste im Geländewagen bleiben, von wo er mich, die Schnauze auf der halb geöffneten Fensterscheibe, vorwurfsvoll anschaute. Ich drehte meine Scheibe hoch.

Celine kuschelte sich eng an meine Schulter.

»Soll ich losfahren?«

Sie schüttelte den Kopf. Unmittelbar danach fiel der Schuss.

»Jetzt können wir«, sagte Celine.

Ich startete den Motor und dachte an den schlaflosen Herrn Wurm und dass es sterbende Wildschweine besser haben.

3

Auf dem Weg zur Klinik am nächsten Morgen war ich immer noch deprimiert. Natürlich traf mich keine Schuld an dem Tod des Wildschweins, aber trotzdem. Celine und ich hatten, nachdem die Formalitäten mit dem Förster erledigt waren, gestern Nacht nur kurz ein paar Dinge wegen unseres Urlaubs besprochen, keiner von uns fühlte sich noch nach einem gemütlichen Abend zu zweit. Und erst recht nicht nach Klamottensortieren. Eine Viertelstunde später war Celine gegangen. Ich hatte noch ein Bier auf die arme Wildsau getrunken und war ins Bett gefallen.

Jetzt, im üblichen Morgenstau am Dreieck Funkturm, überlegte ich, wann ich den Wagen zur Reparatur von Kotflügel und Scheinwerfer bringen könnte. Immerhin war erst März, ich würde auf dem Weg zur Klinik beziehungsweise nach Hause gelegentlich noch Scheinwerfer brauchen. Ideal wäre, die Sache während des Mallorcaurlaubs erledigt zu bekommen, aber im Moment fiel mir kein Tag ein, an dem ich das schaffen würde. Zumal unsere Billig-Airline plötzlich den Abflug von Samstagmorgen auf den Freitagabend vorverlegt hatte.

Auch ohne den Wagen in die Werkstatt zu bringen, würde es durch meine Vertretung von Professor Kleinweg hektisch genug sein. Für heute zum Beispiel hatte die Klinikleitung auch noch eine Konferenz für alle Abteilungsleiter und deren Vertreter angesetzt, Thema: Steigerung der Effektivität der Arbeitsabläufe in der Humana-Klinik. Allen war klar, dass damit nicht die Verwaltung gemeint war. Dr. Valenta von der Intensivstation hatte läuten hören, man wolle unsere Tablet-PCs mit einem Zusatzprogramm aufrüsten, in dem wir im Fünfminutentakt unsere Tätigkeit dokumentieren sollten. Marlies brachte ein angebliches Punktesystem für eingesparte Krankenhaustage pro Patient ins Spiel. Ich war gespannt.

Trotzdem schaffte ich es gleich morgens zu Herrn Wurm. Als ich sein Krankenzimmer betrat, beendete er gerade ein Telefongespräch. Er sah heute deutlich besser aus, sein Gesicht war fast rosig und das Atmen schien ihn weniger anzustrengen.

»Guten Morgen, Dr. Hoffmann«, empfing er mich. »Ich muss mich bei Ihnen entschuldigen. Sicher habe ich Ihnen gestern Abend einen tüchtigen Schreck eingejagt!« Ich zog mir den Besucherstuhl neben sein Bett und setzte mich. »Wahrscheinlich haben Sie gedacht, dass sich der alte Trottel nun nicht mal mehr an seinen Bruder erinnern kann.«

»Na ja, ein bisschen Sorgen habe ich mir schon gemacht«, gab ich zu. Ich erwähnte nicht, dass ich unter anderem an Hirnmetastasen gedacht hatte. Damit, dass sich Wurm heute wieder an seinen Bruder erinnerte, war die Möglichkeit längst nicht vom Tisch. Ich fragte: »Hat Ihr Bruder Ihnen erzählt, worüber wir gesprochen haben?«

»Natürlich. Gerade eben hat er mich angerufen. Ist doch klar, dass er wissen will, wie es um mich steht.« Ein Hustenanfall unterbrach Wurm. Ich klopfte ihm den Rücken ab und stellte den Sauerstoff für seine Nasensonde vorübergehend etwas höher. »Auch wenn mein Zustand ziemlich offensichtlich ist.«

In der Tat, eine normale Frage, die der Bruder da am Telefon gehabt hatte. Aber ebenso normal ist, dass wir, als Angehörige oder verantwortliche Schwestern und Ärzte, oft mehr Schwierigkeiten haben, das Leiden eines Patienten zu ertragen, als dieser selbst.

Herr Wurm beendete unser gemeinsames Schweigen. »Ich weiß doch, dass die Medizin mit mir am Ende ist. Machen Sie sich keine Sorgen, Dr. Hoffmann. Das ewige Leben auf Krankenschein gibt es nicht.«

»Da haben Sie recht. Nicht einmal ohne Krankenschein, für Privatpatienten.«

»Wissen Sie, Dr. Hoffmann, oft wäre ich lieber normaler

26

Kassenpatient und nicht isoliert in diesem schicken Einzel- zimmer. Aber dann bin ich wieder froh, nicht andere mit mei- nem Gehuste zu stören.«

Wurm war ein schönes Gegenbeispiel für das unter uns Ärzten weit verbreitete Vorurteil, dass Privatpatienten per De- finition eine Pest seien.

Wir kamen zurück auf die medizinischen Probleme. Meine Frage nach Kopfschmerzen verneinte er. Ich hatte einen Augenspiegel mitgebracht: Seine Pupillen waren in etwa gleich groß, eine Stauungspapille nicht zu erkennen. Das schloss Hirnmetastasen, also Tochtergeschwülste des Tumors, zwar nicht aus, aber wenigstens einen dadurch erhöhten Druck im Gehirn. Warum eigentlich »Tochtergeschwülste«? Warum nicht »Sohngeschwülste«, ging es mir durch den Kopf. Ge- biert eine bösartige Geschwulst nur Töchter?

Dann war da noch die Sache mit der Fistel zwischen Luft- und Speiseröhre. Das Loch von der Speiseröhre aus mit einer kleinen Prothese, einem Stent, abzudichten, wäre kein großer Eingriff, versicherte ich Wurm, und würde seinen Husten deutlich lindern. Er wolle es sich überlegen, antwortete er. Um mich nicht mit einem sofortigen Nein zu enttäuschen, wie mir schien. Zum Schluss brachte ich unser Gespräch noch einmal auf seinen Bruder.

»Ist Ihr Bruder eigentlich auch im Baugewerbe?«

Zum ersten Mal seit Tagen sah ich Herrn Wurm lächeln. Er ließ sich einen Moment Zeit, dann antworte er. »Ja. Ich glaube, das könnte man so sagen.«

Das Zögern hatte mich wieder verunsichert. Wie stand es wirklich um Wurms Geisteszustand? Bevor ich mich ver- abschiedete, stellte ich eine einfache Testfrage.

»Sagen Sie, wie heißt Ihr Bruder eigentlich mit Vornamen?«

»Friedrich«, kam es diesmal ohne Zögern.

Schnell drehte ich den Kopf zur Seite, damit er mein Er- schrecken nicht sah. Natürlich gibt es jede Menge einfallslose Leute, also auch jede Menge einfallslose Eltern. Aber es war trotzdem schwer zu glauben, dass Wurms Eltern beiden Söhnen denselben Vornamen gegeben hatten.

Im Schwesternzimmer nahm ich mir die Krankenakte von Friedrich Wurm vor. Chefarzt Kleinweg hatte dessen Kopf weder durch den Computertomographen noch durch den Magnetresonanztomographen schieben lassen. Wahrscheinlich war das schon vor der Klinikeinweisung erledigt worden, im Rahmen des sogenannten Staging, wenn der Körper bei einer Tumorerkrankung routinemäßig nach Metastasen abgesucht wird. Aber in Wurms Akte gab es keine Unterlagen zu den Untersuchungen vor seiner Klinikaufnahme. Ich schaute auf die Uhr. Es war noch eben Zeit, mir auf dem Weg zu der Rationalisierungskonferenz Wurms ambulante Unterlagen im Sekretariat von Chefarzt Kleinweg zu besorgen.

»Das muss alles bei Ihnen auf der Privatstation sein«, beschied mich Frau Krüger, unsere Chefsekretärin, nach kurzer Suche schulterzuckend.

»Nein, da haben wir absolut nichts an alten Untersuchungen.«

Erneutes Suchen, erneutes Schulterzucken. Den größten Teil seiner Patientenunterlagen führte Kleinweg nach wie vor schriftlich auf Papier. Erst wenn es zu einer stationären Aufnahme kam, musste er sich – widerwillig – der Elektronik fügen.

»Sie kennen ja das Chaossystem des Chefs, Dr. Hoffmann. Ich werde nachher noch einmal gründlich nachschauen und rufe Sie dann an.«

Ich bedankte mich und hetzte zum Konferenzraum.

Kosovo, Ende Mai 1999

Die Sommer sind kurz in den Bergen des Kosovo.

Luca blickte in die ihm so vertraute Landschaft, die sein Bergdorf umgab. Direkt an die kleinen Gärten hinter den Häusern schlossen sich die Wiesen an, auf denen ihre wenigen Kühe und Schafe weideten. Dann kam schon der Wald, der so weit reichte wie das Auge, begrenzt nur von den Berggipfeln, deren Schnee in der Vormittagssonne glänzte. Erst jetzt, Ende Mai, standen die Obstbäume endlich in Blüte. Lange Winter, später Nachtfrost im Frühjahr, früher Nachtfrost im Herbst und die rauen Winde von den Bergen ließen sie nicht hoch werden. Doch irgendwie überlebten sie jedes Jahr, erschienen irgendwann über Nacht plötzlich Knospen, dann, ebenso plötzlich, Blüten und Blätter, und immer reichte die Zeit, dass sie vor dem ersten Frost reichlich Früchte trugen. Das ewige Wunder des Lebens.

Für Luca aber war heute der Tag zum Sterben.

Wie oft hatte er schon auf dem Markplatz gestanden und seinen Blick über die Landschaft schweifen lassen. Fast jeden Tag seines Lebens, bis auf die Zeit des Studiums und die paar Semester, die er dann an der Universität von Priština unterrichtet hatte. Das war nun schon zehn Jahre her; seitdem lebte er wieder hier, musste nur gelegentlich, zu Prüfungsterminen, den umständlichen Weg in die Hauptstadt auf sich nehmen. So hart das Leben im Dorf auch war, Luca liebte es.

Um diese Tageszeit trank er hier für gewöhnlich einen Mokka und beobachtete die dösenden Hunde oder schaute einfach in die Landschaft. Aber jetzt waren die Hunde verschwunden. Tot. Und vor die wilde, schöne Landschaft schob sich unbarmherzig ein anderes Bild. Mehr noch als in die Netzhaut hatte sich dieses Bild in sein Herz eingebrannt. Und quälte ihn weit mehr als der Gedanke an den nahen eigenen Tod.

Die Gänse hatten die Eindringlinge zuerst gehört und mit aufgeregtem Geschnatter gewarnt, gleich darauf hatten die Hunde angeschlagen. Ein paar Schüsse: das Hundegebell erstarb. Der Lärm hatte Luca aus einem ohnehin unruhigen Schlaf gerissen, vor den Fenstern war es noch dunkel. Auf Grund der Gerüchte und der Ereignisse in letzter Zeit schlief er schon seit Wochen in seiner Kleidung, zog zur Nacht lediglich die Schuhe aus. Er stürzte aus dem Bett und kletterte auf den Dachboden.

»Ihr müsst sofort weg. Schnell, schnell, beeilt euch«, hatte er die sechs albanischen Studenten, die dort im Heu übernachteten, eilig geweckt. »Sie kommen!«

Unnötig auszusprechen, wer da kam. Seit die NATO im März ihre Luftangriffe auf serbische Stellungen und die Hauptstadt Belgrad begonnen hatte, war die Situation der Albaner im Kosovo noch bedrohlicher, die Wut der Serben noch gefährlicher geworden.

»Und Bojana, Herr Professor? Was ist mit Ihrer Frau?«

Bojana weigerte sich, in Kleidung zu schlafen. Im Nachthemd und barfuss stand sie fröstelnd hinter Luca auf der Bodentreppe, die Arme schützend vor der Brust.

»Ich bin Serbin. Mir werden sie nichts tun.«

Davon war Luca nicht überzeugt. Aber das Thema hatten er und Bojana schon oft diskutiert, ohne dass seine Frau auf seine Warnungen gehört oder ihre Meinung geändert hatte.

Im diffusen Licht der heraufziehenden Dämmerung führte Luca seine sechs Studenten über Trampelpfade aus dem Dorf. Als die ursprünglich für serbische und albanische Kosovaren zweisprachig gegründete Universität von Priština 1989 ganz unter serbischen Einfluss geriet, albanisches Lehrpersonal entlassen wurde und nur noch nach serbischem Lehrplan unterrichtet werden durfte, hatten die Albaner-Kosovaren eine Art Privatuniversität gegründet. Unterrichtet wurde an bestimmten Tagen in Wohnungen in Priština und Umgebung, oder, wie die Englischkurse von Luca, in zwei- bis vierwöchigen

Seminaren, während der die Studenten bei ihm zu Hause wohnten. Eine Lösung, die der Abgelegenheit seines Dorfes Rechnung trug. Und den Lernerfolg der Seminarteilnehmer unterstützte, mit denen auch während des Essens und ihrer Mitarbeit im Haushalt weitgehend Englisch gesprochen wurde. Lucas Studenten mussten sich ihre Diplome danach nicht kaufen wie viele ihrer Kommilitonen, zu den Abschlussprüfungen beherrschten sie die Fremdsprache tatsächlich und waren fit für den ersehnten Job irgendwo in Westeuropa oder den USA.

»Wartet einen Moment«, flüsterte Luca vor dem Haus des Schmieds, »und kein Wort!« Nachdem das serbische Kommando die Hunde erschossen hatte, lag eine unheimliche Stille über dem Dorf, nur gelegentlich unterbrochen durch einen entsetzten Schrei von irgendwo, einem auf Serbisch gebrüllten Befehl oder auch einem Schuss. »Wir nehmen noch jemanden mit.« Die Tochter des Schmieds wartete bereits hinter der Tür, ihr dick eingepacktes Baby in den Armen. Wortlos schloss sie sich ihnen an.

Beim Halal-Schlächter holten sie die Frau des Schlächters und ihre fünf Kinder ab, ein paar Häuser weiter die Kinder des Flickschusters.

»Darf ich mein Kaninchen mitnehmen?«

Für ein, zwei Sekunden knipste Luca die Taschenlampe an. Er hatte die kleine Xara schon lange nicht mehr gesehen, der verwitwete Flickschuster ließ seine Mädchen kaum aus dem Haus. Längst war Xara nicht mehr klein und die jetzt wohl Dreizehnjährige machte ihrem Vornamen »die Schöne« alle Ehre. Unter ihrem Hemd deuteten zwei kleine Hügel die zukünftige Frau an. Sie war genau in dem Alter und die Art von Mädchen, an dem die serbischen Kommandos ihren brutalen Spaß hatten.

»Natürlich darfst du dein Kaninchen mitnehmen. Aber beeil dich!«

Als die Gruppe unter Lucas Führung den Wald erreicht hatte,

zählte sie über zwanzig Menschen. Keiner ihrer serbischen Nachbarn hatte sich ihnen in den Weg gestellt. Dies war ein Dorf, in dem Albaner und Serben seit Jahrzehnten friedlich nebeneinander lebten und arbeiteten.

»Haltet euch südlich, das dürfte am sichersten sein. Aber seid trotzdem vorsichtig, dass ihr nicht einer anderen serbischen Patrouille in die Arme lauft. Und probiert immer wieder, ob ihr endlich Handyempfang habt. Spätestens oben, bei der alten Hütte, müsste es klappen. Von dort aus müsstet ihr Hilfe rufen können.«

Wegen der Berge ringsum gab es im Dorf keinen Handyempfang und der versprochene Anschluss an das Telefonnetz war seit Jahren ein Versprechen geblieben. Er hätte ihnen ohnehin nichts genützt, die Telefonleitungen kappten die Kommandos stets als Erstes. Luca überschlug grob die Chancen: die Chancen dieser kleinen Gruppe und, mehr noch, die Chancen der im Ort zurückgebliebenen Albaner. Auch seine körperlich fitten Studenten würden mindestens eine halbe Stunde für den Aufstieg bis zur alten Hütte benötigen. Wenn sie von dort per Handy die UÇK erreichten, die albanische »Befreiungsarmee des Kosovo«, wo waren deren Männer dann aktuell? Wie lange würden sie brauchen, um ihnen zu Hilfe zu kommen? Würden sie das Dorf rechtzeitig erreichen?

Mit einem unguten Gefühl überließ Luca die kleine Gruppe ihrem Schicksal und kehrte um, dem eigenen Schicksal entgegen. Was war mit Bojana?

Die Sonne hatte es noch nicht über die Gipfel geschafft, aber es war Tag geworden, als Luca sein Haus erreichte. Die Haustür stand offen, kein gutes Zeichen. Vorsichtig betrat er den mit kleinen Feldsteinen gepflasterten Flur.

»Bojana?«

Schwere Stiefel stampften vom Schlafzimmer die Treppe herunter.

»Ach, der Herr des Hauses ist zurück!«

Der Soldat trug eine blaue Uniform, ein anderes Blau allerdings als das der serbischen Sonderpolizei. An seinem Gürtel hing ein Messer, lang wie eine Machete. Seine Kalaschnikow war auf Luca gerichtet.

»Willkommen zu Hause, Herr Professor!«

»Was habt ihr in meinem Haus zu suchen?«

Luca war sich der Dummheit, der Sinnlosigkeit seiner Frage bewusst. Und doch, sollte er stumm bleiben? Den Überfall wortlos akzeptieren?

Die Antwort bekam er sofort. Mit dem Kolben der Kalaschnikow.

»Sonst noch eine Frage, Herr Professor?«

Der Schlag hatte Luca nicht niedergestreckt, aber für einen Moment war er desorientiert.

»Meine Frau!?«

Der Serbe lachte.

»Ja, wie kann man eine so schöne Frau alleine lassen, Siptar! Aber mach dir keine Sorgen, mein Kamerad kümmert sich um sie.«

Jetzt erst nahm Luca die Geräusche von oben wahr, über deren Bedeutung er sich keine Illusionen machte. Er rappelte sich auf und drängte in Richtung Treppe. Der Serbe stellte sich ihm in den Weg.

»Nicht so eilig. Du kommst schon noch zum Zugucken! Jetzt schauen wir beide uns erst einmal in deinem Haus um.«

Mit dem Gewehrkolben stieß er Luca in Richtung Küche. Hier hatten die Serben schon ganze Arbeit geleistet. Die Stühle waren umgestürzt, die Schubladen aus dem Küchenschrank gerissen wie auch die Vorräte aus dem altersschwachen Kühlschrank. Auf dem Tisch lag das wenige Silberbesteck und was sonst noch die Eindringlinge als wertvoll oder wenigstens verkäuflich erachteten. In der Wohnstube sah es nicht besser aus. Die aufgeschlitzten Bezüge der Couch und der beiden Sessel, ein Hochzeitsgeschenk von Bojanas Eltern, gaben den Blick auf die Polsterung frei, die guten Gläser und das gute Geschirr von der Anrichte lagen in Scherben auf dem Boden.

Ein erneuter Schlag mit dem Kolben.

»Wo habt ihr die Waffen versteckt?«

Luca war klar, was den Verdacht des Serben erregte: die Landkarte des Kosovo an der Wand. Tatsächlich hatten Bojana und er versucht, anhand dieser Karte und der Sendungen der Radiostation »Freies Kosova« täglich den Grad ihrer Gefährdung abzuschätzen. Und hatten ihn falsch abgeschätzt, wie sich gerade herausstellte. Obgleich, weit entfernt konnten die UÇK-Kämpfer nach den letzten Meldungen nicht sein. Hatten die Studenten sie inzwischen alarmiert? Wenn ja, reichte die Zeit? Würden sie überhaupt kommen?

»Wir haben keine Waffen.«

Wieder ein Schlag mit dem Kolben.

»Was ist das?«

Der Serbe stampfte mit seinem Stiefel auf eine Falltür im Boden.

»Nur ein Halbkeller. Für Kartoffeln, eingemachtes Gemüse und so.«

»Aufmachen!«

Schon seit Wochen hat er Bojana versprochen, die Falltür zu dem kleinen Halbkeller zu reparieren. Jetzt klemmte sie natürlich erst recht. Was ihm den nächsten Kolbenhieb einbrachte.

Endlich hatte er die Luke geöffnet; misstrauisch versuchte der Serbe, in dem Halbdunkel dort unten Einzelheiten auszumachen. Luca erkannte seine Chance. Nur ein kleiner Stoß, und der Eindringling würde in den Keller stürzen. Vielleicht würde er sich dabei sogar das Genick brechen, auf jeden Fall aber bliebe genug Zeit, die Klappe mit dem Riegel zu sichern.

Die Geräusche von oben hatten aufgehört. Wie viele Serben mochten in seinem Haus sein? Er erinnerte sich, dass der Kerl »mein Kamerad« gesagt hatte. Also waren sie nur zu zweit. Wie viele waren insgesamt in das Dorf eingefallen?

Egal, ein Schwein weniger konnte nicht falsch sein.

Da polterten erneut Stiefel die Treppe herunter, der zweite Serbe erschien in der Tür zur Stube. Er schloss das Koppel seines Gürtels.

»Du bist dran, Goran! Und bring unseren Siptar-Freund mit.«

»Ja, gleich. Gib mir mal die Taschenlampe.«

Während der Hinzugekommene Luca angrinste, verschwand sein Kamerad nach unten in den Halbkeller.

»*Jebem ti boga*«, schallte es jetzt von dort, »nur verfickter Albanerfraß.« Unter weiteren Flüchen wurden die Einmachgläser zerschlagen, die in selbst gezimmerten Regalen ordentlich aufgereiht an den Wänden standen. Sollte er dankbar sein, überlegte Luca, dass sie das meiste schon über den Winter verbraucht hatten?

Danach stießen die beiden ihn vor sich her die Treppe hoch. Bojana saß auf dem Bett, das Nachthemd hochgeschoben. Blut lief ihr aus beiden Nasenlöchern und über die Beine. Mit blicklosen Augen schaute sie ihren Mann an, stumm, nicht einmal ein Wimmern. Sie hatten sie nicht gefesselt, warum auch? Was sollte eine Frau gegen zwei kräftige junge Männer ausrichten? Immerhin fielen Luca jetzt frische Kratzer im Gesicht des zweiten auf. Der Serbe, der ihre Vorräte im Keller zerschlagen hatte, knöpfte sich feixend den Hosenschlitz auf.

»Habt ihr Kinder?«

»Nein.«

»Verarsch mich nicht, Siptar. Ihr Moslems vermehrt euch doch wie die Karnickel!«

Wieder machte Luca Bekanntschaft mit dem Kolben der Kalaschnikow, sein linkes Auge schwoll endgültig zu. Sie waren zu allen möglichen Tests in Priština gewesen, bei angeblichen Spezialisten, im Voraus und bar zu zahlen natürlich. Trotzdem hatten sie nie ein eindeutiges Ergebnis bekommen, warum sie kinderlos blieben.

»Du bringst es wohl nicht, Albaner, was? Wenn du Glück

hast, wird deine Serbenhure jetzt wenigstens ein serbisches Kind bekommen, keinen albanischen Bastard. Streng dich an, Goran! Und du, Siptar, schau gefälligst zu, wie es geht.«

Das war erst ein paar Stunden her. Seitdem stand Luca hier auf dem Marktplatz, ihm gegenüber die Serben mit ihren Gewehren im Anschlag: junge Männer, zumeist glatt rasiert, die Haare kurz geschnitten oder ein Tuch um den Kopf gebunden. Dem Abzeichen mit dem zähnefletschenden Wolf auf ihren Uniformjacken nach gehörten sie zu den Frenkie Boys, so genannt nach Franko Simatovic, dem Anführer dieser Terrortruppe. Frenkie Boys waren paramilitärische Freiwillige, denen es darum ging, mit einem Minimum an Aufwand ein Maximum an Angst zu verbreiten. Mehr noch als seine Sonderpolizei waren sie Miloševics Handwerker des Terrors.

Inzwischen hatte die Sonne fast ihren Zenit erreicht und brannte auf die Männer hinunter. In unregelmäßigen Abständen war immer wieder ein Albaner angeschleppt worden. Verstohlen drehte Luca den Kopf nach links, dann ebenso vorsichtig nach rechts: achtundzwanzig Männer. Drei fehlten. Waren sie tot? Versteckt? Rechtzeitig entkommen?

Direkt neben Luca stand Hajdar, der Bäcker, der sich jetzt Qendrim nannte. Das fand Luca verwunderlich. Sicher, Qendrim gehörte zu den Albanern im Dorf. Aber getreu der Bedeutung seines kürzlich angenommenen Namens, Widerstand, trieb sich Qendrim seit Monaten wie alle jüngeren Männer des Dorfes bei irgendeiner UÇK-Einheit in den Wäldern herum, und das Fladenbrot wurde wieder zu Hause gebacken. Wahrscheinlich hatte er heute Nacht nur kurz seine Familie besucht. Zur falschen Zeit am falschen Ort. War es jetzt noch von Bedeutung, dass Qendrim ihn als Verräter betrachtete, ihm kaum mehr vertraute als den Serben?

»Und, werden uns deine Leute von der LDK jetzt helfen, Luca? Wo ist dein Doktor Rugova mit seiner samtenen Revolution?«

Erstaunlich, aber selbst jetzt noch, vor dem nahen Tod, meinte Luca sich verteidigen zu müssen.

»Hätten wir alle Rugova und seine Ideen mehr unterstützt, stünden wir nicht hier.«

»Blödsinn!«

Vielleicht hatte Qendrim recht, vielleicht war der bewaffnete Kampf gegen die Serben von Anfang an die einzige Möglichkeit gewesen. Jetzt jedenfalls war sie es.

»Wir müssen diese Typen irgendwie aufhalten«, flüsterte Luca.

»Ach ja? Damit sie uns fünf Minuten später als geplant eine Kugel in den Kopf jagen?«

»Meine Studenten haben ein Handy dabei. Bestimmt haben sie die UÇK inzwischen alarmiert und deine Leute sind zu uns unterwegs.«

Qendrim verzog sein Gesicht zu einem schiefen Lächeln.

»Tja, Luca, siehst du? Jetzt soll dir plötzlich die UÇK helfen! Vielleicht hast du noch einmal Glück. Aber auch wenn nicht, auch wenn meine Leute es nicht rechtzeitig schaffen, sie werden kommen. Dann wird wenigstens unser Tod gerächt.«

So würde es wahrscheinlich ausgehen. Sie wären tot, aber das Töten im Kosovo würde kein Ende nehmen. Eigentlich, dachte Luca, müsste die UÇK längst hier sein. Aber wahrscheinlich hatten es die Männer nicht besonders eilig, einem Dorf zu Hilfe zu kommen, in dem die meisten Albaner die »Verräter« von der LDK unterstützten. Es war gut möglich, dass sie ganz in der Nähe den Tod dieser Verräter abwarteten. Danach bliebe noch genug Zeit, die Serben umzubringen.

Luca blickte erneut in die wunderbare Landschaft, die sein Dorf umgab, versuchte, mit diesem Bild im Herzen in den nahen Tod zu gehen. Aber, und das war schlimmer als der Gedanke an den Tod, es gelang ihm nicht. Unbarmherzig kamen die anderen Bilder wieder: Bojana mit dem hochgeschobenen Nachthemd. Bojana, die ihn starr anblickte, während der Serbe

37

grob in sie eindrang. Bojana mit Blut zwischen ihren Oberschenkeln.

»Legt an!«

Luca hatte erwartet, dass man ihnen die Augen verbinden würde. Aber nach all dem gegenseitigen Morden waren die Kämpfer auf beiden Seiten, Serben wie Albaner, brutalisiert genug, ihren Opfern bei der Ermordung ins Gesicht zu grinsen. Der Anführer der Serben flüsterte seinen Männern noch etwas zu, dann wandte er sich an die Albaner.

»Gleich seid ihr bei euren zweiundsiebzig Jungfrauen. Viel Spaß!«

Der Explosionsknall von zehn Kalaschnikows verschmolz zu einem.

Doch wie, fragte sich Luca, konnte es sein, dass er den Knall wahrnahm?

4

Im Konferenzraum war volles Haus, auch die Leute von der Unternehmensberatung waren offenbar in Kampfstärke angetreten. Der militärische Begriff drängte sich auf, weil sie in ihren schnittgleichen schwarzen Anzügen, hellblauen Hemden und schicken Krawatten tatsächlich wie in eine Uniform gepresst aussahen. Rangabzeichen waren für mich nicht erkennbar, obgleich ich sicher war, dass es welche gab. Vielleicht in Form von unterschiedlichen Krawattennadeln. Selbst in der Humana-Klinik hatten die Chefärzte diskrete Unterscheidungsmerkmale durchgesetzt: Ihre Arztkittel hatten silberne Knöpfe.

Herr Hirt, Oberverwaltungsdirektor aller Vital-Kliniken, der sich »Vorsitzender der Geschäftsführung« nennt, stimmte uns auf die Version 2.2 des Dauerthemas ein: Einsparungen. Die Situation, das wäre ja wohl bekannt, sei ernst. Es gehe um Wirtschaftlichkeit, natürlich ohne Abstriche an der medizinischen Qualität. Die Humana-Klinik müsse sich »als modernes Unternehmen im Gesundheitssektor neu positionieren und sich den auf Wettbewerb ausgerichteten Rahmenbedingungen stellen«. Ziele wären ein »schnellerer Patientendurchsatz«, eine »Leistungsverdichtung« und, natürlich, »verstärktes Kostenbewusstsein«. Er vergaß auch nicht, in diesem Zusammenhang die »nur relative Sicherheit« unserer Arbeitsplätze anzusprechen. Das hörten wir alles seit Jahren, mit nur minimalen Variationen.

Nun übernahm der Chef der Beratungsfirma. Offenbar hatten sich da zwei Brüder im Geiste getroffen, es kamen noch einmal die gleichen Floskeln, ergänzt um BWL-Kauderwelsch wie »lokales und überregionales Standing« oder »systemimmanentes Controlling«, unterstützt durch eindrucksvoll bunte Balkendiagramme zu Kosten pro Patient, Zeitaufwand pro

39

Patient oder Gewinn pro Patient. Auch einige nationale und internationale Vergleiche zu Arztstellen oder Anzahl der Pflegekräfte im Verhältnis zur Bettenzahl. Da war sie wieder, die »nur relative Sicherheit« unserer Arbeitsplätze! Wir meinten, die Humana-Klinik sei nicht von der Globalisierung betroffen? Der Beratungs-Chef wandte sich an unsere Augenärzte.

»Vergessen Sie nicht, dass Ihre Patienten in Istanbul bei einer Linsenkorrektur zum gleichen Preis wie hier noch eine Woche Badeurlaub dazu bekommen, inklusive Flug und Hotel. Außerdem, das gilt für alle Abteilungen: Die nächste Klinik in Polen ist weniger als eine Autostunde von hier entfernt.«

Da hatte er recht, der Berater. Inzwischen konkurrierten nicht nur unsere Augenärzte mit den Kollegen in der Türkei oder unsere hautstraffenden oder den Magen verkleinernden Chirurgen mit Kliniken in Bangkok. In Indien oder Pakistan bekommt man garantiert frische Nieren zur Transplantation. Da muss man zwar ein wenig zuzahlen, dafür gibt es keine lästige Wartezeit.

Natürlich arbeitete der Mann von der Wirtschaftsberatung mit einer Power-Point-Präsentation von seinem Laptop. Wenn er einen Punkt auf seinen Diagrammen mit seinem Laserpointer besonders hervorheben wollte, rutschten ihm Anzugärmel und Manschette hoch und gaben den Blick frei auf eine goldene Rolex. Armbanduhren! Das waren wahrscheinlich die Rangabzeichen der Anzugträger, die ich vorhin vergeblich gesucht hatte.

Nach dem Ausflug in die offenbar gerade aktuelle Wirtschaftslehre wurde der praktische Teil besprochen, und nun waren wir tatsächlich erstaunt: Nein, wir selbst würden keine Minute-zu-Minute-Protokolle führen müssen, und nein, auch Schrittzähler waren nicht vorgesehen. Im Wechsel würde jeder zweite Arzt und eine bestimmte Anzahl von Schwestern einen Mitarbeiter der Beratungsfirma zugeteilt bekommen, der uns durch den Arbeitstag begleiten und unsere Tätigkeiten, speziell natürlich deren Zeitbedarf, protokollieren würde.

Klar, dass die Sache nicht einfach so durchging. Wie das mit den Hygienevorschriften zu vereinbaren sei, wollte unsere leitende Krankenschwester wissen, andere sorgten sich um die Schweigepflicht. Auch weniger wichtige Fragen wurden ernsthaft besprochen, und endlich ging mir auf, dass diese Diskussion von der Klinikleitung gewollt war. Denn sie lenkte von einer Diskussion ab, ob der geplante Zirkus überhaupt sinnvoll war. Man hatte sogar an eine mit Klinik- und Wirtschaftsleuten paritätisch besetzte Stelle gedacht, bei der man Beschwerden über seinen Begleiter vorbringen konnte.

Ich saß ziemlich beengt, denn den Platz neben mir und noch ein wenig mehr nahm Dr. Valenta ein, unverändert Leiter der Intensivstation und unverändert mit einem Gewicht zwischen hundertfünfundzwanzig und hundertfünfunddreißig Kilogramm. Auch deshalb war ich froh, als die Veranstaltung endlich zum Ende kam.

»Die können mir gerne ein paar dieser Anzugtypen auf die Intensivstation schicken«, meinte Valenta, während er sich aus seinem Stuhl herausstemmte. »Da können die mal sehen, was richtige Arbeit ist. Patienten waschen, umlagern, den armen Teufeln den Schleim aus der Luftröhre absaugen. Können die alles bei uns lernen und gleich mitmachen. Dann würden die uns tatsächlich Kosten einsparen!«

Valenta war gefährlich rot angelaufen, sein Blutdruck sicher wieder auf schlaganfallverdächtige Höchstwerte geklettert. Ihm war klar, dass seine Station mit am meisten unter Druck stand. Eines der letzten Diagramme der Beratungsgurus hatte es klar gezeigt: Acht Prozent unserer Patienten, nämlich die auf der Intensivstation, verschlingen fast das halbe Klinikbudget.

Andererseits, vielleicht würden Dr. Valenta und die Leute aus der Wirtschaft auch Freunde werden. Denn Valenta liest in der Zeitung die Wirtschaftsseite wie andere Männer den

Sportteil, und nach wie vor laufen auf einem der zahlreichen Monitore auf seiner Station die aktuellen Börsenkurse.

Nach fast zwei Stunden Konferenz war die eigentliche Klinikarbeit nicht weniger geworden, lediglich die Zeit, die für das übliche Tagespensum zur Verfügung stand. Kleinwegs Privatpatienten mussten sich deshalb mit einer Schnellvisite zufrieden geben, unsere Controller wären stolz auf mein Tempo gewesen. Trotzdem hatte diese Visite auch einen positiven Aspekt, denn neben unserer altgedienten Oberschwester Käthe begleitete mich eine neue Schwester durch die Krankenzimmer.

»Schwester Manuela von der Chirurgie, erster Tag auf der Inneren«, informierte mich Käthe.

Manuela war etwa Mitte zwanzig, ausgesprochen attraktiv, große Augen, freundliches Lächeln. Während der gesamten Visite grübelte ich, erst danach fiel mir ein, woher mir ihre Stimme bekannt vorkam. Offenbar war sie die Schwester, die mich gestern Abend auf dem Heimweg wegen dieses Medikaments angerufen hatte. Im Gegensatz zu meiner Verärgerung von gestern schien mir dieser Anruf jetzt eher ein Zeichen verantwortungsvoller Arbeitsauffassung. Es versteht sich von selbst, dass diese Neueinschätzung nichts mit Manuelas angenehmem Äußerem zu tun hatte.

Meine Oberarztfunktion auf der Normalstation beschränkte ich am Nachmittag auf Problemfälle. Wobei es sich dabei nicht unbedingt um medizinische Probleme handelte oder um lösbare. Jedenfalls half alles nichts, zum Schluss musste ich noch bei Herrn Zorn vorbeischauen, zumal ich auch der Transplantationskoordinator an der Humana-Klinik bin. Das Schlimmste daran war sein immer hoffnungsvolles Gesicht, wenn ich sein Zimmer betrat.

»Es tut mir leid, Herr Zorn. Eurotransplant hat noch immer keine passende Niere für Sie.«

Herr Zorn arbeitete in einem kleinen Dachdeckerbetrieb,

war seit fünf Jahren verheiratet, drei Kinder. Die erste Niere hatte ihm seine Frau gespendet, aber nach nur einem Jahr begann eine Abstoßungsreaktion, die wir nicht hatten aufhalten können. Nun hing er seit sechs Monaten wieder an der künstlichen Niere und würde bald auch seine Arbeit verlieren, als Dialysepatient konnte er kaum weiter als Dachdecker arbeiten.

»Leute mit dickem Portemonnaie fliegen einfach nach Indien und holen sich dort eine passende Niere. Aber dafür hat unsereins nicht das notwendige Kleingeld.«

Natürlich wusste auch Herr Zorn, dass nach dem Skandal um vorgezogene Patienten bei Leber- und Herztransplantationen die Anzahl von Organspenden in Deutschland dramatisch zurückgegangen war.

»Ich glaube nicht, dass Sie das machen würden, Herr Zorn. Sie sind nicht der Typ, der so einem armen Teufel seine Niere abkauft.«

»Meinen Sie, Dr. Hoffmann? Es geht doch nicht nur um mich. Möchten Sie als Kind einen kranken Vater haben, auf den man dauernd Rücksicht nehmen muss, der sich ständig schwach fühlt? Und außerdem würde ich auch dafür sorgen, dass eine Familie in Indien oder sonst wo wieder für ein paar Jahre wenigstens ihre Kinder ordentlich ernähren kann. Was soll daran so falsch sein? Meine Frau lebt ganz normal mit nur einer Niere.«

So gesehen wusste ich das auch nicht. Ich dachte allerdings, dass kein Mensch gezwungen sein dürfte, sich in Einzelteilen zu verkaufen.

Ich verabschiedete mich von Herrn Zorn ohne ein »Wer weiß, vielleicht meldet sich Eurotransplant schon morgen ...« Immerhin war ich nachdenklich geworden. Ist es wirklich schlimmer, für eine Spenderniere zu zahlen, als darauf zu hoffen, dass möglichst bald jemand mit seinem Motorrad gegen die Leitplanke rast oder sich eine Kugel in den Kopf jagt?

Ehe ich mir weiter nutzlose Gedanken machte, konnte

ich mich besser in meinem Dienstzimmer der interessanten Papierarbeit widmen. Entsprechend den immer kürzeren Liegezeiten der Patienten wuchs der Berg der Abschlussberichte für die Hausärzte stetig. Ich las sie vor der Unterschrift einigermaßen gründlich; es konnte ja sein, dass sie da draußen in der richtigen Welt ab und zu tatsächlich nicht nur abgeheftet wurden. Noch anregender war meine nächste Hausarbeit, die Nachkontrolle der Diagnosen-Codierung. Denn davon hängt ab, was die Humana-Klinik für den Patienten kassieren kann. Zwar mussten wir Ärzte mittlerweile die Diagnosen nicht mehr selbst codieren, dafür hatte die Klinik endlich Leute eingestellt. Aber die Oberärzte sollten prüfen, ob man nicht noch eine weitere Diagnose bei einem Patienten unterbringen könnte oder ob eine leicht abgeänderte Diagnose, entsprechend einer anderen Codierung, unserem Krankenhaus ein paar Euro mehr einbrächten. So gesehen wären die Ergebnisse dieser Zeitnehmer-Truppe ganz interessant, würden wir doch endlich wissen, wie viel Zeit im Krankenhaus eigentlich noch für wirkliche ärztliche Arbeit blieb.

Ich packte gerade meinen Kram zusammen, als mich Frau Krüger aus dem Chefsekretariat anrief.

»Ich habe für den Patienten Wurm hier nur den üblichen stationären Aufnahmebogen gefunden, Dr. Hoffmann. Aber von dem müssten Sie eine Kopie in der Akte auf Station haben.«

»Keine Unterlagen über ambulante Voruntersuchungen?«

»Nein, nur den Aufnahmebogen.«

Ich hatte keine Lust, nach der Kopie zu suchen.

»Dann sagen Sie mir doch bitte den Hausarzt von Herrn Wurm. Der steht oben rechts, dritte Zeile.«

Es dauerte einen Moment, bis Frau Krüger antwortete.

»Das ist eigenartig, Dr. Hoffmann. Die Spalte Hausarzt ist leer.«

Stimmt. Das fand ich auch sehr eigenartig.

Die Heimfahrt verlief ohne Anrufe aus der Klinik und ohne Stau auf der Avus. Auch die Wildschweine verhielten sich heute vorsichtig. Im Grunde war die Suche nach alten Befunden von Herrn Wurm unsinnig, und erst recht, jetzt noch mit CT oder MRT auf die Suche zu gehen. Selbst wenn seine zeitweisen Ausfälle Zeichen von Hirnmetastasen waren, bliebe das ohne Konsequenz. Wir gaben Herrn Wurm noch zwei bis vier Wochen, mit oder ohne Metastasen im Gehirn.

An diesem Abend besuchte mich Celine unangemeldet. Es gab zwar noch genug für den Umzug zu sortieren, wir tranken aber lieber eine Flasche Wein und machten Pläne für Mallorca. Ursprünglich hatte Celine »mal was anderes, ein bisschen Abenteuer« vorgeschlagen, »zum Beispiel Albanien, oder den Kosovo – bevor es auch dort nur noch Burger King und Starbucks gibt.« Für mich ein wenig zu viel Abenteuer. Nun freute sie sich trotzdem auf Mallorca. Ich mich auch.

Kosovo, Ende Mai 1999

Er hatte überlebt! War er der Einzige? Vorsichtig, als wäre die Hinrichtung durch das Beil eines inkompetenten Scharfrichters erfolgt, dem es nicht gelungen war, das Haupt komplett vom Rumpf zu trennen, drehte er seinen Kopf nach links. Auch der Bäcker Qendrim stand noch aufrecht neben ihm auf dem Marktplatz. So wie rechts der Flickschuster. Jetzt hörte er das Lachen des serbischen Kommandos.

»Wir können euch doch nicht zu den geilen Jungfrauen schicken, ohne dass ihr vorher ein paar von euren Suren gebetet habt! Wir sind doch keine Unmenschen!«

Warum ließen die sich so viel Zeit? Wussten sie, dass die UÇK nicht kommen würde? Oder waren sie einfach nur dumm? Vorsicht, ermahnte sich Luca. Es war fast immer ein Fehler, oft ein tödlicher, den Gegner zu unterschätzen. Was also wussten die Serben, er aber nicht?

»Wann kommt endlich deine verdammte UÇK?«, zischte er Qendrim zu. Der schaute ihn nur verständnislos an, stand offenbar unter Schock.

»Vergiss es. Wenn sie es bis jetzt nicht geschafft haben, kommen die nicht mehr«, meinte der Flickschuster von der anderen Seite.

»Und was haben die mit uns vor?«

»Maul halten, Siptar!«

Der Anführer der Frenkie Boys trat vor.

»Wir machen jetzt gemeinsam einen kleinen Spaziergang durch euer Dorf. Schön in einer Reihe, immer beide Hände auf den Schultern des Vordermanns. Du da, Fettwanst« – er zeigte mit seiner Kalaschnikow auf den Halal-Schlächter – »machst den Anfang. Los geht's!«

Während sie durch das Dorf zogen, mit den Händen auf den Schultern des Vordermanns eher ein Trippeln als ein

Marsch, dachte Luca an die ruckelnden Filmbilder aus dem Ersten Weltkrieg, die zeigten, wie man nach einem Gasangriff erblindete Soldaten aus den Gräben geführt hatte. Und an die Frage, die er sich in der Vergangenheit oft gestellt hatte: Warum sechs Millionen Juden in Nazideutschland und im besetzten Europa sich so widerstandslos in die Gaskammern hatten abführen lassen. Sollten sie jetzt und hier nicht versuchen, zu flüchten oder sich auf die Serben stürzen? Aber mit bloßen Händen gegen Kalaschnikows? Wäre das nicht vollkommen aussichtslos? War es da nicht sinnvoller, weiter auf ein rechtzeitiges Auftauchen der UÇK zu hoffen?

»So, hier könnt ihr zu eurem allmächtigen Allah beten! Genügend Sprüche habt ihr euch ja an die Wand geschmiert. Ihr Moslems habt ein schlechtes Gedächtnis, was?«

In der kleinen Moschee des Ortes konnte Luca tatsächlich einige Suren auf den Wandfliesen erkennen, die zu ihrer Situation passten. Sure 41, Vers 19 zum Beispiel: »Und denke an den Tag, da Allahs Feinde zum Höllenfeuer versammelt und in Reihen gebracht werden«, gefolgt von Vers 28: »Das ist der Lohn der Feinde Allahs: das Höllenfeuer, in dem sie die ewige Wohnstätte haben, als Vergeltung dafür, dass sie unsere Zeichen zu verleugnen pflegten.« Sollte ihn, selbst wenn er an die Göttlichkeit der Sure glaubte, das Versprechen von Vergeltung im Jenseits irgendwie befriedigen? Oder das der Rache im Diesseits wie in Sure 4, Vers 87: »... und so sie den Rücken kehren, so ergreifet sie und schlagt sie tot, wo immer ihr sie findet«? Diese und andere Suren hatten sie als Kinder auswendig lernen müssen. Sie waren ihnen gleich nebenan in der Schule mehr oder weniger eingeprügelt worden vom Hafiz mit seinem stets bereiten Stock, mit dem er bis in die letzte Reihe zuschlagen konnte. Eine Erklärung, eine Interpretation gar, was die Texte für ihr tägliches Leben zu bedeuten hatten, gab es nie.

Versprach nicht auch der Islam eigentlich den ewigen Frieden und das Paradies? Wahrscheinlich würde wenigstens

Qendrim mit seinem wortwörtlichen Glauben an den Koran und seinem Wunsch nach Vergeltung aus diesen Suren jetzt noch Freude schöpfen.

Die Serben hatten ihnen erlaubt, im Vorraum die Schuhe auszuziehen. Die meisten knieten nun wie zum Freitagsgebet, einige hatten sogar ihre Gebetskette dabei. Die Teppiche hatten die Serben zusammengerollt und auf ihren Lastwagen geladen, bevor sie die Moslems in der Mosche eingeschlossen hatten. Bis auf die schon sehr alten und deshalb schon etwas verschlissenen, die allerdings die wirklich wertvollen waren. Ein vielstimmiges Gemurmel von Koransuren drang an Lucas Ohren. Dicht an dicht knieten die Männer auf dem jetzt nackten Boden und bewegten ihre Oberkörper rhythmisch vor und zurück. Die Bewegungen, so hieß es, sollten helfen, im Takt mit der kosmischen Zeit zu bleiben, sollten eine Verbindung zwischen dem Diesseits und dem Jenseits herstellen. Luca beneidete seine gläubigen Nachbarn um ihre Gewissheit.

Plötzlich eine erregte Diskussion vor der Tür, deutlich war der Befehl des Serbenführers zu vernehmen.

»In Ordnung, lasst die Albanerhure rein, wenn sie immer noch so scharf auf ihren Siptar ist!«

Nein, nur nicht das!

Mit Tränen in den Augen schloss Luca seine Frau in die Arme. Man hatte ihr die wunderbaren rostroten Haare abgeschnitten, die verbliebenen Stoppel waren von gleicher Farbe wie das verkrustete Blut unter den Nasenlöchern.

»Du musst sofort wieder raus hier, schnell!«

»Kommt nicht in Frage.«

»Du musst!«

Bojana schmiegte sich eng an Luca, strich ihrem Mann fast schüchtern durch sein Haar.

»Ich bleibe, wo ich hingehöre, bei dir! Außerdem würden sie mich sowieso nicht wieder herauslassen.«

Ein sinnloses Opfer, dachte Luca. Und doch war er stolz auf diese Frau. Sie war genauso geblieben, wie er sie während des Studiums an der Universität Priština kennengelernt hatte. Natürlich war ihre Beziehung auch dort Anfeindungen ausgesetzt gewesen, war heute nicht das erste Mal, dass Bojana »Albanerhure« gerufen wurde. Andererseits hatten viele Kommilitonen, albanisch- wie serbischstämmigen, ihre Liebe und später ihre Ehe als hoffnungsvolles Zeichen gesehen. Alles in allem war es ein schönes Leben gewesen damals, und schlecht verdient hatten sie auch nicht. Inzwischen Dozenten, Luca für Anglistik, Bojana für organische Chemie, bezogen sie ein vergleichsweise niedriges Gehalt, doch es gab genug Nebeneinnahmen. Luca und Bojana beteiligten sich nicht an dem üblichen System, bei dem man seine Prüfungsabschlüsse und die zugehörigen Diplome bei den Dozenten gegen Dinar kaufen konnte. Aber für Studenten, die wirklich lernen wollten, gaben sie Nachhilfe- und Vorbereitungskurse auf diese Prüfungen, was ihnen ein ausreichendes Einkommen sicherte.

1989, als der Kommunismus in Europa weitgehend zusammenbrach, erstarkte der Nationalismus im ethnischen Flickenteppich Jugoslawien, auf dessen staatlichen Zusammenhalt Marschall Tito so viel Energie verwandt hatte. Doch Tito war 1989 seit fast zehn Jahren tot. Die Zentralregierung in Belgrad schaffte wieder einmal die Zweisprachigkeit im Kosovo ab, nicht nur an der Universität Priština durfte nur noch auf Serbisch und nur nach serbischem Lehrplan unterrichtet werden. Wie seine albanischen Kollegen war auch der Anglistikdozent Luca von heute auf morgen entlassen worden. Die Serbin Bojana durfte, trotz »Mischehe«, ihre Dozentur behalten. Luca gab seine Englischkurse nun an der privat organisierten albanischen Universität, wo jedoch, zu seiner Enttäuschung, das System Diplom gegen Geld nicht abgeschafft, eher noch intensiviert wurde.

Er erinnerte sich an Murat, den Sohn eines führenden UÇK-Aktivisten, der erst vor ein paar Monaten mit goldener Rolex am Arm und einem selbstbewussten »God monink« auf den Lippen das Wohnzimmer in Priština betrat, wo die Englisch-Abschlussprüfungen diesmal stattfanden. Mit diesem Gruß war sein englischer Sprachschatz weitgehend erschöpft.

»Aber ich habe doch bezahlt!«, empörte sich der Kandidat, als Luca ihm eröffnete, dass ein »God monink« für das Diplom kaum ausreichen dürfte. Murat war entrüstet und nach Ansicht von Lucas Kollegen zu Recht. Er bekam sein Diplom. Da hatte Luca beschlossen, nur noch die Seminare in seinem Dorf zu geben und nicht mehr an dieser Art »Abschlussprüfungen« teilzunehmen. Der Weg nach Priština war ohnehin umständlich und zuletzt immer unsicherer geworden.

Eng aneinandergelehnt saßen Bojana und Luca auf den Stufen, die hinauf zur Minbar führten, der Kanzel des Imam für die Predigt zum Freitagsgebet.

»Sie werden uns umbringen, euch und mich, nicht wahr?«

Natürlich hatte sich auch Luca diese Frage schon gestellt. Die Frenkie Boys waren mehr noch als die serbische Sonderpolizei für ihre Mordlust bekannt. Aber er war zu einem anderen Ergebnis gekommen.

»Das glaube ich nicht, vorerst wenigstens. Wollten sie uns heute liquidieren, hätten sie das vorhin auf dem Marktplatz erledigt. Sie werden uns, denke ich, in eines ihrer Lager abtransportieren, und wenn wir Glück haben, dürfen wir dann ›freiwillig‹ nach Albanien oder in die Türkei auswandern.«

Vielleicht hatte ihr Mann recht, überlegte Bojana, dieses Vorgehen hatte Tradition. Für die bis dahin größte staatlich organisierte ethnische Säuberung hatten die Serben 1938 mit der türkischen Regierung ein Abkommen geschlossen, auf dessen Basis 200.000 muslimische Albaner aus dem Kosovo und aus Mazedonien nach Anatolien umgesiedelt werden sollten. Der Zweite Weltkrieg hatte die komplette Umsetzung der Aktion verhindert, die Pläne dazu aber existierten weiterhin.

»Aber diese Lager, Luca – das sind Konzentrationslager.«

»Stimmt.« Flüsternd fuhr Luca fort: »Wir sollten uns nach einer Fluchtmöglichkeit umschauen. Unauffällig!«

Die Männer murmelten weiter kniend ihre Gebete. Wussten diese Menschen denn nicht, was ihnen bevorstand? Interessierte es sie nicht? Oder erwarteten sie tatsächlich ein Eingreifen Allahs?

Leise, um nicht übermäßige Aufmerksamkeit bei ihren Mitgefangenen zu erregen, erhoben sich Bojana und Luca von den Stufen. Die Moschee war ein vergleichsweise bescheidener Bau, bestand aber nicht nur aus den beiden Gebetsräumen für Männer und Frauen und den ebenfalls nach Geschlechtern getrennten Waschgelegenheiten, den Middas. Es gab zusätzlich einige kleine Räume, unter anderem für den Kindergarten und die Koranschule. Wenn überhaupt, konnten sie nur in diesen Räumen eine Fluchtmöglichkeit finden. Die Haupttür zur Moschee und die Außentür zum Kindergarten, durch die man auch zur Koranschule gelangte, hatten die Frenkie Boys bestimmt unter Bewachung. So wie die Fenster, das war sicher.

Sorgfältig suchten Bojana und Luca nach etwas wie einer verborgenen Tür, einem vergessenen Zugang. Und tatsächlich fanden sie im Kindergarten eine kaum sichtbare Falltür im Boden. Auf Zehenspitzen stiegen sie hinab in das Halbdunkel und erkannten, nachdem sich ihre Augen auf das wenige Licht eingestellt hatten, einen knapp mannshohen Vorratskeller. Hinter den Kartoffeln, Rüben und Kohl, die über den Winter nicht verbraucht worden waren, entdeckten sie die Öffnung, durch welche die Vorräte direkt von der Straße hinuntergeschüttet werden konnten. Die Öffnung war nicht eben groß, aber mit ein wenig Mühe groß genug, um sich hindurchzuzwängen. Wäre da nicht das massive Gitter mit zwei schweren Vorhängeschlössern gewesen. Sowohl die Schlösser wie das Gitter zeigten sich von ihren Versuchen, sie mit bloßen Händen zu öffnen, unbeeindruckt.

Sie stiegen wieder hinauf, vielleicht fänden sie irgendwo etwas, das sie als Brechstange verwenden könnten. Oder, besser noch, die passenden Schlüssel.

»Ja, wen haben wir denn da?«

Bojana ging in die Hocke. Der Hund, eine nicht zu definierende Mischung aus ungarischem Hirtenhund mit ein wenig Schnauzer und vielleicht noch etwas Terrier, hatte sich in dem eigentlich viel zu kleinen Spalt zwischen dem Schrank mit den Kitteln der Kinder und der Wand versteckt. Er knurrte und fletschte die Zähne, das aber recht kraftlos.

»Der scheint heute Morgen mit einem Streifschuss davongekommen zu sein.«

Vorsichtig strich Bojana über die Fleischwunde, die nur noch schwach blutete. Der Hund schnappte ein paar Mal nach ihrer Hand, aber auch das sichtlich entkräftet. Schließlich ließ er Bojana gewähren, die nun die Wunde genauer untersuchte.

»Er muss eine ganze Menge Blut verloren haben.«

»Wie ist er hier hereingekommen?«

Noch einmal inspizierten die beiden alle Ecken und Winkel, doch die Frage, auf welchem Weg es das Tier in die Moschee geschafft hatte, blieb ungeklärt.

Der Hund schnappte kaum mehr zu, als Bojana seine Wunde mit einem der Kinderkittel notdürftig verband. In einer Plastikschale hatte Luca Wasser aus dem Waschraum für Männer geholt, das er gierig trank. Mit einigem Zögern folgte er ihnen jetzt sogar in den Gebetsraum. Die Männer hatten ihre Gebete beendet oder unterbrochen; sie diskutierten ihre Situation und kamen zu demselben Schluss wie Luca: Ihnen stand eines der berüchtigten serbischen Internierungslager bevor.

»Schaff den Hund raus, Luca!«, unterbrach Qendrim die erregte Diskussion, kaum hatte er die drei entdeckt.

»Wie stellst du dir das vor? Wir haben nach einem Weg nach draußen gesucht, aber es gibt keinen. Er hat hier Zuflucht gesucht vor Leuten, die auch unsere Feinde sind.«

»Hunde sind unrein. Sie haben in der Moschee nichts zu suchen.«

Qendrim trat nach dem verletzten Tier, das sich humpelnd unter die Treppe zur Minbar flüchtete. Bojana folgte ihm.

»Meinst du nicht, wir haben im Moment Wichtigeres zu überlegen, als uns über einen Hund zu streiten?«

»Was kann es Wichtigeres geben, als die Worte des Propheten zu befolgen und sein heiliges Haus rein zu halten?«

Luca schüttelte den Kopf. Sicher gab es in jeder Religionsgemeinschaft Leute wie Qendrim. Qendrim vertrat nicht den konservativen Islam, er vertrat einen aggressiven Islamismus. In seinen Augen waren alle Nicht-Moslems Feinde, aber auch liberale Moslems wie Luca. Wie konnte Qendrim selbst in ihrer Situation immer noch so fanatisch sein? Zumal jetzt von der Straße neue Geräusche in die Moschee drangen. Irgendetwas schlug schwer gegen das Holz der Eingangstür. Was geschah da draußen?

Qendrim hörte die Geräusche nicht oder sie ließen ihn unbeeindruckt. Drohend erhob er die Hand.

»Der Hund muss raus. Und die Serbin auch!«

»Bojana bleibt hier. Und der Hund auch!«

Qendrim schien bereit, sich auf Luca zu stürzen, als der Geruch von brennendem Stroh durch die Türschlitze drang.

»Sie wollen uns verbrennen!«, schrie der Flickschuster auf.

Das in den Suren an der Wand beschriebene Höllenfeuer hatte begonnen.

Obgleich im Moment nur ein Probelauf auf zwei ausgesuchten Stationen lief, gab es schon am Freitag die ersten Klagen über die Zeitnehmer von der Wirtschaftsberatung. »Das ist ja schlimmer als damals in der DDR«, sagten einige, die es wissen mussten. Andere beschwerten sich, dass »die sogar meine Zeit auf dem Klo stoppen«. Beifall gab es nur von den militanten Nichtrauchern, die nachdrücklich die »längst fällige« Erfassung der Raucherpausen vor der Tür begrüßten.

Ein Freitag im Krankenhaus ist schon unter normalen Umständen ziemlich arbeitsintensiv, weil man wegen der ausgedünnten Wochenendbesetzung versucht, die Patienten beziehungsweise ihr Krankheitsstadium bis zum Montag zu konservieren. »Den Ball über das Wochenende in den eigenen Reihen halten«, hatte das unser ehemaliger Chef und Fußballfan, Professor Kindl, genannt, »lieber mal einen Rückpass spielen.«

Für mich kam zum üblichen Freitagsstress der auf den Abend vorverlegte Abflug nach Mallorca hinzu. Sonst hätte ich am Samstagmorgen Professor Kleinweg noch die Patienten kurz persönlich übergeben können, so aber musste ich ihm für jeden den jüngsten Krankheitsverlauf und die aktuelle Planung bzw. die noch ausstehenden Untersuchungen in den Akten notieren. Als weniger problematisch stellte sich die Tatsache heraus, dass jetzt – entgegen dem Dienstplan, der mich für diese Funktion aufführte – in der Nacht von Freitag auf Samstag weder der Chef- noch der Oberarzt der Inneren Abteilung in Rufbereitschaft waren. Formal war das nicht in Ordnung, aber Dr. Valenta von der Intensivstation versprach, auf unsere Schäfchen mit aufzupassen. Damit waren sie in guten Händen und ich konnte schon einmal das Taxi zum Flughafen bestellen. Zeitlich wurde es zwar langsam ein wenig eng, aber auf jeden Fall wollte ich mich vorher noch von Herrn Wurm verabschieden.

»Nach Mallorca fliegen Sie? Mallorca ist schön, da wünsche ich Ihnen eine gute Zeit.« Ein unterdrücktes Stöhnen, dann: »Wenn ich noch reisen könnte, jetzt, meine ich – ich würde in die Schweiz fahren.«

Wir schauten beide aus dem Fenster, wo der Regen an den noch immer blattlosen Buchen hinunterlief.

»Morgen ist Chefarzt Kleinweg zurück, dann kümmert sich wieder ein richtiger Professor um Sie.«

»Dr. Hoffmann, Sie haben mich kompetent behandelt, da bin ich sicher. Leider können Sie nicht zaubern. Aber ich fürchte, das kann auch der Herr Professor nicht.«

Ich sagte nichts.

»Es ist wahrscheinlich für Sie als Arzt schwer zu akzeptieren, wenn Sie an die Grenzen Ihrer medizinischen Kunst stoßen. Aber ich finde es in Ordnung, dass auch Ärzte die Naturgesetze nicht aufheben können. Sie kennen das Gerede vom Werden und Vergehen, vom Garten des Lebens und so weiter. Nicht sehr originell, aber letztlich läuft alles darauf hinaus. Ob man seinen Garten bestellt hat, ob man sich bemüht hat, dabei nicht zu viele Käfer zu zertreten.«

Ein für ihn vergleichsweise milder Hustenanfall unterbrach Wurm, dann holte er Luft und sah mich mit einem fast verschmitzten Lächeln an. »Denn, wissen Sie, vielleicht ist Gott am Ende ein riesiger Mistkäfer.«

Ich war zumindest überrascht. Ich denke, spätestens in Wurms Situation gewinnt die Frage, ob es einen Gott gibt, eine neue Qualität und selbst eingefleischte Atheisten werden unsicher. War es da nicht ein wenig riskant, den eigenen Tod vor Augen in gotteslästerliche Reden zu verfallen? Aber beim Blick auf Wurm wurde mir klar, dass es keine gotteslästerlichen Reden waren. Unser Bild von Gott als altem Mann mit Rauschebart ist zumindest einfältig. Warum sollten wir ihn uns nicht als riesigen Mistkäfer vorstellen können?

Bevor ich Friedrich Wurm verließ, kontrollierte ich noch einmal den Tropf, der kontinuierlich eine gewisse Menge Morphin in seine Blutbahn abgab. Eine Gratwanderung, denn Morphium dämpft nicht nur das Schmerzempfinden, sondern auch das Atemzentrum. Ich vergewisserte mich, dass der Ständer mit der Infusion weit genug von Wurms Bett entfernt war, sodass er ihn nicht aus Versehen umstoßen konnte. Zuletzt setzte ich für 22 Uhr noch ein paar Laborkontrollen an. Im Lichte der Prognose ein wenig schizophren, aber selbst todkranke Patienten wollen wir mit unseren Infusionen nicht umbringen.

Auf dem Flur lief ich in eine Person, der ich lieber ausgewichen wäre: Wurms Bruder. Sein Anliegen war unverändert, sein Ton eher noch drängender als neulich. Erneut verwies ich auf unsere Schmerzbehandlung.

»Und das, meinen Sie, löst das Problem, Dr. Hoffmann? Möchten Sie von der Gnade abhängig sein, ob jemand diesen Tropf schneller stellt, wenn Sie Schmerzen haben, oder Ihnen mit irgendwelchen Nebenwirkungen kommt und es nicht tut?«

Damit ließ er mich stehen und verschwand im Krankenzimmer. Sollte sich doch morgen Professor Kleinweg mit diesem Mann und seinem Euthanasie-Wunsch herumschlagen. Ich musste inzwischen schleunigst zum Flughafen!

Das Taxi schaffte es pünktlich, mir blieb sogar noch Zeit, eine Valium einzuwerfen. Denn weder das Kabinenpersonal noch die Mitreisenden schätzen Passagiere, die mitten im Start aufspringen und sofort aussteigen wollen.

Für einen der gelungensten ersten Sätze in einem Roman halte ich: »Sitzreihe 12 war die letzte, die zwischen Tortellini und Hühnchen wählen durfte. Ich saß Reihe 13.« So beginnt ein bekannter Bestseller mit einem Bündel unausgesprochener, aber eindeutiger Informationen: Wir befinden uns an Bord eines Flugzeuges und sitzen zusammengepfercht in der Auslastungsbestuhlung der Holzklasse. Gut kann die Sache nicht ausgehen, wenn man auch noch Reihe 13 erwischt hat. Unklar bleibt, ob der Ich-Erzähler ein unverbesserlicher Optimist oder Erstflieger ist, meint er doch wirklich, es gäbe einen geschmacklichen Unterschied zwischen Touristenklasse-Tortellini und Touristenklasse-Hühnchen im Urlaubsflieger.

Airberlin – Eigenwerbung: »ökoeffizientes Fliegen« – spart auf der Mallorcastrecke tatsächlich Energie, statt Mikrowellen-Schlemmerei werden belegte Brötchen gereicht. Auf dem Hinflug hatten Celine und ich beide noch eines mit Käse ergattert, jetzt, auf dem Flug zurück, war für unsere Reihe nur noch »mit Pute« übrig. Energie hatte man darüber hinaus auch beim Kaffeekochen gespart. Pappgeschmack und lauwarme Kaffeebrühe waren ein würdiger Abschluss für den insgesamt verpatzten Urlaub.

Die Patzer hatten schon beim Hinflug begonnen. Abgehetzt, aber gerade noch rechtzeitig hatten wir es zum überlasteten Flughafen Tegel geschafft, die Eröffnung von »Berlin-Brandenburg International« war gerade wieder einmal um weitere zwei Jahre verschoben worden. Wir hatten es geschafft, nicht aber unsere ökoeffiziente Airberlin-Maschine. Kurz vor halb elf dann wenigstens Klarheit: erst morgen früh würden wir starten, gegen sechs Uhr, nach Ende des Nachtflugverbots. Überschlägiges Nachrechnen zur Fahrzeit nach Hause und zurück zum Flughafen und die Notwendigkeit, wegen der Sicherheitskontrollen zwei Stunden vor Abflug wieder hier zu sein, ergab, dass wir auch gleich bleiben konnten, wo wir waren.

»Weck mich, wenn es losgeht«, hatte Celine gesagt, sich auf zwei Flughafenstühlen zusammengerollt, und weg war sie. Beneidenswert! Nichts und niemand würde sie jetzt wecken können.

Ich hingegen saß auf dem unbequemen Flughafenmöbel und dachte an Herrn Wurm und daran, wie er wohl durch die Nacht kam. Das brachte mich wieder einmal zum Nachdenken darüber, worin die Aufgabe eines Arztes letztendlich besteht. Und zu der Frage, ob ich wirklich als Feigling nach Mallorca fliegen wollte.

Tatsächlich startete die Maschine am nächsten Morgen wie versprochen als eine der ersten, aber auf der Insel ging es dann weiter mit den kleinen Enttäuschungen. Vor unser Apartment an der Küste von Cala Figuera, von dessen Terrasse wir im letzten Jahr den herrlichen Blick aufs Meer genießen konnten, hatte noch ein weiterer Betonwohnkasten gepasst – im Rohbau, der weitere Ausbau war der spanischen Immobilienkrise zum Opfer gefallen. Als ganz so schlimm hatte sich der verbaute Meerblick dann allerdings nicht erwiesen, denn gemütliches Sitzen auf der Terrasse fiel ohnehin aus, wegen Kälte und Dauerregen.

Wir versuchten, wenigstens den Regen zu ignorieren, was der weniger fremdbestimmten Celine erheblich besser gelang als mir. Unbeirrt absolvierte sie gut gelaunt jeden Morgen ihre Strandläufe mit anschließender Muschelsuche, schon am ersten Tag begleitet von einem schwarzen Mischlingshund, den sie Diabolo taufte und der am nächsten Morgen pünktlich um sieben Uhr vor der Tür wartete. Wie auch an den folgenden Tagen. Trotz Dauerregen und unserer wiederholten Angebote weigerte sich Diabolo, uns in das Apartment zu folgen. Aber jeden Tag steckte er uns an mit seiner unbeschwerten Fröhlichkeit, gab uns so zurück, was wir ihm an billigen Salchitas mitbrachen. Bis Dienstagmorgen, als mich Celine weckte.

»Diabolo ist nicht da!«

Gemeinsam suchten wir den Strand ab, dann den Hafen. Schließlich entdeckten wir den kleinen Kerl neben ein paar Fässern Schiffsdiesel. Mit eingeschlagenem Schädel.

Celine stiftete ihre nagelneue Strandtasche und die schönste Muschel, die sie am Tag zuvor gemeinsam mit Diabolo gefunden hatte. Einen Engelsflügel. Alle anderen warf sie zurück ins Meer. Dann begruben wir unseren kurzzeitigen Freund am Strand. Celine meinte, wir sollten auch mit dem Menschen Mitleid empfinden, der Diabolo erschlagen habe – in welch einer trostlosen Welt der leben müsse! Ich war weit davon entfernt, dieses Mitleid zu teilen.

»Bist du jetzt 'ne Heilige oder so was?«

»Nein, bin ich nicht. Ich würde diesem Menschen natürlich trotzdem gründlich die Fresse polieren.«

Ja, da war ich sicher. Und beruhigt.

Fehlender Meerblick, fehlende Wärme und fehlende Sonne hatten es nicht geschafft, jetzt aber kümmerten wir uns um einen vorgezogenen Rückflug. Für mich war ohnehin nur noch ein Programmpunkt zu erledigen, der Besuch des Parks und der Villa von Alfabia.

»Gerne« sagte Celine, »aber was willst du ausgerechnet da?«

»Ich habe es jemandem versprochen.«

Am Donnerstag, nach fünf Tagen statt zwei Wochen Mallorca, starteten wir bei strahlendem Sonnenschein zurück nach Berlin. Ich erneut mit ordentlich Valium im System.

»Schau dir die Stewardessen und Stewards an, mein Held. Die fliegen jeden Tag«, versuchte Celine mich wie beim Hinflug zu entkrampfen. Und tatsächlich – weder fielen plötzlich beide Triebwerke aus, noch kam uns ein anderes Flugzeug oder Vogelschlag in die Quere, und wider Erwarten zerbrach die Maschine auch nicht bei der Landung oder rutschte ungebremst über das Rollfeld in Berlin-Tegel hinaus. Aber ich war wohl kaum der Einzige, der dies als unerwarteten Extra-Bonus begriff – warum sonst klatschten die Leute?

Kosovo, Ende Mai 1999

Luca wusste, sie hatten es mit einem seit Jahrhunderten bewährten Vorgehen zu tun: Christen werden in ihren Kirchen eingesperrt und verbrannt, Juden in ihrer Synagoge, Moslems in der Moschee. Es war die ultimative Demütigung, der brennende Beweis, dass der jeweils zuständige Gott entweder nicht existiert oder wenn, schlimmer noch, seinen Gläubigen nicht helfen kann. Aber, fragte sich Luca, wie sollte das hier funktionieren? Ihre Moschee war ein Ziegelbau, es gab nicht einmal Holzfachwerk zwischen den Steinen. Im Innenraum ebenfalls kaum Holz: Die Wände und der Boden waren gekalkt oder mit Suren aus dem Koran gefliest. Das einzig Brennbare, die Gebetsbrücken, hatten die Serben gestohlen.

Es dauerte weniger als eine Minute, bis Lucas Frage beantwortet wurde. Klirrend ging das Bleiglasfenster mit seinen detailreich ausgearbeiteten Mosaiken, geometrische Figuren und sakrale Symbolen über dem Eingang zu Bruch, als der erste Molotowcocktail in der Moschee landete. Nach dem siebten hörte Luca auf zu zählen. Panik breitete sich aus. Das Wasser, eilig herbeigeschafft aus dem Midaa, der Waschanlage am Eingang, erwies sich als unnütz. Im Gegenteil, es verteilte den Brandbeschleuniger, Benzin wahrscheinlich, noch schneller.

Der beißende Qualm setzte sich brennend in die Augen und raubte schnell die Sicht, das Feuer die Atemluft. Es gab hier drin doch einiges aus Holz, die Minbar und die Treppe hinauf zur Minbar, auf der er und Bojana eben noch gesessen hatten, oder die Türen zum Kindergarten und zur Koranschule und die Schränke dort. Schnell standen auch sie in Flammen.

»*Allahu ёshtё me mua!* Wir müssen hier raus!«, schrie der Halal-Schlächter mit sich überschlagender Stimme. In seiner Todesangst gelang es dem Dicken mit überraschendem Geschick, sich auf den Fenstersims hochzuziehen, immerhin gut anderthalb Meter. Die Moschee lag leicht erhöht, der Sprung auf die Straße wäre über zwei Meter. Aber der Halal-Schlächter brach sich nicht die Beine. Der Feuerstoß aus einer Kalaschnikow zeigte, dass die Fenster kein Fluchtweg waren.

Längst schmerzte jeder Atemzug und führte zu einem Hustenanfall, der im gesamten Brustraum brannte. Der Hund war vor der brennenden Treppe an der Minbar geflüchtet und drängte sich dicht an Luca.

»Hier, bind dir das vor den Mund.«

Bojana hatte ein Stück Stoff aus dem Kindergarten besorgt, vielleicht ein Kopftuch. Trotz des Qualms nahm Luca einen leichten Duft nach Rosenöl wahr. Das Tuch war feucht, Bojana hatte es an der Waschanlage mit Wasser getränkt. Sofort fiel Luca das Atmen ein wenig leichter, brannte der Rauch weniger schmerzhaft in seinen Lungen. Ihren baldigen Tod aber würde diese improvisierte Maske nur um ein paar Minuten herauszögern.

Die meisten Albaner hatten sich inzwischen wieder aufs Beten verlegt. »… möge Allah uns vor dem Höllenfeuer bewahren …« Damit meinten sie sicher das kommende, nicht das sie umgebende Feuer. Oder erwarteten sie wirklich, Allah würde sich persönlich um sie kümmern? Das furchtbare Massaker von Srebrenica vor vier Jahren wenigstens, bei dem die Serben – vielleicht dieselben Männer, die jetzt grölend vor der Moschee standen – mehr als 8.000 Jungen und Männer umgebracht hatten, hatte Allah ebenso wenig verhindert wie die zum Schutz der bosnischen Glaubensbrüder eingesetzten UN-Soldaten aus Holland. Und doch wusste Luca, gleich würde er in die gemurmelten Gebete, die er noch gut aus der Koranschule kannte, einstimmen: »Wenn Allah alles ist, was du noch hast, hast du alles, was du brauchst.«

Er war froh, dass es Bojana und ihm trotz ihrer Bemühungen nicht gelungen war, Kinder in die Welt zu setzen. Diese Kinder würden jetzt wahrscheinlich mit ihnen sterben müssen. Oder ohne ihre Eltern weiterleben, als Bastarde aus einer

Mischehe weder von den Serben noch von den Albanern akzeptiert.

Das Gemurmel der Koranverse wurde leiser. Der Flickschuster neben Luca betete nicht mehr, ebenso wenig der Schmied. Mit dunkelblau verfärbtem Gesicht lagen beide auf dem Boden, der Flickschuster bewegungslos in seinem Erbrochenen, der Schmied von Krämpfen geschüttelt. Luca fiel das Atmen immer schwerer, offenbar gab es kaum noch Sauerstoff. Sein Kopf fühlte sich an wie in einen Schraubstock gespannt, auch er musste jetzt erbrechen. Bojanas Händedruck wurde schwächer, ihr Gesicht verfärbte sich zunehmend. Trotzdem, nie war sie ihm so schön wie gerade jetzt erschienen. Trotz des zunehmenden Schwindels wusste er, dass auch dies eine Folge des Sauerstoffmangels war, eine letzte Gnade der Natur.

Als er zu sich kam, stand die Sonne tief über dem Horizont und das Minarett warf lange Schatten über den Platz. Noch immer schien sein Kopf in einen Schraubstock gespannt und das Atmen schmerzte höllisch, doch es war saubere, frische Luft, die er trotz der Schmerzen in der Brust gierig einsog. Vorsichtig hob er den Kopf, stützte sich auf die Arme. Fünf reglose Gestalten lagen neben ihm. Luca erkannte den toten Flickschuster und den toten Schmied, die anderen drei Leichen waren offensichtlich Frenkie Boys. UÇK-Kämpfer mit dem schwarzen Doppeladler auf ihren grün-braunen Uniformen durchsuchten sie nach Waffen und Papieren, natürlich auch nach goldenen Ringen an den Fingern oder Ketten um den Hals. Würden sie bis zur Dunkelheit warten, um nach Zahngold suchen?

Zwei Frenkies, die Hände auf dem Rücken gefesselt, knieten mit dem Gesicht zur Moschee. Unter dem mit dem roten Tuch um den Kopf breitete sich eine Blutlache aus. Sein Kampfgefährte schien weitgehend unverletzt. Luca erkannte Goran, den zweiten Vergewaltiger seiner Frau. Verwundert registrierte Luca, dass sich kein Gefühl des Triumphs bei ihm einstellte. Trotzdem hoffte er, dass der andere Vergewaltiger unter den Toten lag und nicht entkommen war.

Luca erschrak. Etwas hatte seinen Kopf berührt.

»Ruhig, mein Liebster. Alles ist gut!«

Bojana strich ihm weiter leicht über das Haar, wie einem Kind, das die Mutter nachts von einem Albtraum befreien will. Erst jetzt wurde Luca bewusst, dass er es nicht gewagt hatte, sich nach ihr umzudrehen.

»Es ist vorbei, Luca.«

Weinend schmiegte er sich an seine Frau.

»Es ist nicht vorbei. Ich weiß nicht, ob es jemals vorbei sein wird.«

»Du lebst. Wir leben!«

Etwas Feuchtes und Kaltes stupste Luca an die Hand. Auch der Hund hatte überlebt.

Wenige Minuten später fuhr der Lastwagen vor. Der UÇK-Trupp sammelte sich und nahm Aufstellung. Qendrim, jetzt in Uniform, gesellte sich zu ihnen. Mit heftigen Tritten half er, die beiden Frenkies auf die Ladefläche zu verfrachten. Die Toten, Albaner wie Serben, wurden liegen gelassen.

Der UÇK-Anführer gab gerade den Befehl zum Abmarsch, als Qendrim ihm noch etwas zuflüsterte.

Der Anführer drehte sich um und schaute zu Luca. Er hob seine Kalaschnikow.

»Du, Herr Englischdozent, auf den Wagen mit dir! Rauf zu deinen serbischen Freunden.«

Bojana schrie auf. Sie klammerte sich an Luca, ließ sich mitschleifen, aber es war zwecklos. Sie traten ihr in die Kniekehle, Luca schlugen sie mit dem Gewehrkolben. Dann setzte sich der Lastwagen in einer gewaltigen Dieselwolke in Bewegung.

Bis zum Ortsausgang folgte ihm der verletzte Hund mit hängender Zunge, in den engen Gassen kam der Laster nur im Schritttempo voran. Dort endlich traf ihn eine der Kugeln, die Lucas Bewacher seit der Abfahrt auf ihn abgegeben hatten.

Nun war auch der letzte Hund im Ort tot.

Die Stimmung auf Station war eindeutig schlechter als vor meinem Kurzurlaub. Das merkte ich spätestens, als ich mich nach der Morgenkonferenz zu den Schwestern setzte, die gerade Frühstückspause machten. Im Gegensatz zu mir waren sie bereits seit zwei Stunden im Dienst.

»Wie geht's denn unseren Patienten so? Hat Eurotransplant endlich eine Niere für Herrn Zorn gefunden? Und was macht Herr Wurm?«

»Jetzt ist Frühstück. Keine Dienstgespräche während unserer Pause.«

Während des eisigen Schweigens, das dieser Antwort folgte, bemerkte ich einen jungen Mann in dunklem Anzug, der mit unsicherem Grinsen und Tablet-PC im Türrahmen lehnte. Die hübsche Manuela stand auf und knallte ihm die Tür vor der Nase zu. Offenbar hatte die Aktion Zeiterfassung nun auch auf den Inneren Stationen begonnen.

Gleichwohl bekam ich einen Kaffee und mir wurde sogar ein Brötchen angeboten. Da ich keine Lust hatte, mich an dem Gespräch über das Fernsehprogramm von gestern Abend zu beteiligen, blätterte ich im Stationsbuch. Diese sinnvolle Einrichtung zur Informationsübergabe über die Dienstschichten hinweg hatte den Einzug der Elektronik überlebt und schilderte die vergangene Woche mit ihren kleinen oder größeren Aufregungen: die Patientin, die sich die Infusionsschläuche gezogen hatte. Der Patient, der mit seinem Blasenkatheter ebenso verfahren und danach aus dem Bett gefallen war. Nett dagegen der alte Herr, den man immer wieder aus dem Bett einer Patientin ein paar Zimmer weiter holen musste, wo beide in friedlichem Tiefschlaf lagen. Auskunft zu meiner unbeantworteten Frage erhielt ich, als ich bis zum Beginn meines Urlaubs zurückgeblättert hatte, zum 31. März: »23 Uhr 50,

Patient Wurm ex. Dr. Valenta informiert. Keine Rea wg. Prognose.« Ich fühlte einen Stich in der Magengegend. Aber natürlich hatte sein fordernder Bruder recht gehabt, ein paar Tage oder Wochen mehr wären nur eine Quälerei gewesen und die Entscheidung von Dr. Valenta gegen eine Wiederbelebung vollkommen vernünftig.

Ich war noch mit dem Stationsbuch beschäftigt, als alle Stühle gleichzeitig über den Boden scharrten und die Schwestern sich erhoben. Manuela öffnete die Tür. Unverändert stand dort der junge Mann mit seinem Tablet.

»Geben Sie's ein, Herr von Schmergow. Es ist acht Uhr zwanzig. Frühstückspause beendet. Und nun kommen Sie mit. Wir gehen Urinflaschen waschen.«

Auch für mich wurde es Zeit, die Tagesroutine aufzunehmen.

Schwester Käthe begleitete die Stationsärzte und mich bei unserer Visite. Nach nur knapp einer Woche Abwesenheit waren mir mehr als die Hälfte der Patienten nicht bekannt, die Diagnosen aber gleich geblieben. Im dritten Krankenzimmer gesellte sich die hübsche Manuela zu uns, die Aktion Urinflaschen war offenbar beendet. Der junge Mann von den Zeitnehmern, der inzwischen also auch den Zeitbedarf pro Reinigung einer Urinflasche kannte, wartete jeweils vor der Tür und stoppte die Anzahl von Minuten, die »seine« Krankenschwester pro Patientenzimmer mit uns verbrachte. Wenigstens dem Datenschutz und der Hygiene wurde also Rechnung getragen, immerhin.

Nach der Visite erwischte ich Professor Kleinweg auf dem Weg ins Röntgen. Er trug noch Urlaubsbräune im Gesicht, die aber kaum die deutlichen Zeichen von Überarbeitung und Müdigkeit verbergen konnte. Keine Frage, er war froh, seinen Oberarzt zurück in der Klinik zu sehen.

»Schöne Tage gehabt auf Mallorca, Herr Hoffmann? Gut erholt?«

Ich nickte nur kurz. Es war kaum anzunehmen, dass sich

Kleinweg für meine Urlaubskatastrophen interessierte. Er hatte nicht einmal mitbekommen, dass ich eine ganze Woche früher als geplant wieder in der Klinik war. Wohl aber, dass mein Urlaub eine Nacht früher als von ihm genehmigt begonnen hatte.

»Das war ein wenig unglücklich, Herr Hoffmann. Unsere Abteilung eine ganze Nacht ohne Chef- und ohne Oberarzt. Hätte ins Auge gehen können …«

»Medizinisch war alles unter Kontrolle. Schließlich war mit Valenta einer unserer erfahrensten Ärzte im Haus.«

»Sicher, das ist unsere Perspektive. Es bestand keine Versorgungslücke. Aber wenn was passiert, und dann kommt so ein findiger Rechtsverdreher …«

Sätze nicht zu beenden ist eine Marotte von Kleinweg. Meine ist, dass ich ungern einen Fehler eingestehe, den ich nicht wirklich einsehe.

»Herr Kleinweg, es ist nicht meine Schuld, wenn schon seit über einem halben Jahr die zweite Oberarztstelle nicht besetzt wird.«

»Bringen Sie mir einen, Herr Hoffmann. Dann besetzen wir die Stelle sofort!«

Das war so nicht ganz richtig: Die Vital-Kliniken versuchten nach wie vor, die gültigen Tarifverträge zu umgehen, indem sie Fachärzte mit Oberarztfunktion, aber ohne Oberarztgehalt einstellten. Sicher auch deshalb existierten allein in der Humana-Klinik fünf Oberarztstellen seit Monaten nur auf dem Papier. Unser Chefarzt wusste, dass er sich auf dünnes Eis begeben hatte – und davon wollte er jetzt schnell wieder hinunter.

»Wie auch immer, es ist ja nichts Besonderes passiert in dieser Nacht.«

»Na ja, Herr Wurm ist gestorben.«

»Herr Wurm?«

Objektiv nicht wirklich nötig, schaltete mein Hirn sofort auf Verteidigung. Sicher besser, ich hätte Wurm erst gar nicht erwähnt.

»*Ihr* Patient. Friedrich Wurm. Der Bauunternehmer.«

Einen kurzen Moment noch schaute mich unser Chef verständnislos an, dann endlich erinnerte er sich.

»Ach, der Herr Wurm. Sie wissen doch, der Mann war sterbenskrank, sein Tod eine Erlösung für ihn. Nein, Herr Hoffmann, was diesen Patienten betrifft … da machen Sie sich mal keine Sorgen, dass Sie in der Nacht nicht in Berlin waren. Das ist alles geregelt.«

Wir waren inzwischen in seinem Arbeitszimmer gelandet. Kleinweg setzte sich an seinen Schreibtisch und bedeutete mir, ebenfalls Platz zu nehmen.

»Aber, Herr Hoffmann, wir stecken tatsächlich in Schwierigkeiten. Mal abgesehen von der Frage, wie sinnvoll das Geld für diese Wirtschaftsberater angelegt ist, war es auf jeden Fall ein Riesenfehler, mit der Zeitnahme bei den Schwestern anzufangen. Haben Sie die Stimmung schon bemerkt?«

»Die ist kaum zu übersehen.«

»Genau. Die Schwestern fühlen sich kontrolliert, überwacht, und, mehr noch, sogar bedroht. Am meisten verunsichert sie die Tatsache, dass die Zeitnehmer nur ihnen hinterherrennen. Das müssen wir sofort korrigieren. Es war von vornherein geplant, auch die ärztlichen Abläufe zu erfassen. Damit hätten wir anfangen sollen!«

Dann würde wohl auch ich bald einen Schatten zugeteilt bekommen. Na toll!

Keine Frage, Kleinweg war weit mehr an der Organisation seiner Abteilung und den aktuellen Schwierigkeiten interessiert als an dem Tod eines Patienten mit metastasiertem Pankreaskrebs. Umso mehr überraschte mich seine Bitte, als ich mich in Richtung Cafeteria verabschieden wollte.

»Ach, Herr Hoffmann, da ist noch etwas. Die Familie von diesem Wurm hat mich zu seiner Beerdigung eingeladen …«

»Die war noch nicht?« Immerhin war Wurm seit einer Woche tot.

»Soweit ich weiß, hatten sie eine private Zeremonie, bei der

Einäscherung. Nun wird die Urne beigesetzt, mit Glanz und Gloria, nehme ich an. Ich denke, da sollten wir Flagge zeigen. Also, jedenfalls wäre ich Ihnen sehr dankbar, wenn Sie mich dort morgen Vormittag vertreten könnten. Ich muss zu einer Konferenz, der Vital-Konzern möchte mal wieder alle seine Abteilungsleiter sehen. Kopf hoch, Herr Hoffmann – nach dem Friedhof soll es so eine Art Leichenschmaus geben.«

Auf die Schnelle fiel mir keine Ausrede ein. Außerdem war ich jetzt erst recht verwundert – noch vor wenigen Minuten konnte sich Kleinweg angeblich kaum an den Patienten Wurm erinnern. Aber gleich darauf erklärte sich sein neu erwachtes Interesse.

»Ich danke Ihnen, Herr Hoffmann. Da werden eine Menge Leute vom Bau und so sein. Werben Sie gleich ein paar potente Privatpatienten für uns!«

Also war Kleinweg doch nicht Opfer eines plötzlichen Anfalls von Sentimentalität geworden. Ich fragte mich allerdings, ob ausgerechnet die Beerdigung eines uns behandelten Patienten einen überzeugenden Rahmen bot, um weitere zum dreifachen Satz versicherte Privatpatienten von der Leistungsfähigkeit der Humana-Klinik zu überzeugen. Vielleicht war das ja der eigentliche Grund, weshalb unser Chefarzt den Termin nicht selbst wahrnehmen wollte. Und weshalb er mich gerade belogen hatte.

8

»Da komme ich mit!«

Celine ist keine Beisetzungs-Fetischistin. Doch ich hatte ihr erzählt, dass Kleinweg von einem ordentlichen Büffet nach dem Friedhof gesprochen hätte.

»Außerdem möchte ich mal sehen, wie so eine Familie Bau-löwe wohnt!«

»Und deine Schüler?«

»Morgen streiken wir Lehrer doch.«

Wieder einmal!

Unser Plan war im Prinzip nicht schlecht: Wir würden uns, entsprechend unserem eigentlichen Interesse, erst gegen Ende der Beisetzungszeremonie unauffällig unter die Trauer-gemeinde mischen.

Seit Tagen schon tröpfelte ein schmuddelnasser Aprilniesel aus grauen Wolken, doch als wir uns endlich in Richtung Waldfriedhof auf den Weg machten, öffnete sich der Himmel und eine prächtige Frühlingssonne zauberte ein optimistisches Leuchten und Glänzen auf die nassen Äste. Verfügte Bau-unternehmer Wurm auch dort oben bereits über Einfluss?

Vorsichtig staksten wir mit unseren schwarzen Beerdi-gungsschuhen durch den Matsch der Friedhofswege, versuch-ten größere Pfützen zu vermeiden und trotzdem die Richtung, die uns eine Tafel am Eingang gewiesen hatte, beizubehalten. Doch als wir die Grabstelle erreichten, war klar, dass wir uns verrechnet hatten. Die Urne war bereits beigesetzt und die recht große Trauergemeinde fast durch damit, ihr etwas Erde nachzuwerfen. Sich unauffällig darunter zu mischen war nicht mehr möglich.

»Sie müssen Doktor Hoffmann sein.«

Da ich mich, wie gesagt, zu den Besuchszeiten gern in die Unendlichkeit unserer Klinik verdrücke, hatte ich Frau Wurm bisher nicht kennengelernt. Gut, dass sie sich jetzt selbst vorstellte und dass Kleinweg sich offenbar schon telefonisch entschuldigt hatte. Ich sprach mein Beileid aus, stellte Celine vor und murmelte etwas von einem Notfall in der Klinik.

»Es ist sehr nett von Ihnen, dass Sie trotzdem gekommen sind, Dr. Hoffmann. Ich hoffe, Sie beide können uns noch auf einen kleinen Imbiss begleiten?«

»Ja, können wir«, kam es prompt von Celine.

Als die Trauergemeinde begann, sich in kleinen Gruppen in Richtung Parkplatz zu bewegen, bemerkte ich vielleicht zehn Grabstellen von uns entfernt einen Mann, der immer mal wieder zu uns herüberschaute. Kam er mir bekannt vor? Schwer zu sagen, da er zum größten Teil von einem Lebensbaum verdeckt stand und die Sonne mich blendete. Während wir uns dem Marsch zum Parkplatz anschlossen, schaute ich noch einmal über die Schulter: Der Mann war verschwunden.

Wir waren in meinem nach dem Zusammenprall mit dem Wildschwein noch nicht ausgebeulten Golf der Karawane von deutlich teureren Karossen gefolgt und standen nun vor dem Haus der Wurms. Der Golf war nicht in einer imposanten Auffahrt aus weißem Kies geparkt, sondern auf der Straße vor einem eher bescheidenen zweigeschossigen Bungalow aus den sechziger Jahren. Immerhin hatte unsere kleine Autokolonne im angemessenen Stadtteil geendet, im teuren Dahlem.

Die Fahrt vom Waldfriedhof hierher hatte die Trauergemeinde ausgedünnt, jetzt waren wir vielleicht noch zehn, maximal fünfzehn Leute, die sich über das nicht gerade imposante Büffet hermachten. Der traditionelle Leichenschmaus war auf einen Stehimbiss reduziert, was mir besser gefiel, als mit unbekannten Leuten an einem gedeckten Tisch sitzen zu müssen und mich nicht zu gegebener Zeit unauffällig absetzen zu können.

Die Einrichtung der Wurms entsprach dem Äußeren des Hauses. Nichts wirklich Geschmackloses, aber auch nichts wirklich Schönes oder ausgesprochen Teures. Offenbar hatte man es als Baulöwe nicht nötig, etwas darzustellen. Solidität und Funktionalität waren die treffenden Begriffe, um die Einrichtung zu beschreiben.

Ein Lachsbrötchen in der rechten und einen Orangensaft in der linken Hand, schaute ich durch ein zeittypisches Panoramafenster in den Garten. Lediglich der Forsythienstrauch kündete mit leuchtend gelben Blüten vom Frühling.

»Kannten Sie den Wurm persönlich?«

Ein Yuppie, der sich ebenfalls für Lachsbrötchen entschieden hatte, stand neben mir und hatte mich mit vollem Mund gefragt. Auf dem Bau ist es wahrscheinlich wie im Krankenhaus. Man lernt schnell, dass es Zeitverschwendung ist, sich allein auf das Essen zu konzentrieren.

»Nur als Patient in seinen letzten Tagen« antwortete ich. »Da war er sehr tapfer. Und erstaunlich bescheiden für einen Baulöwen.«

»Wurm bescheiden? Ich kenne ihn ja nur vom Telefon, aber da machte er immer den befehlsgewohnten Schnösel!«

Es wunderte mich nicht, dass der Yuppie und ich uns an zwei verschiedene Menschen erinnerten. Eine schwere Krankheit, und erst recht das nahe Ende können den Menschen erheblich verändern. Bei manchen führen Schmerzen und Furcht zu Gehässigkeit, Verbitterung und Bösartigkeit, aber nicht selten verwandelt sich auch ein befehlsgewohnter Schnösel in einen tapferen, netten Menschen.

Frau Wurm trat zu uns. Gott sei Dank hatte sie die letzte Bemerkung nicht mitbekommen. Sie folgte meinem Blick und schaute in den Garten.

»Ja, der Garten. Wer wird sich jetzt darum kümmern? Der Garten war sein ein und alles.«

Der Yuppie zwinkerte mir zu, als hätte Frau Wurm gerade einen umwerfenden Witz gemacht. Wie den bescheidenen Wurm schien er auch den Gartenfreund Wurm nicht zu kennen. Der hatte mir immer wieder von seinem Garten erzählt, er hatte ihn offenbar wenigstens in seinen letzten Tagen mehr interessiert als seine Baufirma, von der er eigentlich nie gesprochen hatte.

Ich war gerade dabei, mein zweites Brötchen zu vertilgen, als das gefürchtete Geräusch erklang: Jemand klopfte an sein Glas. War die gottgefällige Würdigung auf dem Friedhof, die Celine und ich ja leider nicht mitbekommen hatten, nicht ausführlich genug gewesen? Hatte die Kirche den Bauunternehmer nicht ausreichend gewürdigt? Jedenfalls klopfte einer der wenigen älteren Anzugträger noch einmal an sein Glas, bezeichnete sich als langjährigen beruflichen Weggefährten und legte los.

Es ist natürlich üblich, bei einer solchen Gelegenheit eher die positiven Eigenschaften zu erwähnen, aber dieser Weggefährte übertrieb es für meinen Geschmack doch ein wenig. In seinem Nachruf mutierte der Bauunternehmer Wurm zum Menschenbeglücker Wurm. Die herzlosen Großsiedlungen aus seiner Anfangszeit, der in Beton gegossene und mit Asbest feuerfest gemachte Aufstieg seiner Firma: Menschen beglückend, nur aus der Sorge über die beengten Wohnverhältnisse entstanden. Ebenso die Luxus-Abschreibungsobjekte in den neuen Bundesländern nach der Wende: eine mutige, der Idee des so lange ersehnten Miteinanders verpflichtete Investition in die gemeinsame deutsche Zukunft.

Ich schaute mich unter den Trauergästen um. Ich hatte vorwiegend Männer in Wurms Alter erwartet, Kampfgefährten auf dem Weg der Betonierung und Zersiedlung Deutschlands wie den aktuellen Redner. Aber ebenso wie Chefarzt Kleinweg mich als Vertreter geschickt hatte, hatten offenbar auch die meisten Baulöwen ihre abkömmlichen Mitarbeiter zum Waldfriedhof abkommandiert. Wenn die auch deutlich teurere Anzüge als ich trugen, kennzeichnete uns Mittvierziger das Alter als die zweite Garnitur. Vielleicht waren die anderen Weggefährten ferngeblieben, weil sie nicht an die eigene Endlichkeit erinnert werden wollten, gegen die sie mit allem Stahlbeton der Welt nicht anbauen konnten. Oder die Sache war einfach nicht wichtig genug, um ihren übervollen Terminkalender umzuwerfen. Wahrscheinlich wurde nach dem Menschen auch Wurms GmbH & Co KG begraben, war ein toter Wurm kein Partner oder Konkurrent mehr, mit dem man Absichten und Einflussgebiete absprechen musste. Längst, nahm ich an, hatten diese Leute seine laufenden Projekte unter sich aufgeteilt, vielleicht auch schon seine Firma. Ich würde Kleinweg enttäuschen müssen. Die erwarteten lukrativen Privatpatienten hatten sich zu dieser Beerdigung nicht eingefunden.

Aber es gab etwas, das ich stärker vermisste als potenzielle Privatpatienten für Chefarzt Kleinweg: Nirgends entdeckte ich ein Bild des Verstorbenen. Nicht dass ich unbedingt ein barockgerahmtes Großporträt mit Trauerflor über dem Büffet erwartet hätte, das wäre eventuell dem Appetit auf Lachs-, Hackfleisch- oder Käsebrötchen nicht zuträglich gewesen. Aber irgendwelche Fotos, private oder öffentliche: Fehlanzeige. Eigenartig.

Der Weggefährte hatte inzwischen ausführlich geschildert, wie es dann weitergegangen war mit Wurm, wie der mutige Unternehmer nach dem Osten Deutschlands in den letzten Jahren auch den Osten Europas in die Moderne betoniert habe, kam aber immerhin langsam zum Ende. Da vermisste ich plötzlich noch etwas, besser, jemanden. Wohin war eigentlich Celine verschwunden? Auch von dem grinsenden Yuppie war nichts zu sehen.

Schon um Frau Wurm aus dem Wege zu gehen, die gerade auf mich zusteuerte, wollte ich nach Celine suchen. Ein Gespräch mit Hinterbliebenen ist für den Arzt selten angenehm. »Mit der Familie müssen Sie sich nicht herumschlagen, Herr Hoffmann. Die wissen Bescheid, auch über die Prognose«, hatte mir Kleinweg vor seinem Urlaub versichert. Nun stand Frau Wurm aber doch wieder vor mir. Hatte sie von dem Ansinnen ihres Schwagers gewusst? Und warum war der Schwager eigentlich nicht hier?

73

»Er hat Sie sehr gemocht als Arzt, Dr. Hoffmann. Sie haben sicher alles getan, was in Ihrer Macht stand.«

Alles, was in meiner Macht stand? Meinte sie, ihr Mann wäre noch am Leben, wäre der Professor nicht im Urlaub gewesen? Nein, sicher machte ich mir da unnütze Gedanken.

Frau Wurm trat noch ein wenig näher. Worüber wir, neben dem medizinisch Notwendigen, denn so gesprochen hätten, wollte sie wissen. Ob, und das war wohl die eigentliche Frage, mein Patient auch über sie gesprochen hätte. Hatte er nicht, wie mir erst jetzt auffiel. Aber das konnte ich der Witwe wohl kaum sagen.

»Jedenfalls nur Gutes.« Frau Wurm sah mich stumm an, wartete vermutlich auf eine etwas präzisere Auskunft. Ich fasste mir ein Herz. »Er hat Sie jedenfalls sehr geliebt, würde ich meinen.«

»Geliebt? Tatsächlich? Hat er das?«

Auf jeden Fall hatte er es ihr wohl schon lange nicht mehr gesagt, Frau Wurm schien überrascht. Und ich war zufrieden mit meinem guten Werk für den Tag, das mich nur eine kleine Lüge gekostet hatte.

Es gelang mir, mich von Frau Wurm zu lösen, ehe ich gezwungen war, Details über nicht stattgehabte Gespräche zu erfinden. Celine war immer noch nicht aufgetaucht, mit einem weiteren Lachsbrötchen in der Hand postierte ich mich an ihrem wahrscheinlichen Aufenthaltsort, der Gästetoilette.

»Celine?«

Keine Antwort, auch mein leises Klopfen blieb unbeantwortet.

Während ich so wartete, musste ich erneut an den nicht anwesenden Bruder denken. Vielleicht wusste Frau Wurm von seinem Euthanasie-Verlangen, war aber strikt dagegen gewesen und der Bruder deshalb bei Beerdigung und Leichenschmaus unerwünscht?

Ich klopfte noch einmal, endlich ging die Tür auf. Aber keine Celine. Mein Yuppie erschien, grinste jetzt noch breiter,

74

und das mit verräterisch großen Pupillen und hellroten Ohren. Von irgendwo über mir hörte ich ein Zischen. Celine stand auf dem obersten Treppenabsatz und winkte mich zu sich. Es schien, sie wollte mir da oben unbedingt etwas zeigen.

»Kann ich Ihnen helfen?«

Frau Wurm hatte mich nicht verfolgt. Sie stand jetzt hier, weil sich die ersten Gäste verabschieden wollten und die Gästetoilette vom Architekten wie üblich zwischen die Eingangstür und die Treppe nach oben gezwängt worden war.

»Ich wollte Felix zeigen, dass hier oben eine zweite Toilette ist«, behauptete Celine geistesgegenwärtig, während sie die Treppe herunterkam. »Aber nun ist die hier unten ja auch wieder frei.«

Also musste auch ich auf die Gästetoilette verschwinden. Nach angemessener Zeit mischte ich mich noch einmal kurz unter die Gäste. Die Reste der Trauerversammlung machten sich gerade über die Reste des Büffets her und hatten sich von der angemessen gedrückten Anfangsstimmung verabschiedet. Man sprach jetzt trotz der Vormittagsstunde dem Wein und Sekt zu, es war deutlich lauter geworden. So soll es ja wohl auch sein. Auf dem Lande spielte, wenigstens früher, beim Leichenschmaus gegen Ende die Kapelle lustige Märsche. Hurra, wir wenigstens leben noch!

Noch ein letztes Brötchen, dann wurde es Zeit, mich zu empfehlen. Ich war zwar für Kleinweg hier, das hieß aber nicht, dass der dafür inzwischen meine Aufgaben in der Klinik erledigte.

»Ich danke Ihnen, dass Sie sich die Zeit genommen haben«, betonte Frau Wurm. »Und es war sehr lieb, mir über Ihre Gespräche am Krankenbett zu erzählen. Sie sind ein guter Mensch, Dr. Hoffmann.«

Endlich hatte es jemand bemerkt! Und Celine hatte es gehört!

Gestärkt an Leib und Seele, ich zusätzlich durch das Gefühl, mit einer verzeihlichen Lüge eine gute Tat vollbracht zu haben, machten wir uns auf den Weg.

»Was wolltest du mir eigentlich im Obergeschoss der Wurms unbedingt zeigen?«, fragte ich Celine auf der Rückfahrt.

»Eindruckvoll da oben, kann ich dir sagen. Deutlich weniger bescheiden eingerichtet als das Erdgeschoss, um es mal vorsichtig auszudrücken. Aber was ich dir zeigen wollte, war die Ego-Fotogalerie deines Baulöwen: Baulöwe schüttelt Bürgermeister die Hand, Baulöwe schüttelt Bundesbauminister die Hand, Baulöwe schüttelt irgendeinem General die Hand, Baulöwe schüttelt überall irgendwelche Hände. Ein paar private Fotos hingen da auch. Hochzeit, Urlaube auf der ganzen Welt ... Kinder hatten die beiden wohl keine.«

Das waren genau die Ego-Fotos vom Menschheitsbeglücker, die ich im Erdgeschoss vermisst hatte. Vermutlich zeigte diese Erwartung nur, wie wenig ich mich im Baugeschäft auskannte und dass man als Bauunternehmer zwar viele öffentliche Hände schüttelt und dies auch gerne als Erinnerung festhält, aber nicht öffentlich an die große Glocke hängen möchte.

9

»Wo sind Sie gewesen?«

Kaum hatte ich mich im Schwesternzimmer über die aktuelle Lage informiert, tauchte dieser Anzugbubi auf und knallte mir seine Frage an den Kopf. Er hätte gut der jüngere Bruder des Yuppies sein können, der vorhin die Liebe Wurms zu seinem Garten so witzig fand.

»Sie sind doch Dr. Hoffmann?«

»Stimmt«, sage ich, immer noch zu verdutzt, um die Antwort zu verweigern. »Und wer, bitte schön, sind Sie?«

»Ich bin Hans-Hennrich von Schmergow«, antwortete der Junge und streckte mir seine rechte Hand entgegen, die ich ignorierte. Aber ich erkannte, wer dieser Hans-Hennrich war: der Zeitnehmer, den die hübsche Schwester Manuela am Montag in die Kunst der Urinflaschen-Reinigung eingeführt hatte. Ja, bestätigte er jetzt meine Erinnerung, er sei von der Firma Time-Consult und von der als mein persönlicher Zeitnehmer eingeteilt. Ab heute. Toll! Kleinweg hatte sein Versprechen, dass auch wir Ärzte in den Genuss einer lückenlosen Überwachung kämen, in die Tat umgesetzt.

Über gewisse Spielregeln der Höflichkeit würden wir uns noch verständigen müssen. Erst einmal jedoch nahm ich Herrn von Schmergow mit zur verspäteten Oberarztvisite.

»Gehen die Ärzte hier immer zur Beerdigung, wenn ihnen ein Patient stirbt?« Im Laufen durchforstete Hans-Hennrich sein Tablet. »Keine Ahnung, wie ich das verschlüsseln soll.«

»Nein, natürlich gehen wir nicht zu jeder Beerdigung. Es muss schon ein wichtiger Patient gewesen sein. Und auch dann versucht man, sich zu drücken.«

Wie in diesem Falle Professor Kleinweg erfolgreich vorexerziert hatte. Längst war mir zu Ohren gekommen, dass es zwar tatsächlich eine Abteilungsleiterkonferenz gab, aber erst am Nachmittag. Doch ich hatte ihm seine Lüge bereits vergeben. Der Fall Wurm war damit für mich abgeschlossen. Dachte ich.

Ich hatte die Stationsärzte gebeten, die Visite schon einmal ohne mich anzufangen. Als ich endlich dazustieß, sprach Marlies gerade mit Herrn Zorn, der weiterhin auf eine neue Niere wartete. Wieder einmal war ich beeindruckt von ihrer pragmatischen Herangehensweise. Marlies empfand mindestens ebenso viel Empathie für unsere Patienten wie ich, und trotzdem beherzigte sie deutlich besser die Grundregel Nummer eins: Wir Ärzte sind – meistens wenigstens – nicht schuld an der Krankheit des Patienten und ebenso wenig, wenn es nicht rechtzeitig eine neue Niere/ein neues Herz/eine wirkliche Therapie gibt. Trotzdem macht der Arztberuf einfach mehr Spaß, wenn man seinen Patienten etwas Erfreuliches mitteilen kann.

Im nächsten Krankenzimmer ging es ebenso wenig um überlegenes Oberarztwissen. Frau Schulz, klare Indikation zum Herzkatheter, um ihre Herzkranzgefäße und den sehr wahrscheinlich drohenden Herzinfarkt zu objektivieren, hielt mir die vorgedruckte Einverständniserklärung unter die Nase.

»Damit würde ich ja mein Todesurteil unterschreiben, Herr Oberarzt!«

Frau Schulz hatte recht; es ist nicht leicht, die Balance zwischen dem Recht der Patienten auf Aufklärung einerseits und Abschreckung vor jeder medizinischen Maßnahme andererseits zu finden. Darüber hinaus wirken Versicherungsjuristen an der Formulierung dieser Einverständniserklärungen mit, was die Sache nicht eben besser macht. Es gibt mehrere Varianten, mit der Situation umzugehen. Ich wählte die dümmste.

»Ich verspreche Ihnen: Es wird keine Komplikationen geben.«

Marlies schaute mich erstaunt an. Ihr war klar: Nun musste bei der armen Frau Schulz fast zwangsläufig etwas schiefgehen.

Wir hatten noch längst nicht alle Zimmer durch, als mein Zeitnehmer Hans-Hennrich zu maulen begann. Es sei schon nach zwei Uhr am Nachmittag, sein Magen knurre seit über einer Stunde, ob wir nicht endlich mal Mittag essen gehen wollten. Ich ergriff meine Chance, ihn wenigstens für einige Zeit loszuwerden.

»Daran müssen Sie sich als Arztbegleiter gewöhnen. Vielleicht kommen wir erst heute Abend zum Essen, oder gar nicht. Aber ich denke, schlimmstenfalls können wir unsere Visite auch ohne Sie weitermachen.«

Ich verbuchte es als kleinen Sieg, als sich Hans-Hennrich zum Mittagessen verdrückte. Er wusste ja nicht, dass ich mich vorhin bei Frau Wurm hinreichend gestärkt hatte.

Beerdigung und Leichenschmaus hatten meinen Kliniktag weit nach hinten verschoben, deshalb war ich am Nachmittag immer noch auf Station und wieder einmal Opfer verschiedener besorgter Angehöriger. Gerade als ich auf eine Verschnaufpause hoffte, legte sich plötzlich der intensive Duft eines Herrenparfüms über den allgemeinen Krankenhausgeruch. Ein Mann mittleren Alters von beeindruckender Statur baute sich vor mir auf.

»Ich komme wegen Herrn Wurm!«

Schön, dieser Fall ließ sich schnell erledigen.

»Herr Wurm ist, ähem, nicht mehr Patient bei uns.«

»Das weiß ich. Er soll gestorben sein.«

Das bejahte ich, da gab es nichts zu verheimlichen, schließlich hatte die Beisetzung heute Morgen in aller Öffentlichkeit stattgefunden.

Der Ringertyp gab sich als Vertreter von Wurms Lebensversicherung aus und wollte Details wissen. Er trug eindeutig einen Maßanzug, mit anderen Worten ging es hier offenbar um eine hohe Versicherungssumme. Was nicht recht ins geschniegelte Bild passte, waren die deutlich sichtbaren Spuren weißen Kalkstaubs auf seinen schwarzen Luxustretern. Kam er gerade von einem teuren Versicherungsfall auf einer Baustelle? Ich schaute mir den Mann noch ein wenig genauer an. Mit seiner gedrungenen Gestalt, den glänzend schwarzen Haaren und der relativ dunklen Gesichtsfarbe hielt ich ihn für einen Südosteuropäer. Dafür sprach auch sein Deutsch, ziemlich fehlerlos, aber einfach gehalten und mit deutlichem Restakzent.

Er solle sich an Frau Wurm wenden, sie sei seine korrekte Ansprechpartnerin, beschied ich ihn. Er stellte trotzdem weitere Fragen, die ich mit dem gleichen Hinweis unbeantwortet ließ. Immerhin, dachte ich dann, ein wenig sollte ich Frau Wurm schon unterstützen – hielt die mich doch für einen guten Menschen.

»Falls Sie möglicherweise an Selbstmord denken und das mit Ihren Vertragsklauseln nicht vereinbar wäre, kann ich Ihnen versichern: Herr Wurm ist eines natürlichen Todes gestorben. Ein Selbstmord liegt mit Sicherheit nicht vor.«

Endlich gab der Typ sich geschlagen und hatte nur noch eine letzte Frage.

»Aber Herr Wurm ist wirklich gestorben, das können Sie mir versichern?«

»Ja«, antwortete ich. Das, schien mir, konnte ich ihm wenigstens bestätigen.

Trotzdem, ein wenig verwunderlich war die Frage schon. Auch dieser Versicherung dürfte doch wohl der Begriff Sterbeurkunde bekannt sein.

Nicht dass mein persönlicher Zeitnehmer mir besonders fehlte, aber ich hatte mich schon gefragt, wo er eigentlich steckte, denn die kulinarischen Akzente unserer Klinik-Cafeteria laden nicht unbedingt zu ausgedehnten Mahlzeiten ein. Nachdem ich den Südeuropäer losgeworden war, entdeckte ich

Hans-Hennrich von Schmergow im Schwesternzimmer, in fröhlicher Unterhaltung mit der schönen Manuela. Noch gestern Morgen war sie ihm deutlich kühler begegnet. Ihr Lachen ärgerte mich. Wusste sie denn nicht, dass dieser Mann und seine Kollegen unsere natürlichen Feinde waren? Oder ärgerte mich in Wahrheit die deutlich geringere Altersdifferenz der beiden im Vergleich zu mir?

Spät am Abend, endlich zu Hause zwischen meinen Umzugskartons, teilte mir die Leuchtanzeige am Telefon mit, dass es drei Nachrichten für mich gespeichert hätte. Mit einem Bier in der Hand hörte ich sie ab. Eine männliche Stimme Typ Nachrichtensprecher klärte mich über die Vorteile einer Investition in Rohstoffe auf und bat dringend um Rückruf, jederzeit. Eine weibliche Stimme erinnerte mich im Namen der Hausverwaltung daran, dass ich die Wohnung am kommenden Montag besenrein und »ohne Mängel« zu übergeben hätte. Der letzte Anrufer entschuldigte sich, er habe sich verwählt.

Dieses Wochenende war Umzug angesagt. Aus Tradition und weil mein gesamtes Umzugsgut in einen größeren Lieferwagen passte, bestand die Umzugskolonne aus einem kleinen, aber hoch qualifizierten und in der Aufgabe erfahrenen Team: aus einem Kardiologen – mir, einem Intensivmediziner – Heinz Valenta, und dem Krankenpfleger Johannes Starke aus dem Herzkatheter, vor zwei Jahren Berliner Karatemeister. Unser letzter gemeinsamer Umzug war knapp ein Jahr her, als Johannes sich von seiner Frau getrennt hatte. Damals war die Menge an Möbeln und Dingen, die er mitnehmen wollte oder durfte, ähnlich überschaubar wie mein Umzugsgut heute. Celine und Marlies waren auch mit von der Partie, Marlies mit ihrer zwölfjährigen Tochter.

Immer wieder erstaunlich, was der dicke Valenta über seine eigenen hundertzwanzig Kilo hinaus noch schleppen kann. Er lieferte sich einen engagierten Wettkampf mit Karatemeister Johannes, dem ein Teil meines vielleicht nicht allzu sorgfältig verpackten Frühstücksgeschirrs zum Opfer fiel und den er trotzdem verlor. Unaufgefordert nahm sich nun Marlies' Tochter Gläsern, Tellern und Tassen einzeln an, und ich fragte mich, wie es meine Kollegin hinbekam, neben der Klinikarbeit auch noch ein Kind zu erziehen, das nicht nur mit seinem Smartphone herummachte.

Dank des Wettbewerbs Valenta/Johannes, der allgemein einsatzfreudigen Truppe und der Übersichtlichkeit des Transportgutes war am frühen Nachmittag alles geschafft. Wir machten uns endlich über die Hackfleischbrötchen her, die Marlies für uns vorbereitet hatte (wann eigentlich, um alles in der Welt?), und ersetzten die verlorene Körperflüssigkeit und die verbrannten Kalorien mit ein paar Bier. Nach einem ordentlichen Schluck bewunderte Valenta meinen unverbaubaren Blick auf den Kleinen Wannsee.

»Und diese Wohnung hat dir echt der Kleinweg besorgt?« Valenta schüttelte den Kopf, sagte aber nichts weiter. Als überzeugter Linker war ihm außerhalb medizinischer Fragen alles verdächtig, was mit Chefärzten und Privatpatienten zu tun hatte. Ich hingegen hatte auf diese Weise nicht nur eine tolle Wohnung in toller Lage ergattert, sondern auch noch eine ohne Maklerkosten und mit einer erstaunlich günstigen Miete.

Den gesamten Sonntag brauchte ich, um meine alte Wohnung »besenrein« zu bekommen. Am Sonntagabend saß ich mit Celine in der neuen Wohnung zwischen den Umzugskartons. Während wir unser Dinner vom Chinesen aus praktischen Plastikschalen genossen, verschwand die Sonne langsam in knalligem Orange hinter dem Kleinen Wannsee. Ganz still, ohne Kindergetrampel in der Wohnung unter mir. Ja, ich hatte mich tatsächlich erheblich verbessert.

Am Montag taten mir alle Knochen und Muskeln weh, nur mit Mühe hatte ich mich in meinen Golf hinein- und mehr noch wieder herausgequält. In der Klinik überlegte ich gerade, wie ich mit möglichst wenig Körpereinsatz durch den Tag kommen könnte und ob ich nicht doch Celines Rat folgen sollte, sie jeden Dienstagabend zum Konditionstraining im Sportclub Wannsee zu begleiten, als es an meinem Dienstzimmer klopfte. Stimmt! Mein persönlicher Zeitnehmer, Hans-Hennrich von Schmergow, war überfällig. Ich hatte ihn allerdings nicht vermisst.

»Ja bitte.«

Aber es war nicht Hans-Hennrich.

Ein Mann, dem ein wenig Konditionstraining sicher auch gut getan hätte, steckte seine Nase zur Tür herein und bat um ein kurzes Gespräch. Natürlich hatte ich dafür keine Zeit, musste eigentlich zur morgendlichen Bettenkonferenz, war aber im Moment ganz froh, dass ich noch ein paar Minuten länger ohne schmerzhafte körperliche Aktivität (mich bis zum Fahrstuhl schleppen) zubringen konnte.

»Was kann ich für Sie tun?«

»Ich werde Sie nicht lange aufhalten, Dr. Hoffmann. Nur ein paar kurze Fragen zu einem Patienten von Ihnen, der hier vor kurzem verstorben ist, dann bin ich wieder weg.«

Ich verlagerte mein Gewicht auf dem Schreibtischsessel und versuchte, eine weniger schmerzhafte Position zu finden.

»Geht es wieder um Herrn Wurm? Da war bereits vergangene Woche ein Kollege von Ihnen hier, von der Lebensversicherung.«

Mein Besucher stand immer noch halb in der Tür, schaute auf den Stuhl vor mir.

»Darf ich?«

Ich nickte, er setzte sich.

»Tja, es gibt tatsächlich Klienten mit zwei Lebensversicherungen, das wäre natürlich auch interessant zu wissen, unter anderem wegen der Frage der Leistungsverpflichtung. Also, Dr. Hoffmann, unterhalten wir uns über Lebensversicherungen. Um Sie hinsichtlich Ihrer ärztlichen Schweigepflicht nicht in Verlegenheit zu bringen, möchte ich aber keine Namen nennen. Lassen Sie uns deshalb über einen hypothetischen Patienten sprechen, wenn es Ihnen recht ist.«

Ich mag solche Spielchen überhaupt nicht und war einen Moment versucht, den Kerl hinauszuwerfen. Aber dann siegte meine Neugier. Vor allem wollte ich wissen, wie groß das Interesse meines Gegenübers war.

»Hören Sie. Ich bin als Arzt natürlich nicht nur verpflichtet, mit meinen Patienten zu sprechen. Selbstverständlich stehe ich auch deren Angehörigen zur Verfügung. Außerdem muss ich mich mit unserer Verwaltung auseinandersetzen, den Krankenkassen und manchmal sogar mit der Gesundheitsbehörde. Aber ich werde nicht dafür bezahlt, mich über tote Patienten mit deren Lebensversicherung zu unterhalten – mal ganz abgesehen von der Schweigepflicht.«

Mein Besucher legte Verständnis in seinen Blick.

»Ich sagte doch bereits, Dr. Hoffmann, dass ich nur über einen hypothetischen Patienten sprechen möchte. Und was Ihre wertvolle Zeit angeht: Sie haben doch bestimmt einen Stundensatz. Sagen wir, Sie berechnen mir für dieses Gespräch Ihren dreifachen Satz. Würde das reichen?«

Ich einen Stundensatz? Schön wär's! Selbst Kleinweg kann bei seinen Privatpatienten nur die erbrachte medizinische Leistung abrechnen, nicht die Zeit, die ihn das gekostet hat. Aber ich hatte die gewünschte Information bekommen. Mein Besucher, beziehungsweise seine Auftraggeber, war deutlich interessiert.

»Was genau wollen Sie denn über Ihren hypothetischen Patienten wissen?«

»Nehmen wir einmal an, Herr Doktor, es ginge um einen Patienten, der in der Nacht vom 31. März auf den 1. April verstorben ist.«

Das hatte ich mir schon gedacht. Ich wartete ab.

»Was uns an diesem hypothetischen Patienten interessieren würde, ist Folgendes: Wie lange wusste der Patient schon, dass er sterben würde?«

Hatte Friedrich Wurm also tatsächlich zwei Lebensversicherungen abgeschlossen? Beide erst kürzlich, mit der persönlich unterzeichneten Erklärung, bei voller Gesundheit zu sein? Oder schickte dieselbe Versicherung jetzt ihren zweiten, etwas seriöseren Ermittler? Nur, warum taten beide Herren so geheimnisvoll? Warum wollte dieser hier nicht einmal den Namen des Versicherten nennen? Und was konnte ich sagen, ohne Frau Wurm – wahrscheinlich die Begünstigte – zu schaden? Immerhin war dieses Gespräch hier interessanter, als in der Bettenkonferenz zu sitzen. Ich spielte weiter mit.

»Wenn es so einen Patienten wirklich gegeben hat, dürfte er ein sehr kranker Mann gewesen sein, als wir ihn hier stationär aufgenommen haben«, antwortete ich. »Es könnte sich um eine Tumorerkrankung in einem unheilbaren Stadium gehandelt haben. Aber selbst wenn dem so gewesen sein sollte, ist es trotzdem möglich, dass dieser Patient erst seit kurzer Zeit von seiner Erkrankung wusste. Krebs kann sehr tückisch sein, kann lange Zeit heimlich und unbemerkt wachsen.«

Mein Besucher hatte ein kleines Oktavheft hervorgeholt, in das er sich jetzt Notizen machte, wie früher der Kommissar in einem Kriminalfilm. Interessiert schaute ich zu, selbst im Film habe ich das schon lange nicht mehr gesehen. Allerdings war mein Gegenüber auch nicht mehr jung.

»Aber Fakt ist«, sagte er und schaute von seinem Oktavheft auf, »der Patient ist in der Nacht vom 31. März auf den 1. April verstorben. Richtig?«

Ein ehemaliger Kundschafter des Friedens, vermutete ich jetzt, inzwischen in ähnlicher Funktion für den damaligen Klassenfeind tätig. Die meisten unserer Landsleute aus den sogenannten neuen Bundesländern laufen schon lange nicht mehr im Adidas-Trainingsanzug oder in hellgrauen Schuhen herum, aber von »Fakt ist« haben sie sich ebenso wenig verabschiedet wie von »Ich sag mal so« oder von ihrer »Fahrerlaubnis«.

Mehr aber als seine Vergangenheit beim Ministerium für Staatssicherheit beunruhigte mich, dass der Herr Kundschafter erneut auf die Todesnacht zurückgekommen war, die Nacht, für die unser Dienstplan mich als Rufbereitschaft aufführte. Ich antwortete ausweichend und flocht zur Ablenkung noch einen kleinen Scherz ein.

»Mit seinem Tod war jederzeit zu rechnen. An den Umzügen zum ersten Mai würde er dieses Jahr nicht mehr teilnehmen, das wusste er.«

Kaum anzunehmen, dass Baulöwe Wurm sich am 1. Mai oder sonst irgendwann in einen Umzug der Gewerkschaften einreihen würde. Aber mein Besucher verzog keine Miene, machte sich nur wieder eine Notiz.

Die Innere Abteilung war in jener Nacht ärztlich kompetent besetzt gewesen, aber rein formal hatte durch die gleich-

zeitige Abwesenheit von Chefarzt und Oberarzt eine Präsenzlücke bestanden. Eine eventuell gerichtsverwertbare Lücke,
wenn es hart auf hart kam. War das der Ansatz dieser Lebensversicherung? Dass die Klinik demnach für Wurms Tod verantwortlich war und also zahlen musste? Machte der Typ hier
deshalb auf geheimnisvoll?

Wahrscheinlich war ich paranoid. Trotzdem wollte ich dem
Gespräch eine andere Richtung geben und wiederholte, was
ich schon dem Ringertyp am Freitag gesagt hatte.

»Auf jeden Fall kann ich Ihnen versichern, dass Ihr hypothetischer Patient eines natürlichen Todes gestorben ist, nicht
etwa Selbstmord begangen hat. Dazu wäre er übrigens gar
nicht mehr imstande gewesen.«

Mein Besucher machte sich wieder eine Notiz, blieb aber
bei dem sensiblen Thema.

»Nehmen wir einmal an, Dr. Hoffmann, unser Patient sei
ein Privatpatient gewesen. Nicht dass ich Ihnen zu nahe treten
will, aber warum hat ihn dann nicht der Herr Chefarzt behandelt?«

Ich erklärte gerade, dass auch Professor Kleinweg hin und
wieder Urlaub mache und ich dann sein Vertreter sei, als die
Tür aufging und mein Zeitnehmer Hans-Hennrich das Dienstzimmer betrat. Zwar korrekt in seiner Arbeitsuniform: schwarzer Anzug, hellblaues Hemd, dunkelblauer Schlips unter weißem Kittel, aber unrasiert, und auch die Haare hätten einen
Kamm gebrauchen können. Ich ergriff die Gelegenheit und
erhob mich sofort.

»Herr Kollege! Gut, dass Sie so schnell kommen konnten.
Die Patientin wartet schon auf uns!«

Hans-Hennrich war verwirrt. »Ich dachte, weil Sie nicht
auf der Morgenkonferenz waren …«

»Nein, wir müssen sofort hin, es hat Komplikationen gegeben.«

Jetzt schaute Hans-Hennrich erst recht entgeistert drein,
aber wenigstens der Kundschafter verstand. Er klappte sein

Oktavheft zu, verstaute ordentlich seinen Kugelschreiber und erhob sich schließlich. Schon an der Tür, hatte er aber doch noch etwas auf dem Herzen.

»Eine letzte Frage. Wann genau ist unser hypothetischer Patient in jener Nacht eigentlich gestorben?«

Da war sie wieder, die Präsenzlücke in der Inneren Abteilung. Wir standen inzwischen alle drei auf dem Stationsflur. Der Kundschafter präzisierte seine Frage.

»Ich meine, am 31. März oder am 1. April?«

»Wissen Sie, das ist das Problem mit hypothetischen Patienten: Hypothetische Patienten sterben eigentlich nie. Aber jetzt müssen wir dringend los. Hat mich gefreut.«

Ich ließ den Ermittler stehen und zog Hans-Hennrich hinter mir her in Richtung der Krankenzimmer. In Höhe des Verbandsraumes schaute ich vorsichtig zurück. Mein Besucher war verschwunden.

Immerhin, das musste ich ihm zugute halten, hatte Hans-Hennrich den Mund gehalten und war mir gefolgt. Nun siegte aber doch seine Neugier.

»Worum ging es denn da eben?«

»Was geht Sie das an?«

»Ich muss wenigstens wissen, wie ich die Zeit in unserem Computerprogramm verschlüsseln soll.«

»Wären Sie pünktlich gewesen, wüssten Sie es«, gab ich genervt zurück.

Offenbar war ich noch irritiert vom Insistieren des Typen von der Lebensversicherung auf diese spezielle Nacht. Es sah so aus, als könnte mich diese verdammte Nacht tatsächlich in verdammte Schwierigkeiten bringen.

»Außerdem, Herr von Schmergow, sind Sie mein Zeitnehmer, sonst nichts. Der Inhalt von mir geführter Gespräche geht Sie einen feuchten Kehricht an.«

War ich wirklich nur irritiert von dem Lebensversicherungs-Typ? Hoffentlich nicht zusätzlich von der Vorstellung, dass mein junger, attraktiver Zeitnehmer, heute mit zerzaustem Haar, das Wochenende vielleicht mit Schwester Manuela verbracht hatte? Was wiederum *mich* nichts anging. Mich aber trotzdem ärgerte?

Das überlegte ich gerade, als sich mein Krankenhaushandy meldete – mit dem Signalton für einen dringenden Notfall. Mein Gott, Frau Schulz, schoss es mir durch den Kopf. Frau Schulz, die heute ihren Herzkatheter bekommen sollte und der ich »keine Komplikationen« versprochen hatte! Aber nein, es war die Aufnahmestation. Sie hätten ein Problem, ob ich bitte sofort kommen könnte? Klar, konnte ich, mit Hans-Hennrich und seinem Tablet im Schlepptau.

»Hypertensives Lungenödem bei Rauchvergiftung. Blutdruck 260 zu irgendwas. Nifedipin und Nitro hat er schon, aber wir finden keinen Zugang!«

Auf dem Untersuchungstisch saß ein Patient Typ Walross und rang unter der Sauerstoffmaske nach Luft. Kalter Schweiß rann ihm über das livid verfärbte Gesicht. Um seinen Oberarm baumelte die breite Manschette, mit der wir normalerweise den Blutdruck am Oberschenkel messen. Dieser Mann hätte auch ohne Wohnungsbrand jederzeit ins Lungenödem abgleiten können.

Wir mussten irgendwie an eine Vene kommen, und zwar schnell. Am besten wäre ein zentraler Katheter, also ein kleiner Schlauch in einer großen Körpervene. Aber an den üblichen Stellen, der Armbeuge, zur Not auch dem Handrücken, waren die seine Venen unerreichbar unter massiven Fettpolstern versteckt. Das galt leider ebenso für jene Punkte, an denen man direkt für einen zentralen Zugang punktiert, am Schlüsselbein oder am Hals. Selbst mit den sensibelsten Fingern konnte man bei diesem Mann das Schlüsselbein nicht sicher ertasten, und von Hals konnte keine Rede sein bei einem Menschen, dessen Kopf direkt auf dem Oberkörper zu sitzen schien. Aber mit etwas Glück gab es vielleicht einen Ausweg.

»Holt mal den C-Bogen.«

Wir mussten dieses mobile Röntgengerät zwar auf höchste Leistung stellen, aber wenigstens konnte ich jetzt das Schlüsselbein dieses Herrn Schlosser sehen. Dazu musste der Mann allerdings liegen, bekam so natürlich noch schlechter Luft und wollte sich immer wieder aufrichten. Was die Sache nicht nur schwieriger machte, sondern, mit meiner dicken Punktionskanüle nur Millimeter von seiner Lungenspitze entfernt, deutlich gefährlicher. Schnell rann nun auch mir der Schweiß: wegen der Röntgenschürze, wegen der körperlichen Anstrengung und, trotz all der Jahre in der Medizin, aus Angst vor einem nicht korrigierbaren Fehler. Unter anderem, weil ich das Schlüsselbein zwar im Röntgen deutlich erkennen konnte, aber nur in einer Ebene. Wie tief ich mit meiner Kanüle stechen muss oder darf, verrät mir das Röntgenbild nicht.

Der Rest der Mannschaft schwitzte sicher mindestens ebenso; mit vereinten Kräften versuchten sie, denn Mann am Aufrichten zu hindern. Endlich:

»Treffer!«

Blut floss zurück in meine Spritze. Es war dunkel und ohne Luftbläschen – ich hatte, mit viel Glück, wirklich die Vene getroffen und nicht die unmittelbar daneben liegende Arterie, und offenbar auch nicht die Lunge. Ehe sich Herr Schlosser mit letzter Kraft gegen uns durchsetzen und endgültig aufrichten konnte, gelang es gerade noch, den kleinen Schlauch in seine Vene zu schieben.

»Peanuts!«, sagte ich, warf die Röntgenschürze in die Ecke und wir alle lachten erleichtert.

»Kommen Sie, Hans-Hennrich. Wir sollten langsam unser Tagesprogramm abarbeiten.«

Nach diesem kleinen Erfolgserlebnis und einem Vormittag, der ohne weitere Schwierigkeiten ablief, war ich auch gegenüber meinem Zeitnehmer in gnädiger Stimmung. Immerhin hatte er es auf der Aufnahmestation geschafft, uns nicht im Weg zu stehen. Und er berichtete mir eben ungefragt, dass sein aktueller Zustand, unrasiert und ungekämmt, nichts mit einem wilden Wochenende mit Manuela zu tun hätte. Er hatte nach seinem kranken Vater in Bremerhaven geschaut, war zurück nach Berlin die Nacht durchgefahren und bei Neuruppin im Stau hängen geblieben. Sofort tat mir meine schroffe Bemerkung von vorhin leid.

»Was mein Gespräch mit diesem Herren betrifft, tragen Sie einfach ›Plauderei mit einem Hinterbliebenen‹ ein.«

»Plauderei?«

»Plauderei, Unterhaltung, Gespräch, was Sie wollen.«

»Und wie viele Minuten?«

»Nehmen Sie einfach die Zeit, die Ihnen für heute Morgen

fehlt. Unsere Aktion mit dem Dicken tragen Sie dann als Notfallversorgung ein – und die nächste halbe Stunde als Mittagspause. Ich lade Sie ein.«

Die Hühnchenbrust auf Curryreis schmeckte gar nicht so schlecht, aber wir mussten über die Hälfte stehen lassen – erneut meldet sich mein Diensthandy mit dem Notfallsignal. Diesmal war es tatsächlich das Herzkatheterlabor, und diesmal ging es tatsächlich um Frau Schulz.

»Unser nächster Starauftritt ruft!«

Gott sei Dank, es erwartete uns kein Drama im Herzkatheterlabor, vorerst nur ein technisches Problem.

»Wir kommen nicht in die Rechte.«

Ein überschaubares Problem, der Kollege fand keinen passend geformten Katheter für die rechte Herzkranzarterie. Das hörte sich nach einem Heimspiel an, siegesgewiss zog ich erneut die schwere Röntgenschürze über.

Gute fünfzehn Minuten und mindesten fünf verschiedene Katheter zu sechzig Euro das Stück später war auch der erfahrene Oberarzt Hoffmann noch nicht in der rechten Herzkranzarterie.

»Wie wäre es mit deiner Geheimwaffe« schlug Karate-Johannes, der mir assistierte, vor. Es gibt Ärzte, die nicht auf Vorschläge vom »Assistenzpersonal« hören. So dumm bin ich nicht, ich ließ mir einen Amplatz-Katheter links anreichen, der eigentlich für die linke Herzkranzarterie vorgesehen ist. Damit fielen wir sofort in den Abgang der rechten Herzkranzarterie und freuten uns gemeinsam.

Das war auch gut so, denn es stellte sich heraus, dass genau hier das Problem von Frau Schulz lag. Das Gefäß war massiv verengt, ein Herzinfarkt nur eine Frage der Zeit.

»Na, dann wollen wir den Schaden mal schnell beheben.«

Was war in mich gefahren? Erst hatte ich Frau Schulz keine Komplikationen versprochen, und nun auch noch, dass wir den Schaden schnell beheben würden!

Um es kurz zu machen, es kam nicht zu einer Komplikation – es gab das volle Programm: Gefäßverschluss, drohender Herzinfarkt, Kammerflimmern. Zum Glück bekam Frau Schulz davon so gut wie nichts mit, wir hatten sie inzwischen schlafen geschickt. Und am Ende war alles bestens, ihre rechte Kranzarterie so gut wie neu. Und Frau Schulz, als wir sie wieder aufwachen ließen, glücklich.

»Ich hatte mir das wirklich viel schlimmer vorgestellt, Dr. Hoffmann!«

Erleichtert, auch im wahrsten Sinne des Wortes, schälte ich mich aus der neun Kilogramm schweren, strahlendichten Bleischürze, die über eine Stunde auf meine umzugsgeschädigten Knochen gedrückt hatte. Da hörten wir plötzlich einen lauten Rums aus dem Kontrollraum. Von dort aus hatte, mit zunehmend blasser Nase, Hans-Hennrich das Drama beobachtet. Nun, wo alles vorbei und letztlich gut gegangen war, kippte er doch noch vom Hocker und schlug sich eine blutende Wunde am Hinterkopf, die genäht werden musste. Um ihm peinliche Fragen zum Wie und Warum von den Chirurgen zu ersparen, machten wir das schnell selbst.

»Brauche ich nicht eine Tetanusspritze?«

Die verweigerten wir ihm. Sollte er sich ruhig ein wenig fürchten in den nächsten Tagen, wenn er wirklich meinte, man könne sich im Krankenhaus neben all den modernen multiresistenten Keimen sogar Tetanus holen.

Es wurde erneut ein langer Tag. Erst am späten Abend dachte ich wieder an den zahlungsbereiten Kundschafter von der Lebensversicherung, der sich so sehr für die exakte Todeszeit von Wurm interessiert hatte. Wann genau war die noch mal gewesen? Irgendwann kurz vor Mitternacht, soweit ich mich erinnerte. Im Schwesternzimmer nahm ich das Stationsbuch zur Hand und blätterte zurück. Dann wieder vorwärts. Dann wieder zurück. Aber wie oft ich das auch wiederholte, das Ergebnis blieb das gleiche: Die Seite für die Nacht vom 31. März auf den 1. April war verschwunden.

Kosovo, Ende Mai/Anfang Juni 1999

Es war mitten in der Nacht, als der Ural-Lastwagen sein Ziel erreicht hatte. Ein mit lockerem Kies bedeckter Hof, so viel konnte Luca aus dem Knirschen der schweren Reifen schließen. Schemenhaft war der Umriss eines großen Gebäudes zu erkennen. Es gab keinen Hinweis, wohin er und der Serbe Goran gebracht worden waren. Dessen Kamerad war während des Transports verblutet. Man hatte kurz angehalten und seine Leiche in den Straßengraben geworfen. Die UÇKler hatten es sich nicht nehmen lassen, auf den Toten zu urinieren.

Wie lange waren sie unterwegs gewesen? Zwei Stunden, schätzte Luca, vielleicht drei. Die Armbanduhren hatten ihre Bewacher ihnen längst abgenommen. Erkannt hatte er unterwegs nichts, im Kosovo wurde nicht viel Wert auf Beleuchtung gelegt, erst recht nicht seit Beginn der NATO-Luftangriffe. Sehr weit konnten sie nicht gekommen sein, die Berge und Straßen, oft nicht mehr als bessere Feldwege, machten auch kürzere Distanzen zu langen, beschwerlichen Reisen. Das Atmen war inzwischen nicht mehr mit Schmerzen verbunden, aber weiterhin hatte Luca den Eindruck, weniger Luft zu bekommen, als er eigentlich brauchte. Und gelegentlich war das Luftholen noch von diesem brodelnden Geräusch begleitet. Kaum war der Lastwagen zum Stillstand gekommen, wurden die beiden Gefangenen von der Ladefläche gestoßen. Luca gelang es trotz der Handfesseln, die sich tief in das Fleisch geschnitten hatten, weitgehend das Gleichgewicht zu halten, während der Serbe mit dem Gesicht im Kies landete. Zu seinem Erstaunen, wohl aus einem Reflex heraus, wollte Luca dem Vergewaltiger seiner Frau auf die Beine helfen, aber mit auf den Rücken gebundenen Armen konnte er nichts tun. Das besorgten, auf ihre Weise, die UÇK-Leute. Mit dem Gewehrkolben stießen sie ihre Gefangenen in die gewünschte Richtung.

»Da geht's lang!«

Irgendetwas hatte Luca gehört oder gespürt, aber in der Schwärze der Nacht begriff er erst mit dem ersten Schlag, der seine Schulter traf, dass sie auf dem Weg zum Gebäude ein Spalier von mit Knüppeln bewaffneten Männern passieren mussten. Manche Schläge trafen ihn kaum, sollten es wohl auch nicht, andere waren gezielt und von wütender Kraft. Erkennen konnte er seine Peiniger nicht, aber er ahnte, dass schon in wenigen Tagen auch er einer der Männer in einem solchen Spalier sein würde.

Er konnte kaum glauben, dass er tatsächlich geschlafen hatte. Wie lange, wusste er nicht. Als er aufwachte, total desorientiert anfangs, schlich ein Kerl um seine strohgefüllte Matratze. Schlagartig wurde Luca klar, wo er war – natürlich nicht, wo er wirklich war. Lediglich, in wessen Gewalt.

»Suchst du was?«

Der Kerl antwortete nicht, grinste ihn nur aus einem weitgehend zahnlosen Mund an.

»Was immer du suchst, du wirst nichts finden. Alles, was ich mitgebracht habe, ist die Kleidung an meinem Körper.«

»Das ist schlecht für dich, mein Freund. Schlecht. Nix zu tauschen!«

»Du wolltest tauschen?«

Der Zahnlose grinse wieder, fragte dann:

»Bist du Albaner? Serbe?«

»Spielt das eine Rolle hier?«

Nun grinste der Zahnlose über das ganze Gesicht.

»Wirst schon sehen.«

Luca schaute sich um. Durch zwei vergitterte Oberlichter kämpfte sich diffuses Morgenlicht in den Raum, den er auf etwa dreißig Quadratmeter schätzte. Rasch zählte er seine Mitgefangenen: insgesamt zweiundzwanzig Männer jeden Alters.

Vorwiegend jünger als er, irgendwo zwischen achtzehn und fünfundzwanzig. Zwei sahen eher noch wie Kinder aus, drei hingegen hätten seine Väter oder sogar Großväter sein können. Eine unsichtbare Linie schien die Männer in zwei Gruppen zu teilen. Im rechten Teil des Raumes trug ein großer Teil der Gefangenen die mehr oder weniger zerschlissene Uniform der jugoslawischen Armee oder Sonderpolizei, auf der linken Seite lagen die mit albanischem Doppeladler. Das, nahm Luca an, dürften Männer der FARK sein, albanische Widerstandskämpfer wie die UÇK, von diesen aber als Todfeinde betrachtet. Zwei Männer, ebenfalls mit Doppeladler, saßen deutlich isoliert von den FARK-Gefangenen auf dem nackten Betonboden. Alle ignorierten den Mann, der mit sich mit entblößtem Hintern auf dem offenen Kübel in der Mitte des Raumes stinkend erleichterte. Er trug keine Uniform.

Bereits nach zwei Tagen wurde Luca das erste Mal zum Verhör geholt. Das war an dem Morgen, als sich die Gefangenen in Reih und Glied aufstellen mussten.

»Macht den rechten Arm frei!«

Die beiden Wachsoldaten hatten eine kleine Tasche mitgebracht, aus der sie Spritzen und Kanülen herausholten, sogar gebrauchsfertige Alkoholtupfer. Jedem Gefangenen wurden zehn Milliliter Blut abgenommen, tatsächlich jeweils mit einer frischen Kanüle. Danach beschrifteten sie die Spritzen sorgfältig und verstauten sie in der Tasche. Sorgte sich die UÇK etwa um die Gesundheit ihrer Häftlinge?

»Du kommst gleich mit!«, befahlen die Wächter.

Das fand Luca erstaunlich, normalerweise, hatte er von seinen Mitgefangenen gelernt, war es frühestens nach gut einer Woche so weit. Bis dahin sollte allein schon die Erwartung des drohenden Verhörs den Gefangenen zermürben. »Einweichen« nannten sie das. Man sollte sich während dieser Wartezeit schon einmal Gedanken über das dumpfe Schreien machen, das bald zu hören war, nachdem sie einen Leidensgenossen abgeholt hatten, und mehr noch, wenn er mit ausgekugelten Gelenken und übersät von Striemen und Blutergüssen wieder zu ihnen in den Keller geworfen wurde.

Allgemeine Meinung war, dass sie hier irgendwo im Westen des Kosovo festgehalten wurden, wahrscheinlich in Peja, der größten Stadt in der Gegend, oder im benachbarten Decani. Im Kohlenkeller einer Schule, nahm man an. Bis auf die Verhöre und gelegentliche Zählappelle auf dem Hof waren die Gefangenem in ihrem Verlies weitgehend sich selbst überlassen. Nur einmal täglich gab es etwas zu essen, Steckrüben oder ungeschälte Kartoffeln in immerhin heißem Wasser. Gelegentlich gab es ein Stück Brot dazu. Ebenfalls nur einmal täglich durfte einer von ihnen den Kübel hinaustragen, in den sie ihre Notdurft verrichten mussten, und in einer Grube entleeren. Immerhin gab es einen Wasserhahn, der tatsächlich funktionierte. Seife gab es nicht. Der Gestank muss höllisch sein, dachte Luca, war aber für die Insassen des Kellers nicht mehr wahrnehmbar. Was nicht für die im Laufe des Tages zunehmend unerträglicher werdende Hitze galt.

Als Luca zum Verhör geführt wurde, fand er bestätigt, dass es sich bei seinem Gefängnis um eine Schule handelte. In dem langen Gang mit den vielen Türen, hinter denen er die Unterrichtsräume vermutete, waren an den Wänden und in Vitrinen Schülerarbeiten ausgestellt: Zeichnungen zumeist, aber auch von Schulkindern gebaute Modelle, zum Beispiel eine maßstabsgerechte Nachbildung der Brücke über die Rugova-Schlucht einige Kilometer westlich von Peja. Die Vitrinen mussten inzwischen offenbar für Schießübungen herhalten. Die aktuelle Lektion für die Schüler verkündeten die Graffiti an den Wänden: »Tod den Serbenschweinen«, »Tod dem Schlächter Milošević« und »Tötet die FARK-Verräter«. Um diese Aufgaben zu lernen, mussten die Jugendlichen keine Schule besuchen. Das Töten brachte ihnen die UÇK in ihren Camps bei.

In dem ehemaligen Klassenzimmer, in das Luca gestoßen

wurde, wartete niemand auf ihn. Ein ganz normaler Unterrichtsraum, jetzt nur noch mit einem Tisch und zwei Holzstühlen möbliert. Keine Folterwerkzeuge wie ein Strecktisch oder irgendwelche Ketten, Kabel an Autobatterien und was dergleichen sonst noch im Umlauf war. Für den Moment empfand Luca Erleichterung.

»Los, stell dich auf den Stuhl da!«, befahl der Wächter, der ihn hergebracht hatte.

So lernte Luca, dass es für eine effektive Folter keiner großartigen Werkzeuge bedarf. Und dass es schnellere Methoden des »Einweichens« gab, als den Gefangenen über Tage auf das unausweichliche Verhör warten zu lassen.

Der Wächter fläzte sich auf den bequemeren Stuhl hinter dem Tisch und zündete sich eine Zigarette an.

»Und halt still. Verstanden?«

Viele Zigaretten später hörte Luca vom Flur her das Geräusch schwerer Stiefel auf dem Linoleum. Wie lange hatte er auf diesem verdammten Stuhl stehen müssen? Von seiner Position hatte er einen guten Blick auf die große Schuluhr gegenüber und sich gefreut, nun wenigstens die Uhrzeit zu wissen: Viertel nach drei am Nachmittag. Schnell aber hatte er erkennen müssen, dass sich die Zeiger nicht bewegten. Warum auch hätte man die Uhr reparieren sollen? Im Kosovo wurde nichts repariert, es könnte schon morgen wieder zerstört werden. Dass so die Gefangenen die Uhrzeit nicht wussten, war sicher ein Nebeneffekt, den die UÇK gerne in Kauf nahm.

Die Schritte auf dem Linoleum wurden lauter, der Wächter befahl: »Komm runter, sofort! Stell dich neben den Stuhl.«

Den Schmerzen in seinen Gelenken nach hatte er seit Tagen auf diesem Stuhl gestanden. Ein verlässlicheres Maß schien ihm der Zigarettenkonsum seines Wächters zu sein, zwölf Stück bisher. Er hatte dreimal die Sekunden zwischen zwei Zigaretten gezählt, unter anderem, um sich von den Schmerzen abzulenken. Er war auf 824 bis 947 Sekunden gekommen. Demnach hatte er etwa drei Stunden auf dem Stuhl gestanden.

Zweimal war er hinuntergefallen und sofort wieder hoch-geprügelt worden.

Er hatte Schwierigkeiten, von Stuhl zu steigen und stehen zu bleiben.

Die Stiefel stoppten direkt vor dem Zimmer, die Tür flog auf. Sein Wächter nahm Haltung an.

»Warum muss der Kerl da stehen? Warum haben Sie ihm keinen Stuhl angeboten?«

Luca erkannte den Mann sofort. Es war der Anführer der Truppe, die in sein Dorf gekommen war. Was wurde hier ge-spielt? Guter Bulle, böser Bulle? Oder hatte sich sein Wächter tatsächlich einen privaten Spaß erlaubt? Der jedenfalls nötigte ihn jetzt, sich zu setzen. Kaum jedoch saß Luca, wurde der Stuhl unter ihm weggestoßen. Mühsam rappelte er sich auf.

»Oh, Sie stehen lieber? Auch in Ordnung, Herr Professor.«

Im Verlauf des nun beginnenden Verhörs gab es ausreichend Schläge, aber letztlich weniger, als Luca erwartet hatte, und weniger heftig als befürchtet. Das Schlagen überließ der Offi-zier dem Wachsoldaten. Er selbst spielte derweil mit seiner russischen Makarov-Pistole, die er wie ein Kino-Cowboy um den Zeigefinger kreisen ließ und dabei von einer Hand in die andere wechselte. Gelegentlich nahm er Luca ins Visier. Bei den zwei Schüssen in die Wand aber, mit denen er seine Unzu-friedenheit mit Lucas Antworten unterstreichen wollte, zielte er bewusst an ihm vorbei.

Luca erfuhr schnell, was man von ihm wissen wollte: Na-men. Namen und Adressen von LDK- und FARK-Mitglie-dern oder deren Sympathisanten. Jetzt, wo die NATO ihre Luftangriffe gegen Milošević und seine Militärs flog, war ein von Albanern verwalteter Kosovo in greifbare Nähe gerückt. Jetzt ging es um die Macht in diesem Kosovo. Es würde irgendeine Art von Wahlen geben, das würde die NATO in ihrem missionarischen Eifer verlangen. Und im Moment sprach vieles dafür, dass überwiegend Kandidaten der LDK gewählt werden würden. Also musste die UÇK diese Kandidaten vorher finden. Kandidaten, die verschwunden sind, kann man nicht wählen.

Luca wusste, dass er kein Held war. Früher oder später würden sie Namen und Orte aus ihm herausprügeln. Nur heute noch nicht, das hatte er sich fest vorgenommen. Heute würde er durchhalten. Das gelang ihm tatsächlich. Was auch daran lag, dass sein Befrager mitten im Verhör zu einem Einsatz abberufen wurde.

Als man Luca in den Kohlenkeller zurückschleifte, gab es gerade die tägliche Suppe, heute mit einem Stück Brot dazu. Der UÇK-Soldat schaute sich um, wem er den Brotlaib zur weiteren Verteilung aushändigen sollte. Seine Wahl fiel auf Berschko, weil der sich gerade auf dem Eimer erleichterte.

»He, Cipside, komm her. Sofort!«

Sofort bedeutete, dass Berschko nicht wenigstens die Hände unter den Wasserhahn halten durfte. Den üblichen Streit beim Teilen des Brotlaibs gab es trotzdem.

»Du musstest also den Adler machen?«

»Den Adler?«

Ein wenig hatte Luca seine Mitgefangenen inzwischen kennengelernt. Berschko war Sinti oder Roma, jedenfalls weitgehend isoliert sowohl von den Albanern wie von den Serben. Dass Luca mit ihm sprach, sogar Mühle mit ihm spielte, isolierte auch ihn. Das Feld für das Spiel hatte Berschko mit einem Stück Kohle auf dem Boden markiert, als Steine benutzten sie blanke und rot eingefärbte Kirschkerne. Es blieb Berschkos Geheimnis, woher die Kirschkerne kamen. Wie er sie rot gefärbt hatte, war hingegen nur zu klar.

»Dich stundenlang auf einem Stuhl stehen lassen, nennen sie ›einen Adler ermüden‹.«

Auch sonst kannte sich Berschko gut aus. So konnte er Luca erzählen, warum es in ihrem Gefängnis auch zwei Mitgefangene von der UÇK gab. Die Männer hätten als Drogenkuriere für die Organisation Geld unterschlagen. Und er berichtete, dass »einen Adler ermüden« nicht die einzige Methode war, die ihre Bewacher zum »Einweichen« in petto hätten.

»Sie lassen sich Luft nach oben, verstehst du?«

Luca wechselte schnell das Thema. »Die haben den eigenen Leuten Geld unterschlagen?«

»So heißt es jedenfalls«, bestätigte Berschko. »Der Haradinaj-Clan mag zwar im Moment für einen albanischen Kosovo kämpfen, verliert darüber aber nicht seine geschäftlichen Interessen aus den Augen. Erstaunlich, dass Haradinaj noch nicht ihren Tod befohlen hat. Aber dann erledigt er solche Sachen auch gerne selbst.«

Diese geschäftlichen Interessen waren vielfältig, das wussten beide. Menschenhandel, Drogen- und Waffenhandel waren dabei nur die lukrativsten Einnahmequellen.

»Hast du schon einmal über Flucht nachgedacht? Wie man hier herauskommt?«

Bedächtig zog Berschko einen roten Kirschkern über die Markierung. Nach wie vor bestand er darauf, dass sie um Geld spielten oder um Zigaretten. Beides hatten sie nicht.

»Wer denkt hier nicht über Flucht nach?«

Das Desinteresse, mit dem Berschko antwortete, schien Luca vorgetäuscht. Hatte er einen Plan? Einen Plan mit Aussicht auf Erfolg? Wenn dem so war, musste Luca sich in Geduld üben, sein Vertrauen gewinnen.

»Weißt du, Berschko, nur wenn wir hier lebend herauskommen, kann ich meine Spielschulden bezahlen.«

Ihre Bewacher nutzten gerne eine Folter, die ganz ohne physische Schmerzen auskam. Sie entriegelten die schwere Kellertür, standen einfach nur da und fixierten einen ihrer Gefangenen, dann einen anderen. Eventuell schlossen sie die Tür unter lautem Lachen wieder ab, ohne ein Opfer mitzunehmen. Oder sie griffen sich jemanden, den sie vorher zu ignorieren schienen. Vielleicht aber ergriffen sie doch den, den sie als Ersten angeschaut hatten. Zweimal bisher hatten sie Luca mitgenommen, zweimal hatte er durchgehalten und niemanden verraten. Doch ihm war klar, Berschko hatte recht, die Luft nach oben würde dünner werden. Doch wenn sie ihn dann gebrochen hatten, und das würden sie, eher früher als später: wahrheitsgemäße Antworten konnten sie nicht zufriedenstellen. Sie würden ihm nicht glauben, wie wenige LDK-Sympathisanten er tatsächlich kannte, und erst recht nicht, dass er seine Studenten nie nach ihrer politischen Überzeugung gefragt hatte. Würde er dann Namen und Adressen erfinden müssen?

Dieses Mal musste er zum »Einweichen« nicht nur auf den Stuhl steigen. Er musste dort auf einem Bein stehen, was er nicht lange durchhielt. Sofort gab es Schläge und die Übung begann von vorn. Später, beim Auftritt des Anführers, inzwischen fast herbeigesehnt, zischten die Schüsse aus dessen Makarov immer dichter an ihm vorbei. Und es gab weiter Schläge.

Luca hatte sich in den Tagen des Wartens seine Taktik überlegt. Damit sie ihm glaubten, durfte er jedoch nicht zu schnell aufgeben. Als er die Schläge wirklich nicht mehr ertragen konnte, diktierte er die Namen und Adressen, die er sich zurechtgelegt hatte: Shpresa Beiqi, Priština, Agim Ramadani rrugë 40. Shkendije Ramku, Gjakova, Femi Agani 12. Muje Sylejmani, Salih Bajrami und, und, und. In zufälligen Kombinationen spuckte er Namen, Orte und Straßen aus, musste sich aber trotz der Schläge konzentrieren, damit wenigstens die Straßennamen zu den Orten passten. Zum Teil waren es echte Namen und Adressen, die er verriet: ehemalige Adressen von LDK-Anhängern, die er längst im Ausland wusste, vorzugsweise in Deutschland.

Eifrig schrieb der UÇK-Offizier mit. Wie lange würde es dauern, bis sie ihm auf die Schliche kämen? Schon unter jugoslawischer Verwaltung waren die Melderegister im Kosovo alles andere als zuverlässig gewesen, jetzt wurden sie praktisch nicht mehr geführt, und ein großer Teil der Bevölkerung irrte auf erzwungener Wanderschaft im Land umher.

Berschko war inzwischen mit Einzelheiten zu seinem Fluchtplan herausgerückt. Luca sah durchaus Chancen, aber Berschko riet zur Geduld.

»Wir müssen warten, bis ihr oberster Chef mal wieder hier auftaucht, die ›Hand Gottes‹«, meinte er. »Das bedeutet immer einen größeren Einsatz unter seinem direkten Kommando, und es bleiben nur ein paar wenige Leute zur Bewachung hier.«

Sie mussten nicht lange warten auf diese »Hand Gottes«, den gefürchteten Ramush Haradinaj, das Oberhaupt des Haradinaj-Clans. Schon Ende der Woche kündigte sich sein Kommen an. Die Uniformen der Wachen waren plötzlich sauber, die Stiefel geputzt. Luca und Berschko hatten ihren jetzt gemeinsamen Fluchtplan inzwischen erheblich verfeinert. Er war ziemlich sicher, weil einfach, und beruhte im Wesentlichen auf drei Säulen: darauf, dass während des Einsatzes unter Haradinaj nur eine Rumpfmannschaft hier zurückbleiben würde, dass sich die Wachmannschaft daran gewöhnt hatte, dass – wer sonst – so gut wie immer der Sinti Berschko den stinkenden Kübel nach draußen bringen und leeren musste, und letztlich, am wichtigsten, auf der Arroganz der UÇKler, die sich allein auf ihre Brutalität und ihre Waffen verließen.

»Du wirst sehen, wir spazieren hier einfach raus und weg sind wir.«

Luca konnte nur hoffen, dass Berschko recht behalten würde. Er musste hier weg – wegen der Unerträglichkeit der Situation im Kohlenkeller und weil sie bald dahinterkommen würden, dass die Namen und Adressen, die er angegeben hatte, falsch waren. Aber mehr noch wegen der Gerüchte, die seit der Blutabnahme über ihr weiteres Schicksal im Umlauf waren.

»Du da. Komm mit. Der Chef will dich sehen!«

Dass der berüchtigte Ramush Haradinaj hier der oberste Chef war, unterstützte die Vermutung, dass sie im wilden

Westen des Kosovo festgehalten wurden. Die Gegend war die Hochburg des Haradinaj-Clans und, nur ein paar Kilometer von der Grenze zu Montenegro und zu Albanien entfernt, ideal für die Geschäfte, die der Clan mindestens ebenso konsequent schützte wie er zurzeit gegen die Serben kämpfte und gegen albanische Landsleute, die mit der LDK und der FARK sympathisierten. Doch Haradinajs Bestrebungen gingen angeblich über die Beherrschung des westlichen Kosovo hinaus. Es hieß, er wolle nach dem Sieg über die Serben der erste Präsident eines albanischen Kosovo werden.

Er wurde in den Unterrichtsraum gestoßen, den er bereits wiederholt kennengelernt hatte. Ramush Haradinaj, um die dreißig, schmales Gesicht unter dem extrem kurz geschnittenen schwarzen Haar, kam mit breitem Lächeln auf ihn zu.

»Der Herr Dozent. Wie nett, dass Sie vorbeischauen konnten. Endlich ein Mann mit Köpfchen unter den ganzen Idioten hier!«

Luca blieb nur ein kurzer Moment der Überraschung, der Hoffnung sogar. Doch gleich verstand er schmerzhaft, warum man Haradinaj »die Hand Gottes« oder auch »die Faust Gottes« nannte.

»Wir werden vorsichtig mit Ihrem Köpfchen umgehen!«

Diesmal gab es kein »Einweichen«, es gab nur Schläge. Im Schweizer Exil hatte sich Haradinaj als Türsteher vor Nachtclubs und Sicherheitsmann bei Rockkonzerten durchgeschlagen, hatte Luca gehört. Jetzt bekam er zu spüren, dass »durchgeschlagen« in diesem Falle wörtlich genommen werden durfte. Mit begeistertem Kläffen und Knurren begleitete ein am Heizungsrohr angeketteter Rottweiler die Befragung, mehr als bereit, jederzeit unterstützend einzugreifen.

»Weißt du, Dozent, die Serben sind unsere Feinde.« – Schlag – »Wir hassen sie, sie hassen uns. Also bekämpfen wir uns gegenseitig, das ist in Ordnung.« – Schlag – »Dich, Mister Englischdozent« – Schlag – »hasse ich nicht. Ich verachte dich. Du bist ein Drückeberger« – Schlag – »eine faule Stelle in unserem albanischen Volkskörper, die man herausschälen muss wie faule Stellen aus einem Apfel!«

Eine Diktion, die Luca aus den Geschichtsbüchern kannte. In der SS-Division Skanderbeg hatten viele Albaner an der Seite der Nazis gegen Titos Partisanen gekämpft. Wahrscheinlich auch Haradinajs Vater oder Großvater.

Haradinaj ergriff Lucas rechten Arm und drehte ihn immer weiter auf den Rücken.

»Weißt du, Dozent, ein wenig Dankbarkeit wenigstens habe ich von dir erwartet. Schließlich haben meine Männer dir dein beschissenes Leben gerettet. Und sogar das deiner Serbenschlampe.«

Lucas Arm war wie in einem Schraubstock gefangen. Wie lange würde das Schultergelenk standhalten?

»Ich kann dich nicht hören, Dozent.«

»Ahhhh!«

»Wie bitte?«

Wie viel körperlichen Schmerz kann ein Mensch ertragen? Zumal, wenn ihm kein Ausweg gezeigt wird? Nicht eine einzige Frage hatte Haradinaj ihm bisher gestellt, kein Ende der Tortur im Tausch gegen Verrat angeboten. Luca kannte die schlauen Vorschläge: die Schmerzen einfach ignorieren! Es sind nur elektrische Impulse, die von der Wunde, dem überstreckten Gelenk, dem gebrochenen Arm zum Hirn geleitet werden, erst das Hirn macht einen Schmerz daraus. Du musst deinen Körper verlassen, alles nur als mäßig interessierter Beobachter wahrnehmen. Wie sollte das gehen? War es wirklich wahr, dass Spione und Agenten darauf trainiert wurden, Folter zu ertragen? Aber tatsächlich, als jetzt eine Sehne riss und der Armknochen aus dem Schultergelenk sprang, nahm Luca das kaum noch als Schmerz oder Steigerung des Schmerzes wahr. Sein Hirn hatte abgeschaltet.

Als er wieder zu sich kam, in Embryonalhaltung auf dem Boden liegend, musste er erfahren, dass es Dinge gibt, die über den körperlichen Schmerz hinausgehen.

»Weißt du, Mr. Englischdozent, du bist ein noch größerer Feigling, als wir dachten. Ich war ziemlich sicher, du hast dir die Namen und Adressen deiner LDK-Freunde einfach ausgedacht. Bist ja ein intelligentes Bürschchen, und deine Freunde rennen zurzeit kreuz und quer durch das Land. Es könnte also etwas dauern, bis wir dir auf die Schliche kämen. Aber siehe da, einen deiner Kumpels haben wir schon gefunden. Genau da, wo du gesagt hast!«

In dieser Nacht ließen seine Mitgefangenen Luca noch in Ruhe, auch der Neue, Shkendije Ramku aus der Femi Agani 12 in Gjakova.

Was für ein entsetzlicher Zufall!

Vierundzwanzig Stunden später jedoch zeigten sie ihm, was sie von Verrätern hielten. Und im Gegensatz zu seinen UÇK-Foltermeistern beschränkten sie sich nicht auf Gesicht, Arme und Beine.

Am Morgen danach geschah etwas Merkwürdiges. Wieder wurde Luca den langen Gang mit den Zeichnungen und den maßstabsgerechten Modellen entlanggeschleift, wieder wurde er in denselben Raum gestoßen. Wollten sie noch mehr Namen? Wie sollte er sich an die Kombinationen erinnern, die er neulich erfunden hatte? Wie vermeiden, dass er dieselben Namen und Orte jetzt nicht in anderer Variation angab? Doch in dem Klassenzimmer warteten heute weder der Offizier mit der Makarov noch Ramush Haradinaj mit seinem Rottweiler auf ihn. Das Mobiliar war um eine Liege und einen Apparat mit einem Bildschirm, offenbar ein Ultraschallgerät, erweitert worden, auf dem Tisch stand ein Arztkoffer.

»Legen Sie sich hin.«

Hatte man tatsächlich einen Arzt für ihn gerufen?

Vorsichtig tastete der Arzt ihn ab, wortlos. Besondere Aufmerksamkeit widmete er den Blutergüssen aus der vergangenen Nacht. Dann nahm er das Ultraschallgerät zu Hilfe. Sorgfältig inspizierte er Lucas innere Organe. War etwas verletzt? Er bekam keine Auskunft.

Sein ausgekugelter Arm interessierte den Arzt nicht, immerhin aber desinfizierte und verband er die offenen Wunden. Zuletzt nahm er ihm noch Blut ab und verteilte es in verschiedene Röhrchen, die er sorgfältig beschriftete.

»Hier ist ein Stück Seife. Das benutzen Sie auch, verstanden?! Und einmal täglich werden Sie ab jetzt zum Duschen abgeholt.«

War das die Belohnung für den »Verrat«?

Zurück im Kohlenkeller, hatte man ihm die Brotration gestohlen. Das war zu erwarten gewesen und irritierte Luca nur wenig, er hätte das Brot ohne die ausgeschlagenen Zähne ohnehin nicht kauen können. Weit mehr Sorgen machten ihm dieser Arzt und das Stück Seife. War das wirklich so etwas wie eine Belohnung? Oder stimmten am Ende die Gerüchte?

Er musste hier weg, so schnell wie möglich.

»Sobald Haradinaj mit seinen Leuten zum Einsatz ist, müssen wir es versuchen. Das könnte unsere letzte Chance sein.«

Berschko studierte gründlich die Positionen der Kirschkerne im Mühlespiel, machte dann seinen Zug. Schließlich nickte er. Er war der Einzige, der Luca glaubte, dass er nicht wirklich ein Verräter war.

Ich erwischte Chefarzt Kleinweg nach der täglichen Morgenkonferenz und fragte, ob ich ihn eine Minute sprechen könne. Es seien verschiedene Leute in den letzten Tagen bei mir aufgetaucht im Zusammenhang mit dem Tod des Patienten Wurm.

»Verschiedene Leute? Was für Leute?« Aber ganz offensichtlich wünschte Kleinweg gar keine Antwort inmitten der Kolleginnen und Kollegen, die, außerhalb des offiziellen Teils der Morgenkonferenz, noch eben einen Nachtdienst tauschen wollten oder einen Patienten. »Kommen Sie kurz mit in mein Büro.«

Mein Zeitnehmer Hans-Hennrich, heute Morgen pünktlich, folgte uns. Wie ich hatte er eine gewisse Anspannung in Kleinwegs Antwort gespürt und war nun, ebenfalls wie ich, neugierig.

»Sie warten auf mich im Stationszimmer«, schickte ich ihn fort, »die Schwestern haben sicher frischen Kaffee gekocht.«

»Setzen Sie sich, Felix.«

Jetzt war klar, dass wirklich etwas Spannendes kommen würde. Denn in der Regel bin ich für unseren Chefarzt Herr Hoffmann, nur zweimal hatte er mich bisher mit Felix angesprochen: bei der Geschichte mit Celine im Irak als damals kommissarischer Chefarzt und nach der Sache mit dem Geiselnehmer, als er mich im Auftrag des Vital-Konzerns gebeten hatte, gewisse Einzelheiten gegenüber der Polizei nicht zu erwähnen. Ach ja, wiederholt auch auf der Verabschiedung eines Kollegen neulich, aber da hatte er – vollkommen untypisch für ihn – schon einiges intus.

»Also, was wollten diese Leute von Ihnen wissen?«

»Jede Menge Einzelheiten. Warum ich Herrn Wurm behandelt hätte und nicht Sie, wie lange ihm seine finale Prognose bekannt gewesen sei, solche Sachen. Und, daran war der letzte Typ besonders interessiert, wann genau er denn gestorben sei. Es ging wohl, hieß es wenigstens, um seine Lebensversicherung. Vielleicht irgendeine Klausel über die Wartezeit.«

»Was für eine Wartezeit?«

»Sie wissen schon. Kein Pfennig für die Witwe, wenn der Ehemann zum Beispiel innerhalb des ersten Jahres nach Abschluss der Versicherung stirbt.«

»Sie haben Frau Wurm ja kennengelernt, Felix. Eine nette Frau, finden Sie nicht? Ich meine, Frau Wurm hat in letzter Zeit genug durchgemacht. Da sollten wir auch jetzt zu ihr stehen, wenn möglich.«

Kleinweg hatte sich erhoben, schaute aus dem Fenster. Da fiel es mir wieder ein.

»Wie viel hat Wurm eigentlich der Klinik hinterlassen? Es war doch mal die Rede von 250.000 Euro?«

Kleinweg holte tief Luft, wandte sich nun wieder zu mir. »Also, wenn diese Leute noch einmal bei Ihnen erscheinen, schicken Sie sie zu mir. Nicht, dass die noch irgendwie an die Dienstpläne von der Nacht herankommen ...«

Kleinweg und seine unvollendeten Sätze! Wollte er mich in die Defensive drängen mit diesem Hinweis? Wollte er mir am Ende sogar drohen? Jedenfalls war die Unterredung beendet, das war deutlich. Schon in der offenen Tür, hatte ich das Gefühl, ich müsste mit irgendetwas Positivem abschließen und nicht etwa noch die verschwundene Seite aus dem Stationsbuch erwähnen. Oder auf einer Antwort zu den 250.000 Euro bestehen.

»Letztes Wochenende bin ich übrigens umgezogen. Eine wirklich tolle Wohnung, die Sie mir da vermittelt haben!«

Kleinweg lächelte kurz im Sinne von »ist schon gut«, er hatte bereits den Telefonhörer in der Hand. Ein Chefarzt ist ein vielbeschäftigter Mann. Und sein Oberarzt hatte auch zu tun.

Am Nachmittag nahm ich mir die Zeit, kurz in unserer Abteilung Personenstandswesen vorbeizuschauen. Das ist die Stelle, die Geburten und Todesfälle im Krankenhaus offiziell festhält, quasi unser Standesamt. Nach der verschwundenen Seite aus dem Stationsbuch interessierte mich nun doch, wann Herr Wurm offiziell verstorben war.

Aber meine Frage blieb ohne Antwort. Laut Personenstandswesen war bei uns in jener Nacht kein Patient Wurm verstorben, weder am 31. März noch am 1. April.

»Das kann nicht sein. Schauen Sie noch einmal. 31. März, 23 Uhr 50!?«

Die Sachbearbeiterin musterte mich deutlich entnervt.

»Am 31. März ist kein einziger Patient in dieser Klinik verstorben. Muss ein Glückstag gewesen sein.«

»Dein toter Patient hat es ja sogar in die Zeitung geschafft!«

Unser erstes Samstag-Frühstück in meiner neuen Wohnung. Dass Celine und ich dazu Teller und Tassen zur Verfügung hatten, verdankten wir der fleißigen Hilfe von Marlies' Tochter neulich. Die meisten Umzugskisten standen hingegen noch unausgepackt in der Gegend herum.

»Welcher tote Patient?« Während ich das sagte, war mir ziemlich klar, um wen es ging.

»Na der, dem wir den guten Brunch ohne kalte Füße auf dem Friedhof vorher verdanken.«

»Das kann nicht sein!«

Celine klopfte gerade ihr Frühstücksei auf, wie immer an der falschen Seite. Fünf-Minuten-Eier sollte man vom runden Ende her aufschlagen, weil sich – durch meine eigene wissenschaftliche Forschungsreihe erwiesen – dort die Luftblase befindet. Habe ich ihr schon oft gesagt, aber unbelehrbar bearbeitet sie jeden Samstag erneut das spitze Ende.

»Na, hier steht's doch. Friedrich Wurm blabla, Berliner Bauunternehmer blabla, Firmenengagement weit über Berlin hinaus blabla, Osteuropa blabla, Freund der Witwen und Waisen natürlich, Aids-Gala … und so weiter. Komplett mit Foto.«

»Zeig mal her.«

Celine schob mir die Zeitung über den Tisch.

»Das ist nicht mein Patient!«

»Klar ist er das!«

»Wie jetzt? Du hast den doch nie gesehen.«

»Hab ich wohl, Felix. Auf Fotos jedenfalls. Habe ich dir doch erzählt, nach diesem Leichenschmaus in seinem Haus. Das ganze Obergeschoss hing voll davon. Exakt auch dies hier, er gemeinsam mit unserem tollen Bürgermeister.«

Endlich sah auch ich die Art von Foto, die ich beim Leichenschmaus in Wurms Haus vermisst hatte. Unter der Überschrift »Berliner Bauunternehmer Friedrich Wurm verstorben« schüttelte der Berliner Bauunternehmer dem Berliner Bürgermeister die Hand, während beide zufrieden in die Kamera grinsten. Wieder einmal eröffneten Stadtregierung und Betonmafia irgendein Prestigeobjekt bei launigen Reden und Champagner auf Kosten des Steuerzahlers. Doch da genoss nicht der Patient, den ich vor unserem Mallorcaurlaub von Chefarzt Kleinweg übernommen hatte, den edlen Champagner und seinen neuesten Coup. Trotzdem kannte ich den Grinser: Mir hatte er sich als dessen Bruder vorgestellt und einen schnellen Tod für den Patienten gefordert.

Ich muss ein ziemlich ratloses Gesicht gemacht haben.

»Was stimmt denn nicht?«

Nichts stimmte. Und das passte mir besonders heute nicht. Celine und ich wollten an die Ostsee, nach Rieth. Rieth ist zwar mit gut zwei Stunden Fahrzeit etwas außerhalb unseres üblichen Ausflugsradius, aber die zwei Stunden lohnen sich. Der kleine Ort liegt direkt am Stettiner Haff und so weit außerhalb jeglichen Verkehrs oder wirtschaftlicher Bedeutung, dass er während der Zeit der DDR von den Segnungen der sozialistischen Plattenarchitektur verschont geblieben ist und sich inzwischen zu einer Künstler- und Lebenskünstlergemeinde entwickelt hat. Ich hatte mich auf ein Wochenende ohne einen einzigen Gedanken an die Klinik gefreut und absolut keine Lust, wieder einmal die Detektivin in Celine zu wecken.

Mit »Klinikkram, langweilig« versuchte ich, Celines Interesse zu dämpfen. Und mit »Wir sollten lieber sehen, dass wir bald auf die Autobahn kommen.«

Netter Versuch, leider erfolglos. Die Detektivin war längst erwacht.

»Klar, auf geht's. Aber unterwegs kannst du mich dann langweilen.«

Lange bevor wir in Rieth angekommen waren, hatte Celine alle relevanten Informationen aus mir herausgequetscht. Dass der Friedrich Wurm auf dem Zeitungsfoto nicht der Patient war, den ich unter diesem Namen in der Klinik behandelt und in den Tod begleitet hatte. Dass ich den Mann auf dem Foto aber kannte, weil er von mir gefordert hatte, den Tod dieses Patienten zu beschleunigen. Dass er sich als dessen Bruder ausgegeben hatte, der Patient aber spontan gesagt hatte, er habe keinen Bruder. Dass der Patient dann in der Nacht, in der wir auf unseren Flug nach Mallorca gewartet hatten, gestorben war.

»Aber laut Personenstandswesen ist kein Patient mit dem Namen Wurm bei uns verschieden.«

»Dann lebt dieser Bauunternehmer also noch?«

»Davon würde ich mal ausgehen.«

Celine hatte ihr Thema für unser Wochenende gefunden.

Am Sonntagmorgen war ich zwar nicht dazu gekommen, am Ostseestrand wieder einmal Südseemuscheln für Celine zu verbuddeln. Dafür ruderte ich sie nach dem Frühstück, ganz Gentleman und erfahrener Seemann, zum Riether Werder – eine Insel in Sichtweite, die unter Naturschutz steht. Und tatsächlich löste die Natur ein Versprechen ein, das ich Celine leichtfertig gegeben hatte: Wir entdeckten sogar die Seeadler!

Ganz offensichtlich genoss Celine das gute Wetter und die wunderbare Gegend, aber selbst das Seeadlerpärchen konnte sie nicht vom Thema abbringen.

»Vielleicht war es sogar dieser Wurm selbst, der die Zeitung von seinem angeblichen Tod informiert hat.«

Das hielt auch ich bei dem Aufwand, den er mit großer Beisetzungszeremonie und Leichenschmaus betrieben hatte, für sehr gut möglich.

»Also«, folgerte Celine weiter, »muss er den Coup ja schon einige Zeit geplant haben.«

»Scheint so. Und plötzlich war es ihm sogar furchtbar eilig damit.«

»Hast du eine Ahnung, warum der für tot gehalten werden will?«

Hatte ich nicht, ich kannte den Mann ja kaum. Ich konnte nur die meiner Meinung nach häufigsten Motive für so eine Aktion aufzählen: unbezahlbare Schulden oder solche, die man nicht bezahlen will. Eine neue Frau oder überhaupt der Wunsch nach einem neuen Leben. Ein begangenes Verbrechen, dessen baldige Entdeckung man fürchtet.

Celine favorisierte mal die eine, dann wieder eine andere Theorie. Über unsere wilden Spekulationen hatten wir eine Frage, die auf der Hand lag, vollkommen übersehen. Celine rückte plötzlich damit heraus, wir waren inzwischen schon auf der Autobahn zurück nach Berlin. Auf dem Beifahrersitz kaute sie an einer Haarsträhne, klares Zeichen, dass sie etwas gründlich überdachte. Ihre Füße hatte sie auf das Armaturenbrett gelegt, mit freiem Blick auf ihre schlanken Beine. Ich nehme an, sie weiß nicht, wie sehr sie damit noch immer meine Konzentration auf den Verkehr gefährdet.

»Und wer ist nun eigentlich wirklich bei euch gestorben?«

Eine wirklich interessante Frage.

Unsere übliche Wochenendroutine, gemeinsames Frühstück am Samstagmorgen und gemeinsames Dinner Sonntagabend, fand nach unserem Ausflug an die Ostsee nicht statt. Celine stieg schon in der Seestraße aus, bei ihrem Freund und Rechtsanwalt Burghardt. Hier wollte sie sich noch mit ihrer Gruppe von Amnesty International treffen. Aktuell ginge es um die Abschaffung der Todesstrafe in Barbados, Trinidad und Tobago. Erneut wurde mir klar, was für ein Ignorant ich bin, läuft bei mir die Karibik doch nur unter Tropenparadies.

Nachdem ich Celine abgesetzt hatte, besorgte ich mir mein Single-Sonntagsmahl: einen Döner extra scharf zum Mitnehmen. Extra scharf bedeutete, dass ich mindestens zwei Bier zum Hinunterspülen bräuchte. Das gemeinsame Sonntagabend-Dinner mit Celine macht immer Spaß, aber nicht minder, mir mit Bier und extra scharfem Döner einen Film im Fernsehen reinzuziehen. Ich freute mich auf einen Abend als Couchpotato – und ohne Diskussionen über die Motive des Herrn Wurm für sein Verschwinden oder zu seinem derzeitigen Verbleib. Im Nachhinein war ich froh, dass ich Celine wenigstens nichts über die beiden Herren von seiner Lebensversicherung berichtet hatte. Dann wäre sie mir mit noch mehr Spekulationen gekommen, groß angelegter Versicherungsbetrug zum Beispiel.

Meine Wochenendreisetasche in der einen und den noch ziemlich warmen Döner in der anderen Hand, stand ich vor meiner Wohnung. Hatte ich schon jemals die Wohnungstür nur angelehnt gelassen? Hatte am Samstag Celine oder ich als Letzter die Wohnung verlassen? War ein Wochenendausflug ins romantische Rieth wirklich so aufregend, dass wir vergessen hatten, die Tür abzuschließen?

Ich trat näher und lauschte, ob ich etwas von drinnen hören

könnte. Konnte ich nicht. Aber ich roch etwas. Da wusste ich nicht nur, dass ich Besuch hatte, sondern auch, von wem.

»Guten Abend, Doktor Hoffmann.«

Ich verwarf die Idee vom groß angelegten Versicherungsbetrug. Engagierte Versicherungsdetektive mögen auch sonntags arbeiten, aber auch die eifrigsten dürften kaum in Wohnungen einbrechen. Und selbst wenn, dann nicht auf die Rückkehr der Bewohner warten. Auf meiner Couch hatte es sich der stämmige Südosteuropäer, der sich mir letzte Woche in der Klinik als Vertreter von Wurms Lebensversicherung vorgestellt hatte, bequem gemacht. Neben ihm saß sein Klon, etwas stämmiger und verschwitzter vielleicht noch, aber mit demselben penetranten Parfüm. Es würde Tage dauern, den Geruch wieder loszuwerden.

»Wie sind Sie hier hereingekommen?«

Vielleicht keine ganz blöde Frage, aber aktuell sicher nicht die interessanteste.

»Ich hoffe, Sie nehmen uns das nicht übel. Aber wir haben nach wie vor ein paar dringende Fragen zu Herrn Wurm.«

»Behaupten Sie immer noch, es gehe um seine Lebensversicherung?«

Wenn dem so wäre, was ich inzwischen stärkstens bezweifelte, hätte ich lieber mit dem zahlungswilligen Kundschafter zu tun, dem mit dem »hypothetischen Patienten«. Von dem hätte ich heute einen Sonntagszuschlag verlangt. Aber wieder blieb meine Frage ohne direkte Antwort.

»Uns ist noch einiges unklar. Und wir dachten, dass wir uns hier, bei Ihnen zu Hause, vielleicht etwas entspannter unterhalten können als in der Klinik.«

Das stimmte. Meine Besucher jedenfalls machten einen ziemlich entspannten Eindruck. Für sie schien es nichts Besonderes zu sein, bei jemandem einzubrechen. Sollte ich die Polizei rufen? Oder die beiden wenigstens auffordern, sofort meine Wohnung zu verlassen? Ich beschloss, erst einmal abzuwarten, solange sich unser Gespräch in zivilisierten Bahnen bewegte. Eine diskrete Inspektion aus den Augenwinkeln ergab, dass die Wohnung wohl nicht durchsucht worden war. Obgleich mir der Verdacht kam, dass die Bierflaschen, aus denen die beiden tranken, jene waren, die ich für mein Döner-Dinner vorgesehen hatte. Dann erinnerte ich mich an die Frage, die mir dieser Typ bei seinem Besuch in der Klinik zuletzt gestellt hatte und über die ich mich inzwischen nicht mehr so wunderte wie neulich: die, ob Wurm tatsächlich verstorben wäre. Ich versuchte die Sache abzukürzen.

»Jedenfalls, wenn es immer noch um den Tod von Herrn Wurm geht – hier haben Sie ihn quasi amtlich bestätigt.« Ich schob den beiden den Lokalteil des *Tagesspiegel* mit dem Nachruf auf den Bauunternehmer über den Tisch.

Meine Besucher würdigten den Artikel nur mit einem flüchtigen Blick. »Wissen Sie, Dr. Hoffmann, es gibt da ein Problem. Der Herr Wurm hier ist nicht das erste Mal gestorben. Das hat bei Ihnen wahrscheinlich nicht in den Zeitungen gestanden, aber bei uns im Kosovo hat er vor ein paar Jahren sogar eine Brücke gesprengt, um seinen Tod vorzutäuschen. Eine Brücke, die er gemeinsam mit meiner Firma gerade erst gebaut hatte.«

Bei uns im Kosovo? In diesem kleinen Land in Südosteuropa, von dem nicht einmal die EU-Beamten in Brüssel sicher wussten, ob es ein eigenständiger Staat war? Wo die Mehrheit der muslimischen Albaner und die Minderheit der orthodoxen Serben einander misstrauisch beobachteten, wenn sie sich nicht gerade gegenseitig die Schädel einschlugen? Wo seit Jahren unsere KFOR-Truppen versuchten, für ein wenig Ordnung zu sorgen? Ich schaute mir meine beiden Besucher noch einmal an. Auf Südosteuropa hatte ich schon neulich getippt. Waren das nun Albaner oder Serben? Keine Ahnung, ob sich Albaner und Serben im Aussehen unterscheiden. Wahrscheinlich eher nicht. Und keine Ahnung, mit welcher Bevölkerungsgruppe es besser Kirschen essen wäre in meiner aktuellen Situation.

»Ich fürchte, ich kann Ihnen nicht helfen. Ich kannte Herrn Wurm kaum.« Ich stand hier nicht vor Gericht, trotzdem formulierte ich vorsichtig. Ich hatte nicht behauptet, dass der verstorbene Patient und Bauunternehmer Wurm identisch wären. Aber auch nicht gesagt, dass sich meine Antwort auf den angeblichen Bruder bezog.

Der Wortführer schaute sich ostentativ um. »Eine sehr schöne Wohnung haben Sie hier. Und – wie sagt man bei Ihnen – eine 1a Lage, oder nein? Ich stelle mir vor, wie toll es hier erst einmal aussieht, wenn Sie Ihre Umzugskisten ausgepackt haben.«

Was sollte dieser Themenwechsel? Waren jetzt auch die Leute aus dem Kosovo am Erwerb von Immobilien in Berlin interessiert, dem Beispiel anderer Süd- und Osteuropäer folgend, die so ihr Geld aus Drogen- und anderen Geschäften waschen? Oder deutete der Typ an, dass es hier gleich nicht mehr so toll aussehen würde, wenn meine Antworten weiterhin unbefriedigend ausfielen?

»Wie viel Miete zahlen Sie eigentlich?«

Wollten die tatsächlich wissen, ob sich ein Wohnungskauf amortisieren würde? Von einer Lebensversicherung jedenfalls war nicht mehr die Rede.

»Ich denke, das geht Sie nun wirklich nichts an. Ich kann mir die Wohnung jedenfalls leisten.«

»Ja, das glaube ich. Ich denke, man könnte von einem Freundschaftspreis sprechen, oder nein?«

Wie gesagt, die Miete war tatsächlich äußerst günstig. Kleinweg hatte, als er mir die Wohnung vermittelte, nur von einem Privatpatienten gesprochen, der ihm verpflichtet sei. Langsam kam mir ein dringender Verdacht, wer dieser Privatpatient war. Und dass die Vermittlung der kostengünstigen Wohnung nicht nur als Anerkennung für die medizinische Kompetenz und den Fleiß von Oberarzt Felix Hoffmann gedacht gewesen war. Ich ließ die Frage nach dem Mietpreis unbeantwortet, aber meine Besucher blieben beim Thema Freundschaft.

»Sie haben gesagt, dass Sie Herrn Wurm kaum kannten. Da finden wir es seltsam, dass Sie trotzdem zu dem Leichenschmaus in sein Haus eingeladen wurden. Und auch hingegangen sind!«

Der Genosse des Wortführers nickte zustimmend. Offenbar verstand er auch Deutsch. Oder er nickte ohnehin zu allem, was sein Klon sagte. Jedenfalls war klar, dass ich diese Leute nicht unterschätzen durfte. Ganz offensichtlich sahen und wussten sie eine ganze Menge.

»Ich habe auf Wunsch unseres Chefarztes teilgenommen und als dessen Vertretung. Überhaupt, Sie sind hier an der falschen Adresse. Wie gesagt, ich habe Herrn Wurm nur flüchtig kennengelernt. Wenn Sie zu diesem Patienten Fragen aus ärztlicher Sicht haben, sollten Sie sich an unseren Chefarzt wenden.«

Ein wenig fühlte ich mich jetzt wie ein Schuljunge: Das war ich nicht, das war der Peter. Aber schließlich hatte Kleinweg selbst gesagt, ich solle Leute, die nach Wurm und seinem Tod fragten, zu ihm schicken. Und tatsächlich erhoben sich meine Kosovo-Besucher jetzt.

»Ja, Dr. Hoffmann, das werden wir. Aber eventuell haben wir auch noch Fragen an Sie.«

Es fehlte nur noch: Also verlassen Sie bitte nicht die Stadt.

Einen Moment zögerte ich. Welchen Grund hatte ich, das Geheimnis eines Bauunternehmers, den ich bis auf zwei eher unerfreuliche Flurgespräche nicht kannte, nicht zu verraten? Sicher wäre ich diese Typen dann wenigstens endgültig los, ohne erneute »eventuelle Fragen«. Ja, vielleicht hätte ich tatsächlich mein aktuelles Wissen über Wurm mit Ihnen geteilt – hätten sie höflich gefragt, wären nicht am Sonntagabend bei mir eingebrochen und hätten sich nicht einfach an meinem Kühlschrank bedient. Es gab allerdings auch einen rationalen Grund für mein Schweigen: Wer garantierte mir, dass diese Leute wirklich am Tod von Wurm zweifelten? Dass sie nicht vielmehr seine Helfershelfer waren, die nach undichten Stellen suchten, nach Mitwissern, um diese dann zum Schweigen zu bringen? Auffordernd öffnete ich die Wohnungstür, und tatsächlich schoben die beiden ab.

»Auf Wiedersehen, Dr. Hoffmann. Und schönen Dank noch für das Bier!«

Ich war ziemlich sicher, dass zwei Flaschen mein Totalbestand gewesen waren. Ein Blick in den Kühlschrank bestätigte die Befürchtung. Und der Döner war inzwischen kalt. Auch schönen Dank und guten Appetit!

Kosovo, Juni 1999

Es war tatsächlich nur eine Rumpfmannschaft zurückgeblieben, nachdem Haradinaj den Befehl zum Abmarsch gegeben hatte. Jeder wollte dabei sein, besonders jetzt, nachdem die NATO den Abzug der serbischen Armee aus dem Kosovo erzwungen hatte. Man würde der ohnehin fliehenden serbischen Bevölkerung Beine machen und der UÇK ihre Vormachtstellung sichern. Außerdem, wie viele Männer mit schussbereiten Kalaschnikows braucht man schon, um gut dreißig halb verhungerte Leute in einem Kohlenkeller unter Kontrolle zu halten? Wichtiger noch für Luca und Berschko, dass kein Offizier mehr vor Ort war. Erwartungsgemäß hatten sich die verbliebenen Wächter schon am Nachmittag über die Alkoholvorräte hergemacht. Erstaunlich allein, dass sie nach der Siegesfeier vom 10. Juni überhaupt noch Alkohol gefunden hatten.

Die Chancen standen gut.

»Wie gesagt, wir spazieren hier einfach raus«, versicherte Berschko. »Das stinkt denen zu sehr, mich zu überwachen, wenn ich eine neue Grube für unsere Scheiße buddle. Es geht los, sobald sie wegen des Kübels kommen.«

Trotz aller Bedenken war auch Luca sicher: Es konnte eigentlich nichts schiefgehen. Heute Abend wäre er ein freier Mann.

Schon das Schlüsselloch zu treffen bereitete den beiden Soldaten hörbar Schwierigkeiten. Schwankend standen sie in der Tür. Berschko erhob sich, um den Eimer hinauszubringen.

»Noch nicht, Cipside«, lallte der eine Soldat. »Ihr da, Shkijes« – er deutete auf zwei junge Männer in der Ecke der Serben – »ihr macht einen kleinen Ausflug.«

Der jüngere der beiden Serben trug eine schwarze Baseballmütze und ein schwarzes T-Shirt mit ehemals weißem Totenkopf über der Brust. Eine sich selbst erfüllende Prophezeiung? Wohin wurden die beiden gebracht? Luca versuchte, den Gedanken an die Gerüchte, von denen er gehört hatte, aus seinem Kopf zu verbannen. Es war einfach unvorstellbar. Selbst wenn ihre Flucht heute Abend scheitern sollte und er noch über Wochen in diesem stickigen Kellerverlies gefangen wäre, schätzte er sich glücklich, die eventuelle Wahrheit nicht am eigenen Leib erfahren zu müssen.

»Und du, Mister Englischprofessor, kommst auch mit!«

Sie bekamen Handschellen angelegt, deren Verschließen den Soldaten erst recht nicht leicht fiel.

Dann ging es über den Hof zu den wenigen dort noch abgestellten Fahrzeugen, wo sie auf den Rücksitz eines betagten russischen Jeeps gestoßen wurden. Eigentlich wollten die Bewacher ihnen auch die Augen verbinden, bekamen aber keinen ordentlichen Knoten hin.

»Egal, lass sie die Landschaft genießen!«

Kurz nach acht Uhr abends, konnte Luca auf der Armbanduhr eines ihrer Bewacher erkennen. Es ging hinaus aus der Stadt in östlicher Richtung. Als sie die Stadtgrenze erreicht hatten, entdeckte er am Ortsschild, dass man ihn tatsächlich in Peja gefangen gehalten hatte. Wohin sie jetzt unterwegs waren, verrieten die Soldaten nicht.

»Wirst schon sehen, Professor.«

Sie fuhren auf der Nationalstraße M 9 in Richtung Priština. Ohne ihren Gefangenen Beachtung zu schenken, unterhielten sich die UÇKler vorn im Jeep. Ein warmer Sommerabend, wie geschaffen für einen schnellen Ausflug an den nahen Badesee, meinten die beiden. Noch lieber allerdings wären sie dabei, mit den Kameraden »Serben aufzumischen«. Immerhin luden sie ihren Frust nicht bei Luca oder den Serben ab, sondern ertränkten ihn weiter im Alkohol. Die Flasche wanderte zwischen ihnen hin und her, ihre Kalaschnikows lagen auf dem Wagenboden. War das die Spitze ihrer Arroganz oder einfach Dummheit?

Luca schielte zu dem Serben neben ihm, der sich sicher ähnliche Gedanken machte. Wie waren die Chancen zur Flucht? Könnten sich die Serben auf den Mitgefangenen verlassen, der letztlich ein Feind war, ein Albaner wie die beiden Soldaten vorn?

Im Schutz der Rückenlehnen hob Luca die gefesselten Hände leicht an, dehnte die Kette zwischen den Handschellen und zog die Arme ruckartig zurück. Im passenden Moment könnte er dem Fahrer die Kette um den Hals legen und sich mit den Füßen gegen dessen Rückenlehne stemmen. Die Serben könnten es mit dem Beifahrer genauso machen. Die beiden deuteten ein Nicken an.

Aber alle drei wussten, sie hatten, wenn überhaupt, nur eine Chance.

Die Gelegenheit ergab sich schon kurz hinter der Ortschaft Zajm, als der Fahrer auf dem Randstreifen anhielt.

»Ich geh mal pissen.«

»Ja, gute Idee!«, stimmte sein Beifahrer zu.

Beide stiegen aus.

»Ich muss auch«, rief Luca.

»Tu dir keinen Zwang an«, rief der Fahrer zurück.

Sie hatten die Schlüssel im Zündschloss stecken gelassen. Auch die Kalaschnikows lagen noch vorn. Ein beherzter Sprung über die Rückenlehnen? Oder raus, unter dem Stoffdach hindurch? Sie würden die beiden töten müssen. Könnte er das? Wahrscheinlich nicht, aber vielleicht hatten die Serben den notwendigen Killerinstinkt.

Die drei blickten sich an, der Serbe zu Lucas Linken murmelt etwas mit fast geschlossenen Lippen und zählte mit den Fingern: auf drei.

Luca wandte sich zu den Albanern um – und blickte in den Lauf einer Pistole.

»Denkt nicht mal daran«, sagte der UÇK-Soldat grinsend.

War es denn eine gewesen, war die Gelegenheit ebenso

schnell vorbeigegangen, wie sie gekommen war. Hatten ihre Wächter am Ende nur ihren Spaß mit ihnen getrieben?

Der Motor klingelte und stotterte, sprang aber schließlich an. Ging es nach Priština, der Hauptstadt? Wohin auch immer, was erwartete ihn dort? Und was war aus Bojana, seiner Bojana geworden? Lebte sie noch?

In Höhe der Stadt Komoran bogen sie nach Süden ab. Also fuhren sie nicht nach Priština. Ging es etwa nach Ferizaj? Das könnte eine zweite Chance sein, die wenigstens Luca dann unbedingt nutzen müsste: In Ferizaj wohnte sein Bruder.

Eine gute Stunde später erreichten sie Ferizaj. Je näher sie der Stadt kamen, desto häufiger wurden sie von amerikanischen Militärlastwagen mit Truppen und schwerer Ausrüstung überholt. In verzweifelter Hoffnung hielt Luca seine Arme mit den Handschellen hoch, die Amerikaner schauten verständnislos oder winkten freundlich zurück. Und doch, die Gefangenen bekamen ihre zweite Chance. Nicht weit hinter der Stadtgrenze stotterte der Motor zunehmend lauter, dann blieb er einfach stehen.

»Mut! Mut! Mut!« Frustriert schlug der Fahrer auf das Lenkrad.

»Mut!«, stimmte sein Kamerad zu.

Wütend schleuderte der Fahrer die leere Schnapsflasche auf das Kopfsteinpflaster und schlug erneut auf das Lenkrad ein. Dann glotzten beide ratlos vor sich hin.

»Tank leer?«, wagte der Beifahrer eine mögliche Diagnose.

Der Fahrer gönnte seinem Untergebenen nur einen wütenden Blick. Der versuchte es trotzdem noch einmal.

»Du weißt aber, dass dieser alte Russe Benzin schluckt, kein Diesel …«

»Halt's Maul! Hältst du mich für so dämlich, wie du bist?«

Wiederholte Startversuche und zunehmend wütendes Klopfen auf die wenigen Armaturen des Jeeps lösten das Problem

www.bebraverlag.de

Liebe Leserin, lieber Leser,

wir freuen uns über Ihr Interesse an unserem Verlagsprogramm. Auch in Zukunft möchten wir Sie gern **kostenlos** über wichtige Themen informieren (per Post und E-Mail). Deshalb bitten wir Sie, diese Karte ausgefüllt an uns zurückzusenden. Oder füllen Sie einfach unser Formular aus unter **www.bebraverlag.de/gewinnspiel**.

Als Dank für Ihr Interesse verlosen wir unter den Einsendern pro Monat ein Buch aus unserem Programm, das Ihren Interessen entspricht. (Der Rechtsweg ist ausgeschlossen)

Diese Karte habe ich folgendem Buch entnommen:

Ich interessiere mich für:

- ☐ Zeitgeschichte
- ☐ Geschichte
- ☐ Berlin
- ☐ Brandenburg
- ☐ Sachsen
- ☐ Japan Edition
- ☐ Krimis
- ☐ Wissenschaft
- ☐ E-Books

Aufmerksam wurde ich auf das Buch durch:

- ☐ Zeitung/Zeitschrift
- ☐ Fernsehen/Radio
- ☐ Verlagskatalog
- ☐ Lesung
- ☐

INFOS, NEWS UND GEWINNSPIELE FINDEN SIE IM INTERNET:

f www.facebook.com/bebra.berlin

 www.youtube.com/bebraverlag

be.bra verlag

Absender

Name   Vorname

Straße

PLZ/Ort

E-Mail

Alter   Beruf

Aktuelle Informationen
finden Sie im Internet unter
www.bebraverlag.de. Einfach
den QR-Code scannen!

Tel.: 030 / 440 23 810   Fax: 030 / 440 23 819   post@bebraverlag.de

Antwort

be.bra verlag GmbH
– Kundenbetreuung –
KulturBrauerei Haus 2
Schönhauser Allee 37

D-10435 Berlin

Bitte als
Postkarte
freimachen

nicht. Schwankend stieg der Fahrer aus und blaffte seinen Partner an: »Du holst den Werkzeugkasten von hinten. Dann hältst du unsere Passagiere in Schach. Das wirst du doch hinbekommen?«

Es war sicher nicht besonders schlau, den Jungen vor den Gefangenen herabzusetzen. Doch dessen Wut würde nicht ausreichen, ihn zum Komplizen ihrer Flucht zu machen. Wie auch immer, sie würden es jetzt wagen müssen. Eventuell war Ferizaj ohnehin ihr endgültiges Ziel, wartete nach einem Fußmarsch hier ein Gefängnis, wo Luca und die beiden Serben sich auch ohne erfolgreiche Reparatur des Jeeps bald nicht nur zwei betrunkenen Soldaten, sondern erneut einer ganzen UÇK-Truppe gegenüber sähen.

Seine Mitgefangenen schienen sich ähnliche Gedanken zu machen. Der mit dem Totenkopf-T-Shirt deutete ein Nicken an und lenkte Lucas Blick auf einen Schraubenzieher, den er im Socken versteckt hielt.

Draußen hatte sich mittlerweile der junge Beifahrer mit seiner Kalaschnikow postiert, sein Kamerad verschwand mit dem Werkzeugkasten unter dem Jeep. Von dort hörte man ihn gegen verschiedene Teile klopfen, mehr aber noch fluchen. Gelegentlich brachte er den gesamten Wagen zum Schwanken. Fragen des Jungen zu Fortschritten beantwortete er, wenn überhaupt, mit einem Knurren. Gelangweilt fummelte ihr Bewacher ein Zigarettenpäckchen aus seiner Uniformhose. Aber um eine Zigarette herauszufischen und sie anzuzünden, brauchte er beide Hände. Er lehnte sein Gewehr an einen ehemaligen Laternenfahl, von dem nur noch der Sockel stand.

Dem Serben gelang es trotz der Handschellen, den Schraubenzieher aus dem Socken zu ziehen. Luca beugte sich vor, um seine Bewegung zu verdecken. Der Serbe spannte schon die Muskeln zum Sprung, als der Jeep unvermittelt zu wanken begann. Dann schien sich die gesamte Straße zu heben und ein amerikanischer Panzerkonvoi donnerte vorbei. Als der Spuk vorüber war, hatte der Beifahrer seine Zigarette anbekommen und die Kalaschnikow war wieder schussbereit. Die zweite Chance war vertan.

Unter dem Jeep wurden die Flüche lauter. Immer wieder rutschte dem Fahrer ein Schraubenschlüssel ab und fiel klirrend auf das Straßenpflaster.

»Gib mir mal das Handbuch für diese verdammte Russenkiste.«

»Liegt das nicht im Werkzeugkasten?«

»Klar, ich bin nur zu blöd, es zu sehen. Idiot, such das Handbuch! Liegt wahrscheinlich unter einem der Sitze.«

Der Junge lehnte sein Gewehr erneut an den Laternenstumpf, besann sich aber eines Besseren und stieg mitsamt der Kalaschnikow in den Jeep. Ein Fehler, das Gewehr behinderte nur seine Bewegungsfreiheit. Er beugte sich gerade unter den Sitz, da schnitt ihn eine Kette, die zwei Handschellen verband, von hinten in den Hals. Er wollte schreien, brachte aber nicht mehr als ein Röcheln heraus. In zunehmender Panik versuchte er sich zu befreien. Wieder schwankte der gesamte Jeep.

»He, was 'n los da oben?«

Rückwärts robbte der Fahrer unter dem Fahrzeug hervor. Kaum war sein Oberkörper sichtbar, rammte ihm der Serbe mit dem Totenkopf-T-Shirt den Schraubenzieher in die Brust.

Schnell fanden sie die Schlüssel für die Handschellen und befreiten sich. Gemeinsam schoben sie die Leichen unter den Jeep und machten, dass sie fortkamen.

Unter dem Wagen versteckt, dürften die Leichen eine Weile unentdeckt bleiben, wahrscheinlich bis zum Morgen. Trotzdem rannte Luca, bis ihm klar wurde, dass er sich damit verdächtig machte, und sich zu einer Art Bummelschritt zwang – ein Spaziergänger, der den warmen Sommerabend in Ferizaj genoss. Wiederholt schaute er sich um, konnte aber keine Verfolger ausmachen. Ferizaj hat keine Altstadt mit verwinkelten Gassen oder versteckten Durchgängen. Etwaige Verfolger sollte er also leicht entdecken – oder sie ihn.

Zur Sicherheit näherte er sich der Adresse des Bruders im Zickzackkurs, vorbei an der großen Moschee und der Kirche des heiligen Uroš, beide vom Krieg unbeschädigt. Wo sonst im Kosovo gab es das noch? Das machte Luca Mut. Außerdem kannte er Ferizaj gut, hatte oft die Straßen mit seinem Bruder durchstreift. Nun konnte er nur hoffen, dass der noch in der Stadt war.

»Hier kannst du nicht bleiben.«

Mit knapper Not seinen Verfolgern entkommen, war Luca entsetzt über die Worte. Selbst Afrims Kinder schauten ungläubig, verstanden ihren Vater nicht. Wie immer hatten sie sich riesig gefreut, Onkel Luca zu sehen, auch wenn er ihnen dieses Mal nichts mitgebracht hatte.

Luca war zu entgeistert, um zu argumentieren. Sicher, Afrim standen für sich, seine Frau und die Zwillinge lediglich ein Zimmer und die Küche zur Verfügung, aber schließlich ging es um Leben und Tod und Afrim war sein Bruder!

»Und nun? Was soll ich tun? Wo soll ich hin?«

»Hier werden sie dich zuerst suchen, das ist doch klar. Und sie können das ganz offiziell tun. Die neue Polizei, die die NATO gerade aufbaut, ist zu über die Hälfte mit UÇK-Leuten besetzt. Praktisch sind die jetzt die Polizei.«

Luca war beschämt. Es ging Afrim nicht um die eigene Sicherheit, die seiner Familie oder gar die Beengtheit der Wohnung. Natürlich hatte sein Bruder recht, wie konnte er nur so dumm sein? Was immer Ramush Haradinaj mit ihm vorhatte: Der UÇK-Führer würde alles daransetzen, ihn zu finden. Zuerst natürlich in Ferizaj, wenn sie am Morgen den Jeep und die Leichen entdeckt hätten. Außerdem waren Angehörige und Freunde ohnehin die ersten Adressen, bei denen man nach ihm suchen würde.

Afrim meinte, für heute Nacht wenigstens wäre der Keller sicher. Dann werde man weitersehen.

Irgendwann wachte Luca auf. Er war in einem Keller, daran hatte er sich gewöhnt, auch an den Gestank aus dem Eimer – aber wo waren die Mithäftlinge? Hatte man ihn in Einzelhaft gesperrt? Es dauerte einen Moment, ehe er sich orientiert hatte. Dann wartete er ungeduldig auf den Morgen. Endlich wieder einmal duschen, das war ihm sogar wichtiger als ein Frühstück.

Als er nach oben zu Afrims Familie kam, instruierte er noch einmal die Kinder, auch ihren Freunden nichts von seinem Besuch zu erzählen. Obgleich die Zwillinge erst nächstes Jahr eingeschult würden, musste er ihnen die Situation nicht als spannendes Abenteuerspiel verkaufen. Die Kinder hatten längst verstanden, dass das Kosovo kein Abenteuerspielplatz war.

»Es heißt, der Bäcker arbeitet wieder. Ich gehe mal sehen, ob das stimmt«, sagte Flaka, Afrims Frau. »Und, Luca, noch ein Wunder. Es gibt Strom heute Morgen. Du kannst nicht nur duschen, du kannst heiß duschen!«

Wie besessen schrubbte Luca unter dem heißen Wasser alles ab: den Gestank, den Schmutz, den Schweiß, sogar die Angst. Er meinte, das alles tatsächlich im Ablauf verschwinden zu sehen. Ihn überkam eine Leichtigkeit, wie er sie schon lange nicht gespürt hatte. Nun musste er nur noch Bojana finden.

Dann hörte er Gewehrkolben gegen die Wohnungstür stoßen, gleich darauf schwere Stiefel auf dem Küchenboden nebenan.

»Wo ist dein Bruder Luca?«

»Das würde ich auch gern wissen. Wir haben schon seit Monaten nichts mehr von ihm gehört. Ich weiß nicht einmal, ob er noch lebt.«

Luca schätzte die Maße des kleinen Fensters ab. Mit ein wenig Mühe würde er hindurchpassen, aber die Wohnung lag im dritten Stockwerk. Außer dem Handtuch und seiner Kleidung gab es nichts, was er zu einem Seil hätte verknoten können. Er hörte, wie die Wohnung inspiziert wurde. Keine große Herausforderung bei Küche, Zimmer, Bad.

»Und hier?«

Sie standen vor der Badezimmertür.

»Da duscht meine Frau. Wenn ihr warten wollt …« Die Stimme seines Bruders klang überraschend fest. »Aber setzt euch lieber erst einmal. Wenn meine Frau im Bad ist, lässt sie sich nicht drängeln. Erst recht nicht, wenn's schon mal Strom gibt. Von niemandem, glaubt's mir.«

Luca konnte seinen Bruder vor sich sehen, wie er mit verschwörerischem Grinsen den UÇKlern klar machte, dass sie mit mindestens einer Stunde rechnen sollten.

»Wir können ja mal eben reinschauen.«

»Ich würde das nicht machen. Ich garantiere für nichts.«

Die Soldaten zogen ab. Mit zitternden Beinen setzte sich Luca auf den Toilettendeckel. Das angenehme Gefühl der Leichtigkeit war verschwunden.

»Hier kannst du nicht bleiben.«

Luca nickte.

Von den Gerüchten allerdings, die im Keller von Peja im Umlauf waren, hatte Afrim nie gehört.

»Das ist unmöglich. Typische serbische Gräuelpropaganda.«

Hätten mich die beiden Kosovaren nicht ebenso gut erneut in der Klinik heimsuchen können? War ihr Einbruch bei mir nicht ein wenig melodramatisch? Eine Art osteuropäische Seifenoper?

Nicht wirklich. Einzubrechen und es sich bei mir gemütlich zu machen, war tatsächlich eine wohl kalkulierte Demonstration mit einer deutlichen Ansage: Wir wissen mehr über dich, als du über uns, und wir finden dich überall und jederzeit. Vor uns kannst du dich nirgends sicher fühlen. Selbst mein Bier wegzutrinken gehörte in dieses Schema der Verunsicherung. Wahrscheinlich sollte die Inbesitznahme meiner Wohnung auch unterstreichen, dass sie von meiner Verbindung zu Wurm über eben diese Wohnung wussten. Selbst wenn mir diese Tatsache bis dahin nicht bekannt gewesen war. Aber das wiederum konnten die beiden nicht wissen. Und geglaubt hätten sie es mir schon einmal gar nicht.

So viel zu meinen Gedanken, während ich in Richtung Humana-Klinik radelte. Entgegen meiner Erwartung hatte ich trotz des Kosovarenbesuchs gut geschlafen, zu gut sogar: Ich hatte verschlafen. Und da das gute Wetter anhielt, konnte ich das Fahrrad nehmen, für die Morgenkonferenz war ich ohnehin zu spät dran. So war es fast halb neun, als ich mein Rad vor dem Krankenhaus anschloss. Unter welcher Rubrik würde mein Zeitnehmer die verspätete Aktivitätsaufnahme verbuchen?

Gar nicht, stellte sich heraus. Kein Zeitnehmer auf der Station. Irgendwie fehlte mir meine persönliche Nervensäge.

Nachdem ich meine morgendliche Hauptaufgabe, für gute Laune bei den Schwestern zu sorgen, mit zehn Euro in ihre Kaffeekasse eher prosaisch erledigt hatte, folgte ich meinem Instinkt und schaute in der Personalcafeteria vorbei. Ich fand es nett, dass Hans-Hennrich tatsächlich rot wurde, als ich ihm dort inmitten seiner geflüsterten Intensivunterhaltung mit Manuela auf die Schulter tippte. Keine Spur von Erröten bei Manuela.

»Kann's losgehen?«

Natürlich musste Hans-Hennrich unbedingt noch in sein Tablet eingeben, wann ich den Dienst aufgenommen und was ich seitdem getrieben hatte. Schamlos nutze ich meinen aktuellen Vorteil aus. »Ich habe inzwischen schon über zwei Stunden alte Fälle abgeschlossen und die Leistungserfassung kontrolliert.«

Meine Verspätung wäre leicht aufzuholen gewesen, hätten sich nicht offenbar sämtliche Assistenten verabredet, ausgerechnet heute einmal Initiative zu beweisen und ein paar kleine diagnostische Eingriffe in Eigenregie in Angriff zu nehmen. Auf Station 3b war das Ergebnis ein Pneumothorax, also Luft, die aus der bei der Punktion verletzten Lunge in den Brustraum strömte und nun massiv die Arbeit der Lunge behinderte. Kaum war dieses Problem mit einer Monaldi-Drainage behoben, galt es, ein Stockwerk tiefer zu helfen, die bei einer Magenspiegelung aufgetretene Blutung zu stoppen. Das dauerte etwas länger. In Zukunft, da war ich sicher, würde sich der junge Kollege die Werte für die Blutgerinnung anschauen, bevor er wieder mutig irgendwo hineinpunktierte, auch ohne dass ich ihn zurechtwies. Wozu ich ohnehin keine Zeit gehabt hätte, denn schon musste ich zurück auf die 3b sprinten. Auch hier war es zu einer Blutung gekommen, in diesem Fall bei einer Knochenmarkspunktion, die in das Brustbein hinein gemacht werden musste, weil der Patient – Herr Schlosser! – für das übliche Vorgehen am Beckenkamm einfach zu fett war. In jedem Beruf, denke ich, gibt es solche Tage. Hans-Hennrichs Fortbildung in Notfallversorgung jedenfalls kam gut voran. Und er hielt tapfer durch, jedenfalls kam es zu keinen erneuten Ohnmachtsanfällen. Chefarzt Kleinweg begegnete ich während des ganzen Tages nicht. Er war klug genug, sich aus dem Treiben herauszuhalten – oder ging er mir aus dem Weg?

»Wie siehst du denn aus? Vollkommen fertig! Ich dachte, wir hätten uns am Wochenende in Rieth etwas erholt.«

Irgendwie war auch dieser Tag in der Klinik vorbeigegangen, ich hatte sogar noch einen zweiten Besuch in Sachen Oberarzt mit schlechtem Gedächtnis beim Personenstandswesen geschafft.

»Es war ein wenig hektisch in der Klinik.«

Eigentlich war Celine zum gemeinsamen Fußballgucken gekommen, auf dem Großbildfernseher, den ich mir für die neue Wohnung spendiert hatte. Vorher wollte sie mir noch weiter beim Auspacken und Einsortieren der verbliebenen Umzugskisten helfen. »Wo kommt denn dein alter Skipullover her? Den hatte ich doch auf den Stapel für die Altkleidersammlung gelegt!«

Traurig beobachtete ich, wie mein Pullover aus Studententagen nun wohl endgültig im großen Abfallsack verschwand. Höchste Zeit, Celine von ihrer Tätigkeit abzulenken.

»Übrigens, ich weiß jetzt, wie der tote Patient hieß, den ich als Wurm behandelt habe.« Es hatte einer Kombination aus Überredungskunst und oberärztlicher Nachdrücklichkeit bedurft, um heute im Personenstandswesen mehr zu erfahren als die Tatsache, dass wir am 31. März in der gesamten Klinik keinen Patient verloren hatten. »Auf der internistischen Privatstation ist in der Nacht vom 31. März auf den 1. April ein Herr Pollok verstorben, Adam Pollok. Amtlicher Todeszeitpunkt ist der 1. April, 00:16 Uhr.

»Adam Pollok? Hört sich nicht nach dem Bruder eines Friedrich Wurm an.«

»Ich weiß. Aber hier noch eine interessante Information für deinen analytischen Verstand: Dieser Pollok hatte dieselbe Adresse wie unser Bauunternehmer! Du weißt schon, das Haus mit den Lachsbrötchen und der Ego-Galerie im Obergeschoss.«

Man konnte zusehen, wie Celine die neue Information sekundenschnell verarbeitete und zu möglichen Lösungen für die Gleichung kam.

»Prinzipiell sind Brüder mit verschiedenen Nachnamen natürlich möglich. Es könnten Jungs von verschiedenen Vätern sein. Oder der Bauunternehmer-Bruder hat den Namen seiner Frau angenommen. Der gemeine Bauunternehmer scheint mir zwar nicht der Typ, der so etwas im Namen der Gleichberechtigung macht, aber vielleicht fand er den polnisch klingenden Namen nicht geschäftsfördernd.«

Beides möglich, aber ich glaubte trotz derselben Adresse nicht an die Brudergeschichte. Nicht nur, dass sich mein Patient erst am nächsten Morgen an die Existenz eines Bruders erinnert hatte. Auch dass kein Bruder beim Leichenschmaus aufgetaucht oder wenigstens erwähnt worden war, sprach dagegen. Ich hatte inzwischen eine andere Theorie.

»Die Adresse bedeutet längst nicht, dass dieser Pollok da auch wirklich gewohnt hat. Ich könnte mir vorstellen, dass der illegal für Wurm gearbeitet hat und deshalb nicht krankenversichert war. Deshalb könnte Wurm unseren Chefarzt dazu überredet haben, Pollok unter seinem Namen zu behandeln und über seine Krankenversicherung abzurechnen.«

»Und wer hat den Tod vom 31. März offiziell auf den 1. April verschoben?«

»Sehr wahrscheinlich auch Kleinweg. Wenn ein Patient in der Nacht stirbt, klar, da wird der diensthabende Arzt gerufen, der stellt den Tod fest. Das wird im Stationsbuch notiert. Aber wenn der Diensthabende den Verstorbenen nicht kennt, lässt er den ganzen formalen Papierkram liegen, den erledigt der Stationsarzt am nächsten Tag. Denn auf dem amtlichen Totenschein musst du ja nicht nur den Tod bestätigen, da wird auch gefragt, woran der Patient akut verstorben ist, ob es eine Folge der Grunderkrankung war, welche Krankheiten noch vorlagen, und so weiter. Und du hast, wenn es nicht dein Patient war, im Nachtdienst Wichtigeres zu tun, als zu diesen Fragen eine dicke Patientenakte durchzuarbeiten. Und das noch für einen Privatpatienten vom Chef!«

»Das hat dann also dein Chefarzt am nächsten Morgen erledigt? Und dabei den richtigen Namen eingesetzt und den Todeszeitpunkt ein paar Minuten verschoben?«

So sah es jedenfalls aus, musste ich zugeben. Auch wenn ich Kleinweg bisher für einen integren Mann gehalten hatte.

»Denkst du, dieser Wurm hat etwas gegen deinen Chefarzt in der Hand?«

»Du meinst, womit er ihn erpressen kann?«

Celines Verdacht war nicht ganz abwegig. Schon die Krankenhausbehandlung unter falschem Namen war natürlich Versicherungsbetrug, aber, schien mir, eventuell noch zu rechtfertigen als Freundschaftsdienst oder so etwas. Doch die Sache mit dem auf den 1. April verschobenen Todeszeitpunkt, das war auch für mich etwas, das die Bezeichnung »kriminelle Energie« verdiente.

»Hallo, was haben wir denn hier? Wie haben es deine unseligen Hawaiihemden hierher geschafft?«

Wieder einmal hatte ich Celines Fähigkeit im Multitasking unterschätzt. Nun wanderten auch meine Hawaiihemden, vor Jahren in gehobener Urlaubsstimmung gekauft und zugegebenermaßen danach nie mehr getragen, in den Müllsack.

»Erpressung? Vielleicht sind die beiden auch nur alte Kumpel. Keine Ahnung, warum mein Chefarzt da mitgemacht hat. Aber bis jetzt ist das alles spekulativ, wir wissen nicht einmal sicher, bei was Kleinweg eventuell mitgemacht hat.«

»Genug spekuliert, nun müssen Fakten sprechen!«, fiel mir eine kräftige Männerstimme ins Wort.

Im Mark erschreckt, drehte ich mich in Richtung der Stimme – aber es war nur der vorprogrammierte Fernseher, der pünktlich zur Fußballübertragung sein elektronisches Leben aufgenommen hatte. Wieder so ein Gimmik, an das ich mich noch gewöhnen musste. Der Reporter spekulierte zwar trotz seiner gegenteiligen Aussage noch ein wenig weiter über den möglichen Ausgang des Spiels, hatte aber erreicht, dass Celine nun ihre volle Aufmerksamkeit dem Fernseher widmete und meine Garderobe für den Moment außer Gefahr war. Ich besorgte uns eine Flasche Wein aus meiner Luxusküche mit extra Weinkühlschrank.

Im unserem Duo ist Celine der wirkliche Fußballfan. Ich habe fast mehr Spaß daran, sie als Zuschauerin zu beobachten, als an dem Spiel selbst. Es ist, wie auch bei anderen Gelegenheiten, ihr vollkommenes Aufgehen in der Situation, ihre Hingabe an den Moment, die mich immer wieder fasziniert. Im Gegensatz zu mir scheint bei ihr kein kleiner Mann im Kopf zu sitzen, der sie beobachtet und zu etwas mehr emotionalem Abstand rät. Das ist auch der Grund, weshalb ich nie mit Celine zu einem Fußballspiel ins Stadion gehen würde – zu groß meine Befürchtung, sie würde tatsächlich aufs Spielfeld rennen und dem Schiri die Meinung sagen. Und natürlich: Als die Halbzeitpause Union Berlin mit 0:2 im Rückstand sah, lag das laut Celine am Schiedsrichter, der sowohl blind wäre als auch unsicher in der Regelkunde. Ebenso der TV-Kommentator, der den Rückstand als »verdient« bezeichnete. Ich begann mir Sorgen um die Unversehrtheit meines neuen Fernsehapparats zu machen, stellte lieber den Ton ab und kam zurück zum Thema Wurm.

»Eigentlich erstaunt mich ein Name wie Pollok.«

»Warum?«

»Ich hatte etwas Südosteuropäisches erwartet, Cena zum Beispiel, oder Belushi.«

»Belushi wie James Belushi? Der amerikanische Schauspieler?«

»Ja, der aus *Mein Partner mit der kalten Schnauze* oder *Der Ghostwriter*. Der hat albanische Eltern. Und inzwischen auch die albanische Staatsbürgerschaft.«

Fragend schaute mich Celine an.

»Woher ich das weiß? So etwas erfährt man beim Trivia-spielen, wenn im Nachtdienst mal nichts los ist.«

Zu spät erkannte ich meinen Fehler. Würde mich Celine jetzt nicht in eine Diskussion über Migranten in Deutschland und deren Forderung nach doppelter Staatsbürgerschaft verwickeln? Aber ich hatte Glück, ihre Neugier war stärker. Also erzählte ich ihr von den angeblichen Versicherungsdetektiven: dem Ex-Stasi-Typ und dem Pärchen aus dem Kosovo. Was ich nicht ganz schaffte, bevor der Fußball wieder ihre volle Aufmerksamkeit verlangte.

»Das musst du mir nach dem Spiel noch genauer erzählen.«

Fünfundvierzig Minuten später war Celine mit dem Endstand von 3:3 nicht zufrieden, aber halbwegs beruhigt und kam zurück auf meine ungebetenen Besucher.

»Dann wäre Bauunternehmer Wurm wegen einer Lebensversicherung untergetaucht? Warum sonst hätte man den Todestag verschieben müssen? Das macht doch eigentlich nur Sinn, wenn es da um eine Wartezeit geht, die erst im April abgelaufen war.«

Trotzdem teilte Celine meine Bedenken, dass dann doch ziemlich viel Aufwand getrieben worden wäre für ein paar hunderttausend Euro, wenigstens aus der Sicht eines erfolgreichen Bauunternehmers.

»Wie hoch kann man eigentlich eine Lebensversicherung abschließen?«

»Keine Ahnung. Über zehn Millionen zum Beispiel wäre sicher ein wenig verdächtig. Andererseits, es sind auch schon Ehefrauen oder Ehemänner wegen weit geringerer Summen nicht mehr aus dem gemeinsamen Skiurlaub zurückgekehrt. Was wissen wir schon über die Finanzen von Wurm? Vielleicht stand seine Firma kurz vor der Pleite.«

Klar, dass wir die Sache noch ein paar Mal aus jedem möglichen Winkel betrachteten, aber es blieb dabei: Wir drehten uns im Kreis, irgendein Stein blieb immer übrig, wollte nicht in das Puzzle passen. Einer dieser Steine waren die zwei Albaner, die mir mein letztes Bier weggetrunken hatten.

»Also steckt hinter deinem Vermieter, dieser Olympus Immobiliengesellschaft, eine Firma vom Bauunternehmer Wurm?«

»Haben jedenfalls diese Albaner angedeutet. Wusste ich aber nicht.«

»Du hast selbstverständlich angenommen, dein Chef hätte dir die günstige Wohnung wegen deiner schönen blauen Augen besorgt. Oder weil du so ein fleißiger Oberarzt bist. Das war wohl ein wenig naiv.«

Ich machte mir nicht die Mühe, Celine darauf hinzuweisen, dass meine Augen braun sind. »Naiv oder nicht. Die Albaner jedenfalls haben mir nicht geglaubt, dass ich Wurm kaum gekannt habe.«

»Und damit glauben sie dir auch nicht, dass du nicht weißt, ob Wurm trotz deiner Behandlung, von der sie wohl immer noch ausgehen, und trotz Leichenschmaus und Nachruf in der Zeitung weiterhin lebt und nur von der Bildfläche verschwinden wollte. Womit wir wiederum davon ausgehen können, dass Wurm wegen dieser Albaner untergetaucht ist. Weiß der Himmel, warum. Waffenhandel, Drogenhandel, Geldwäsche …«

»Wie wäre es mit Blutrache?«, ergänzte ich Celines Aufzählung der bekannten Geschäftsfelder in jenem Teil Europas.

»Richtig«, stimmte sie zu, »bei den Albanern, hört man, pflegt man noch die alten Traditionen.«

»Nur sind meine Albaner eben nicht sicher, ob Wurm nun wirklich tot ist oder nicht.«

Celine wickelte sich eine Haarsträhne um den Zeigefinger. »Das könnte das Problem sein, Felix. Soweit wir durchblicken, wissen nur zwei Leute, dass der Tote im Krankenhaus definitiv nicht Wurm war: Kleinweg sowieso, und du spätestens seit dem Zeitungsartikel.«

»Ein Problem für wen?«

»Ein Problem für Wurm. Der möchte für tot gehalten werden. Es soll durchaus Menschen geben, die bei solch einer Unternehmung die Existenz von Mitwissern nicht schätzen.«

Entweder war Celine genauso paranoid wie ich, oder wir waren beide nur realistisch.

Lief da draußen tatsächlich ein unberechenbarer Bauunternehmer herum, ein Zombie, wild entschlossen, Kleinweg und mich für immer mundtot zu machen? Oder wenigstens mich, weil Kleinweg ein alter Kumpel war, auf den er sich verlassen konnte?

Aber: Gab es neben meinem Chefarzt und mir nicht noch andere Mitwisser, an die Wurm denken sollte? Klar, mindestens Frau Wurm, die allerdings würde ihren Mann wohl nicht verraten. Dann gab es natürlich das offizielle Personenstandsregister im Standesamt – aber erteilte das Standesamt eigentlich jedem, der da hineinspaziert, Auskunft? Und würde ein Albaner amtlichen Stellen nicht ohnehin prinzipiell misstrauen, mehr noch als meiner ärztlichen Information? Jedenfalls konnte Wurm nicht alle Mitarbeiter im zuständigen Standesamt umbringen und, mehr noch, deren Unterlagen vernichten.

War es an der Zeit, meine persönliche Sicherheitslage zu überprüfen? Wie und wo – wenn überhaupt – würde ein gefährlich nervöser Bauunternehmer zuschlagen? Sollte ich vom Fahrrad wieder in den Blechkäfig Auto umsteigen, und zwar vor einem tödlichen Fahrradunfall mit Fahrerflucht? Leider fielen mir noch jede Menge weitere Szenarien ein. Man kann sich nicht gegen alles schützen. Wenigstens, beschloss ich, würde ich in Zukunft meinen Fahrradhelm auch tatsächlich benutzen, ohnehin eine vernünftige Maßnahme. Und ich würde mir einen Rückspiegel für das Rad kaufen, aber nicht zurück zum Auto wechseln. Abgesehen von meiner persönlichen CO_2-Bilanz, die ich gerade mit dem Mallorcaflug belastet hatte, konnte ich schließlich nicht meine Patienten zu körperlicher Aktivität ermahnen und selbst mit fadenscheiniger Ausrede für die acht Kilometer zur Klinik bei schönstem Frühlingswetter das Auto benutzen. Ganz abgesehen davon, dass auch mein Chefarzt bei Wind und Wetter seit Jahren tapfer mit dem Fahrrad zur Arbeit kommt.

Behelmt und aufmerksam meine Umgebung im Auge behaltend, erreichte ich auch an diesem Morgen unbeschadet mit dem Rad die Klinik.

Als Klinikarzt hat man deutlich häufiger schlechte Nachrichten für seine Patienten als gute. Heute war das endlich einmal anders, Eurotransplant hatte eine Spenderniere für Herrn Zorn, sie war schon unterwegs. Ich freute mich darauf, ihm die Neuigkeit zu überbringen. Was mit einer kleinen Enttäuschung endete: Die Kollegen Urologen hatten ihn schon informiert, gerade wurde seine Leistenregion sorgfältig rasiert. Ich konnte Herrn Zorn nur noch alles Gute für die Operation wünschen.

Die nächste erfreuliche Nachricht war, dass alle drei Patienten, bei denen unsere wohlgemeinten Maßnahmen gestern zu akuten Komplikationen geführt hatten, die Sache gut überstanden hatten. Selbst der übergewichtige Herr Schlosser die Knochenmarkpunktion durch sein Brustbein hindurch. Gerade eben hatten wir ihn von seinem Ausflug auf die Intensivstation zurückbekommen.

»Das hätte böse ausgehen können, Herr Schlosser. Und es hat gezeigt, welches Risiko Sie immer wieder mit Ihrem Gewicht eingehen. Sie müssen wirklich abnehmen!«

In der Regel finde ich es nicht in Ordnung, dem armen Patienten für eine Komplikation, die er oder sie durch einen ärztlichen Eingriff zu ertragen hatte, auch noch selbst verantwortlich zu machen. Aber in diesem Falle versprach ich mir eine pädagogische Wirkung zum Besten von Herrn Schlosser. Zumindest akut allerdings trat die nicht ein.

»So viel mehr als Ihr dicker Doktor auf der Intensivstation wiege ich aber auch nicht.«

»Stimmt, Herr Schlosser. Doktor Valenta muss auch dringend abnehmen.«

Es blieb ein erfreulich ereignisloser Tag an der Klinik – Ereignis bedeutet in aller Regel nichts Gutes in einem Krankenhaus, jedenfalls nicht für die Patienten. Auch die Nierentransplantation bei Herrn Zorn war »ereignislos« verlaufen, berichteten die Kollegen von der Urologie, als ich gegen Mittag auf der Chirurgischen Intensivstation vorbeischaute. Gemeinsam freuten wir uns wie Kinder, als die ersten Tröpfchen klaren Urins in den Sammelbeutel an seinem Bett tropften.

So fand mich der frühe Nachmittag in einer ungewohnten Situation: arbeitslos. Jedenfalls was eigentliche ärztliche Tätigkeiten angeht. Es gab keine Ausrede mehr, ich musste mich um die ungeliebte Arbeit kümmern, die ich laut Hans-Hennrichs Zeitnehmer-Protokoll angeblich schon gestern Morgen erledigt hatte, also alte Fälle abschließen und die Leistungserfassung kontrollieren. Das sind keine besonders aufregenden Tätigkeiten. Auch deshalb war ich froh über die Unterbrechung, als Celine anrief. Klar, dass es »um die Sache, du weißt schon« ging.

»Ich habe mal mit Burghardt gesprochen, meinem Amnesty-Rechtsanwalt-Freund. Zur Frage, warum insbesondere ein Bauunternehmer so schnell wie möglich von der Bildfläche verschwinden will.«

Wenngleich mir zugegebenermaßen die große Anzahl insbesondere ihrer männlichen Freunde gelegentlich einen klitzekleinen Stich versetzt, fand ich es doch gut, dass sich unserer Freundeskreis nur teilweise überschnitt, Celines Leben nicht ausschließlich in unserer Beziehung stattfand. Und außerdem war es manchmal praktisch, dass sie fast für jedes Problem auf einen Experten zurückgreifen konnte.

»Na, wie gesagt – häufig verschwinden Unternehmer, weil sie pleite sind.«

»Ja, meinte Burghardt auch. Aber betrachtet man beides zusammen, sowohl das Verschwinden wie auch den umdatierten Totenschein, könne es gut um irgendein Immobiliengeschäft gehen, sagt Burghardt. Im Sinne von – das musst du dir jetzt mal wörtlich reinziehen – ›um die Folgen aus einem konkret-individuellen Vertrag, oder aus einschlägigen Rechtsvorschriften resultierend, etwa Fördermitteln, Wegfall einer Subvention, oder auch Anfall einer Sondersteuer zum Stichtag‹.«

Dafür liebe ich Juristen, abgesehen von ihrem zweifelhaften Deutsch: immer hochkonkrete Auskünfte. Obgleich, musste ich zugeben, diesem Burghardt in unserem Fall auch wenig Konkretes als Frage vorgelegt worden war.

»Burghardt erzählte ein interessantes Beispiel aus seinem Notariat«, fuhr Celine fort. »Da ging es um ein Filetgrundstück im Eigentum der Stadt, das ein Bauunternehmer zu einem Preis weit unter Wert bekam, weil er sich verpflichtet hatte, auf einem Teil des Grundstücks auf eigene Kosten einen Kindergarten zu bauen und für ein paar Jahre zu finanzieren. Mit einer interessanten Klausel, die ich dir wieder wörtlich vorlesen muss: ›Die vorstehende Verpflichtung trifft den Erwerber höchstpersönlich und ist Bedingung für den Fortbestand und die Durchführung des Kaufvertrages. Diese dem Vertrag innewohnende Pflicht entfällt, wenn der Käufer noch vor Ablauf der Widerrufsfrist, mithin vor dem 1. April, versterben sollte. Bei Eintritt des Todesfalls und Ablauf der Widerrufsfrist, blabla, bleibt der Kaufvertrag bezüglich des Grundstücks fortbestehen, ebenso die Planung für die Bebauung des Grundstücks.‹ Und jetzt kommt's, mein Lieber: ›Allerdings entfällt bei Ableben des Käufers vor Ablauf der Widerrufsfrist und gleichzeitig fortbestehender Vertragsdurchführung die Verpflichtung der Erben oder sonstigen Rechtsnachfolger, die soziale Einrichtung baulich herzustellen und, blabla, finanziell zu unterstützen.‹ Begründet wird das im Vertrag damit, dass ›die Rechtsnachfolger in ein Bau- und Finanzierungsprojekt eintreten, das auf der beruflichen Erfahrung und Marktgeltung des Käufers beruht, mithin dessen Rechtsnachfolger mit einem unbilligen kaufmännisch-wirtschaftlichen Risiko belegen würde‹.«

Ich war elektrisiert. »1. April?«

»Genau, stirbt der Käufer vor dem 1. April, bekommen die Erben das Filetgrundstück zum Schnäppchenpreis und brauchen trotzdem keinen Kindergarten zu bauen und über Jahre zu finanzieren.«

Ich wiederholte: »1. April?«

»Ja, aber ehe du durchdrehst, Felix: Selbstverständlich wurden keine Namen genannt, weder von mir noch von Burghardt. Natürlich habe ich gefragt, ob dieser Käufer irgendein Tier oder eine Tiergruppe als Nachnamen habe, wie Käfer, Nager oder Wiesel. Nein, kein Tiername!«

Schade, aber das wäre auch zu schön und ein wenig viel an Zufall gewesen. »Trotzdem, auch wenn es in diesem Fall nicht Wurm war, kann ich mir bei einem Bauunternehmer gut vorstellen, dass sein Untertauchen etwas mit irgendeinem Bauprojekt zu tun hat«, sagte ich. »Vielleicht hat er den Albanern ein altölverseuchtes Grundstück vertickt. Selbstverständlich kann auch etwas ganz anderes dahinterstecken, etwas ohne Bezug zu seinen Geschäften. Zum Beispiel hat Wurm eine Frau aus Albanien geschwängert, die natürlich einen großen Bruder hat, der für die Familienehre zuständig ist, was weiß ich. Ist doch nicht mein Problem.«

»Offenbar sehen die Albaner das anders, Felix. Also, sei vorsichtig.«

Wieder einmal hatte Celine recht. Nur, was konnte ich schon groß machen?

»Sicher, ich pass schon auf.«

Eingedenk meines Versprechens hielt ich auf der Fahrradfahrt nach Hause die Augen offen und vor meiner Wohnungstür die Nase. Kein Amokfahrer näherte sich mir während des Radelns, kein albanischer Parfümgeruch im Hausflur. Ich füllte gerade meine Bierbestände nach, als das Telefon ging. Ich konsultierte die Rufnummererkennung: Professor Kleinweg! Na toll – durfte ich gleich zurück in die Klinik kommen, eben mal schnell außerplanmäßig einen Nachtdienst übernehmen?

143

Nein, es war nicht mein Chefarzt, der mich mit Autorität und einem »Das macht Ihnen doch nichts aus, Dr. Hoffmann?« zurück in die Klinik zitierte. Es war ein Kleinweg, den ich bisher nicht kennengelernt hatte: deutliche Verunsicherung und sogar etwas Bittendes in der Stimme. Er müsse mich sprechen, privat, außerhalb der Klinik.

»Kennen Sie das ›Bei Traudel‹, Herr Hoffmann?«

Nein, kannte ich nicht. Er beschrieb mir den Weg.

»Sie meinen, heute Abend noch?«

»Wenn Sie es irgendwie einrichten können …«

17

Es war dunkel, als ich das Haus verließ. Es ging zwar deutlich in Richtung Frühling, die Sonne verabschiedete sich nicht mehr fast unmittelbar nach dem Frühstück wie im gerade überstandenen Berliner Winter, aber Mitte April war sie jetzt, gegen neun Uhr abends, längst untergegangen. Das fahle Licht der Laternen schluckte ein Nieselregen, der über der Stadt niederging. Krimiwetter. Ich zog den Reißverschluss an meinem Anorak komplett nach oben und schlug den gefütterten Kragen hoch.

Während ich mir Kleinwegs Wegbeschreibung in Erinnerung rief, nistete sich daneben plötzlich ein unangenehmer Gedanke in meinem Hirn ein: Wenn Wurm und Kleinweg alte Kumpel waren, lockte mich mein Chefarzt vielleicht gerade in eine Falle? Bot nicht ein abendlicher Fußmarsch zu einer Kneipe die bessere Gelegenheit als bei Tage mein Weg zur Klinik? Würde man mich morgen früh hier am Straßenrand finden und bedauernd feststellen, dass auch der Süden Berlins nicht mehr sicher ist? Andererseits, was hatte ein Klinikarzt auch im Schutze der Dunkelheit zu einer Kneipe zu schleichen? Ich schaute mich immer wieder um, fühlte mich aber zunehmend blöde dabei. Schließlich kannte ich Kleinweg nun schon ein paar Jahre, immer loyal, auch in schwierigen Situationen, und bisher nie Teil irgendwelcher Klinikintrigen.

»Schön, dass Sie kommen konnten, Herr Hoffmann.«

Kleinweg hockte vor einem schon weitgehend geleerten Bierglas. Seinen feuchten Haaren nach zu urteilen konnte er nicht lange vor mir »Bei Traudel« eingetroffen sein. Ich setzte mich so, dass ich meinen Anorak, den ich an den Garderobenständer neben der Tür gehängt hatte, im Auge behalten konnte. Nicht dass es hier nach einer Gangsterhöhle aussah, aber sicher auch nicht nach einer angesagten Location von Chefärzten oder anderen Leuten, mit denen es das Schicksal überdurchschnittlich gut gemeint hatte. »Bei Traudel« war deutlich unterhalb Chefarztstandard, es war sogar leicht unterhalb meines Standards. Außerdem, und das passte erst recht nicht zu meinem Chef, war es offenbar eine der wenigen verbliebenen Raucherkneipen in Berlin.

»Sind Sie heimlicher Feierabendraucher, Herr Kleinweg?«

Mein Chef schenkte mir ein freudloses Lächeln. »Nein, bin ich nicht. Ich war noch nie in dieser Kneipe.«

Er käme hier allerdings auf seinem Weg zur Klinik vorbei, und sie läge doch nicht weit von meiner neuen Wohnung. Das, dachte ich mir, mochte tatsächlich einer der Gründe für die Wahl des Treffpunkts gewesen sein. Aber auch, dass man Kleinweg hier nicht kannte und er kaum Gefahr lief, auf ein bekanntes Gesicht zu stoßen.

Ich wartete, dass er mit der Sprache herausrückte, warum er mich hergebeten hatte. Aber erst einmal tauchte eine Frau an unserem Tisch auf, irgendwo zwischen dreißig und sechzig. Traudel wahrscheinlich, oder ihre Tochter, oder – Stil und Zustand der Einrichtung nach zu urteilen – vielleicht auch die Enkelin.

»Was darf's denn sein, die Herren?«

Ich bestellte mir ein Bier. Nach großes oder kleines wurde hier nicht gefragt.

»Und Sie? Auch noch eins?«

Zu meinem Erstaunen verlangte Kleinweg nach einem Cognac – Kleinweg, den ich selbst bei Weihnachtsfeiern in der Klinik vorwiegend mit stillem Wasser erlebt hatte!

»Ham wa' nich'. Aber 'n schönen Weinbrand.«

Ja, meinte mein Chefarzt, ein Weinbrand täte es auch. Ganz offenbar ging es ihm eher um Alkoholgehalt als um geschmackliche Finesse. Nachdem Traudel abgeschoben war, blieb Kleinweg erst einmal stumm, erkannte aber endlich, dass auch in dieser Kneipe ein Bier sieben Minuten Zapfzeit brauchte.

»Sie können sich wahrscheinlich denken, warum ich Sie hierher gebeten habe.«

Konnte ich. Aber vielleicht lag ich vollkommen falsch, oder Kleinweg wollte mich aushorchen. Ich blieb unverbindlich.

»Jedenfalls scheint es Ihnen wichtig. Und dringend. Deshalb bin ich gekommen.«

»Ja. Und, wie gesagt, dafür bin ich Ihnen sehr dankbar, Herr Hoffmann.« Kleinweg schaute sich um, als wolle er sichergehen, dass uns niemand belauschte. »Also – es geht um diese Leute, von denen Sie mir erzählt haben. Die Sie in der Klinik nach dem verstorbenen Patienten ausgefragt haben.«

»Meinen Sie den Ermittler von der Lebensversicherung? Oder die Albaner?«

Kleinweg musterte mich. Erstaunt? Misstrauisch? »Woher wissen Sie, dass es Albaner sind?«

»Wenigstens kommen sie aus dem Kosovo, haben sie jedenfalls gesagt. Klar, da gibt es auch Serben und noch ein paar Türken, Bosniaken, Torbeschen, Goranen, Kroaten, Roma, Aschkali und Balkan-Ägypter.« Ich hatte mich inzwischen schlau gemacht über das Land und seine Bevölkerung – wenn ich auch nicht wirklich wusste, wer die Torbeschen oder Goranen eigentlich sind. »Neunzig Prozent sind laut Wikipedia Albaner, deshalb, meine ich, liege ich mit Albanern wahrscheinlich richtig.«

Keine Ahnung, ob Kleinweg mehr als ich über den Kosovo und die dort lebenden Bevölkerungsgruppen wusste. Mein mehr als lückenhafter Informationsstand zum Thema kam aber nicht zutage, weil wir verstummten, als Traudel jetzt, deutlich früher als nach sieben Minuten, mit meinem Bier und Kleinwegs Weinbrand auftauchte.

»Wohl bekomm's, die Herren!«

Nachdem Traudel sich zurückgezogen hatte, starrte Kleinweg schweigend auf den Weinbrand, fragte sich eventuell, ob Hochprozentiges wirklich eine gute Idee war. Vielleicht bezweifelte er inzwischen überhaupt, dass dieses Treffen eine gute Idee war. Jedenfalls wurde ich langsam ungeduldig und der Zigarettenrauch begann mich zu stören. Ich beschloss, meinem Chefarzt etwas auf die Sprünge zu helfen.

»Wussten Sie denn von Anfang an, was Wurm vorhatte? Dass er untertauchen wollte?«

Immerhin löste Kleinweg seinen Blick vom Weinbrand und schaute mich an. Seine Antwort jedoch ließ gefühlte fünf Minuten auf sich warten.

»Was meinen Sie mit von Anfang an?«

»Ich meine, als Sie diesen Pollok unter dem Namen Friedrich Wurm in eines Ihrer Privatbetten gestopft haben.«

Kleinweg griff zu seinem Weinbrand und schluckte etwa die Hälfte von dem Zeug in einem Zug hinunter. Folge: ein heftiger Hustenanfall, erneut für gefühlte fünf Minuten. Doch irgendwann war der Hustenanfall vorbei, nur fand Kleinweg seine Sprache nicht wieder. Ich dachte an die Folge von *Scrubs*, die ich gerade versäumte. Zugegeben, nicht so schlimm, weil es eh eine Wiederholung war. Aber trotzdem!

»Wussten Sie's?«

»Sie wissen, dass der Patient Pollok hieß? Seit wann wissen Sie, dass der Patient nicht Wurm war?«

Ich hatte nicht vergessen, dass Kleinweg mein Chef ist und ich lediglich sein Oberarzt. Dienstlich hatte er so jedes Recht, den Verlauf eines Gesprächs zu bestimmen. Aber wir saßen hier nicht in der Klinik-Cafeteria, sondern in einer ziemlich heruntergekommenen Berliner Kneipe. Und er war es, der mich um das Treffen gebeten hatte, nicht ich ihn.

»Nehmen Sie es mir nicht übel, Herr Kleinweg, aber was genau wollten Sie mit mir besprechen? Wollten Sie nur herausfinden, wie viel ich in dieser Sache weiß und seit wann?«

Kleinweg nahm einen vorsichtigen Schluck von seinem Rest-Weinbrand, von einem entsprechend kürzeren Hustenreiz gefolgt.

»Natürlich nicht, Herr Hoffmann. Sie müssen entschuldigen, die Sache ist nicht ganz einfach für mich. Weil … sie ist aus dem Ruder gelaufen. Aber zu Ihrer Frage: Nein, ich wusste nicht, dass Wurm für tot gehalten werden wollte. Es ging am Anfang nur darum, ihm einen überschaubaren Gefallen zu tun. Wenigstens, soweit ich wusste.«

Wieder Stille – an unserem Tisch jedenfalls. Erneut brauchte Kleinweg einen kleinen Schubs.

»Mit überschaubarem Gefallen meinen Sie, einen nicht krankenversicherten Patienten unter Wurms Namen und auf Kosten seiner Versicherung zu behandeln?«

»Ja, tatsächlich, darum ging es. Dieser Pollok hatte schon seit Jahren für die Wurms gearbeitet, als eine Art Hausmeister oder Mädchen für alles. Hauptsächlich hat er sich um den Garten gekümmert, das war jedenfalls seine Lieblingsbeschäftigung. Vor gut einem Jahr hat ihn Wurm zu mir in die Sprechstunde gebracht. Eigentlich ging es um eine plötzliche Beinvenenthrombose, aber auf Befragen erzählte Pollok über Gewichtsabnahme und Verdauungsstörungen. Der Ultraschall brachte es dann an den Tag: Pankreaskarzinom.«

Den Fortgang der Krankengeschichte hatte mir Kleinweg berichtet, als er mir den Patienten Pollok vor seinem Urlaub übergeben hatte, wenn auch unter dem Namen Wurm. Pollok war operiert worden, mehr als die halbe Bauchspeicheldrüse wurde ihm von Professor Weißkopf entfernt. Metastasen waren nicht gefunden worden, und es sah erst einmal ganz gut für ihn aus. Als aber gegen Ende Februar dieses Jahres erst die Augen, dann die gesamte Haut zunehmend gelb wurden, war klar, dass weder Professor Weißkopf noch die postoperative Chemotherapie alle entarteten Zellen erwischt hatte. Tatsächlich war der Tumor nicht nur lokal wieder gewachsen, inzwischen hatte er auch in die Lunge metastasiert. Was nun? Eine zweite Chemotherapie? Bestrahlung? Beides? Ich war bei dem Gespräch nicht dabei gewesen, aber wie ich meinen Chefarzt kannte, hatte er Pollok ziemlich sicher die Wahrheit gesagt, was das brächte: eventuell eine Lebensverlängerung um einige Monate, alles andere wäre ein Wunder. Pollok hatte

149

nicht an Wunder geglaubt und eine Lebensverlängerung, während der er Chemotherapie und Bestrahlung zu ertragen hätte, waren ihm wenig erstrebenswert erschienen. Also hatte man mit einem kleinen Plastikschlauch dafür gesorgt, dass seine Galle wieder frei abfließen konnte, und ihm mit starken Medikamenten die Schmerzen genommen. Das war der Zustand, in dem ich ihn kennengelernt hatte, als Kleinweg in seinen Osterurlaub ging.

Ich hatte es kaum noch erwartet, aber Kleinweg kam schließlich doch auf meine ursprüngliche Frage zurück. »Erst als die Prognose endgültig klar war und alle wussten, dass sein Gärtner nicht mehr lange zu leben hatte, bat mich Wurm, Pollok nicht nur weiter unter seinem Namen zu behandeln, sondern auch, wenigstens auf der Station, unter seinem Namen sterben zu lassen«, fuhr er schließlich fort, zögernd zwar, aber ohne erneute Ermunterung von mir. »Selbstverständlich ging das nicht auf dem offiziellen Totenschein, aber ich hatte fest damit gerechnet, dass ich bis dahin aus dem Urlaub zurück wäre.« Kleinweg schaute mir erstmals direkt in die Augen. »Natürlich, bei so einem Fall kann man sich irren, es kann immer plötzlich etwas passieren. Aber auch nach Ihren Verlaufsnotizen in der stationären Akte ist mir nicht ganz klar geworden, warum Pollok schon in jener Nacht sterben musste.«

Ich hielt seinem Blick stand, eine Weile schwiegen wir uns wieder an.

»Und dann haben Sie den Totenschein gefälscht und Polloks Tod auf den 1. April verschoben. Wieder so ein überschaubarer Gefallen für Herrn Wurm?«

»Glauben Sie mir, Felix. Es ist für uns alle besser, wenn es bei diesem Todesdatum bleibt. Auch für Sie!«

Drohte Kleinweg mir jetzt? Offenbar. Er schaffte die Neige seines Weinbrands ohne erneuten Hustenanfall, während ich an meinem Bier lediglich nippte. Ich wollte kein neues bestellen, sondern nur noch bald nach Hause. Und wie man das so macht in einer Gesprächspause: Ohne wirkliches Interesse an der Umgebung schaute ich mich ein wenig um. Mir fielen, ein paar Tische von uns entfernt, zwei Männer auf, die uns fixierten, dann aber schnell wegschauten. Hatten die uns schon länger beobachtet? Beide sahen nach Südosteuropa aus, waren aber nicht die Albaner, die ich in den letzten Tagen kennengelernt hatte. Trotzdem kam mir einer von beiden bekannt vor, ich konnte ihn aber keiner Erinnerung zuordnen. Ich schaute zu Kleinweg. Der war meinem Blick gefolgt, zeigte jedoch kein besonderes Interesse.

»Kennen Sie diese Leute?«

Kleinweg schüttelte den Kopf. »Nein. Sollte ich?«

Keine Ahnung, ob er sollte. Oder die beiden in Wahrheit kannte. Warum überhaupt hatte er mich hierher gebeten? Das war weiterhin nicht wirklich klar. Direkt allerdings wollte ich nicht fragen, also kam ich zurück zum Thema.

»Warum wollte Ihr Freund Wurm eigentlich von der Bildfläche verschwinden?«

»Mein Freund?« Kleinweg schien sich die Frage zu stellen, ob Wurm wirklich sein Freund war. Vielleicht auch, wo Freundschaft endet und Erpressung beginnt. Hatte er sich indirekt schon zur Mithilfe bei Wurms Verschwinden verpflichtet, als er Pollok unter dessen Namen behandelte? Oder war da noch mehr?

»Wissen Sie, Herr Hoffmann, das ist schwierig zu sagen bei Leuten wie Wurm. Ich würde ihn nicht als Opportunisten bezeichnen, aber als jemanden, der gerne Abhängigkeiten schafft. Oder, vielleicht besser ausgedrückt, es selbstverständlich findet, bei Gelegenheit eine Gegenleistung einzufordern. Hatte ich Ihnen seinerzeit eigentlich gesagt, dass Ihre neue Wohnung beziehungsweise der gesamte Apartmentkomplex Wurm gehört?«

»Nein, hatten Sie nicht. Meinen Sie damit, dass auch ich ihm jetzt verpflichtet bin?«

Kleinweg ließ mich ohne konkrete Antwort. »Tja, das System Wurm … wenn man in solch ein System erst einmal hinein gerät …«

Endlich glaubte ich zu verstehen, warum Kleinweg mich heute Abend hatte treffen wollen: Deutlich war ihm jetzt Angst anzusehen. Aber Angst wovor? Vor Wurm, der keine Mitwisser brauchen konnte? Vor der Entdeckung seiner Freundschaftsdienste und davor, was diese Entdeckung für seine Position als Chefarzt bedeuten würde? Mir schien jedenfalls, er wollte sich erleichtern, rechtfertigen. Bei jemandem, der seine Motive verstehen würde. Hätte er zum Beispiel Pollok nicht behandeln sollen, nur weil der nicht krankenversichert war? Möglich, dass er mich auch zum Mitwisser machen, einen Teil seiner Verantwortung auf mich abladen wollte. Den Teil wenigstens, den er nicht mit einem billigen Kneipenweinbrand herunterspülen konnte. Die Situation behagte mir immer weniger, und schon gar nicht lag es mir, den Beichtvater zu spielen. Außerdem war ich enttäuscht, eine Folge meiner anhaltenden Fixierung auf Vaterfiguren. Es wurde Zeit, mich nach Hause zu verabschieden. Zum einen überhaupt, und auf jeden Fall, bevor mir Kleinweg noch weitere Geheimnisse anvertraute, die ich nicht wissen wollte. Die Gelegenheit ergab sich, als Traudel wieder an unserem Tisch auftauchte.

»Darf's noch was sein, die Herren?«

»Ich glaube nicht …«, sagte ich und schaute Kleinweg dabei kaum an. Der schien irritiert, aber was konnte er machen?

»Nein danke. Zahlen bitte.«

Er gab ein viel zu üppiges Trinkgeld. Unklar, ob ihm das bewusst war.

»Jedenfalls, Herr Hoffmann, noch einmal vielen Dank, dass Sie überhaupt gekommen sind.« Dann beugte er sich über den Tisch dicht zu mir herüber. »Übrigens, ich halte es für besser, wenn wir die Kneipe getrennt verlassen. Man weiß ja nie …«

Ich nickte, verstand aber nur, dass ich recht gehabt hatte, Angst bei Kleinweg zu vermuten.

Als er in die Berliner Nacht verschwunden war, ging ich zur Toilette, um ihm den versprochenen Vorsprung zu geben. Auf dem Weg dahin registrierte ich deutlich, wie mich die beiden Südosteuropäer erneut beobachteten. Immer noch war mir nicht eingefallen, woher ich wenigstens den einen kannte. Als ich von der Toilette zurückkam, waren beide verschwunden. Ich zog meinen Anorak über und trat, aufmerksam nach links und rechts blickend, auf die Straße hinaus. War der Anruf von Kleinweg doch eine Falle gewesen? Hätte mich seine Bitte, die Kneipe getrennt von ihm zu verlassen, nicht warnen müssen?

Aber niemand lauerte mir vor der Tür auf oder zog mich in einen nahen Hausflur. Langsam entspannte ich mich. Auch als hinter mir ein Automotor laut aufheulte, registrierte ich das nicht als mögliche Gefahr. Erst als das Auto mit hoher Geschwindigkeit näher und mit kreischenden Bremsen neben mir zum Stehen kam. Weit und breit kein Eingang, in den ich mich hätte drücken können. Ohne jede Schutz- oder realistische Fluchtmöglichkeit stand ich auf dem schmalen Bürgersteig. Klar, es war der Typ aus der Kneipe, der mir bekannt vorgekommen war, der jetzt aus dem Auto sprang und sich vor mir aufbaute.

»Sie sind Doktor Hoffmann, nicht?« Als ich nicht antwortete: »Er ist es, sicher!«

Der Typ winkte seinem Komplizen zu. Mir schoss die Frage durch den Kopf, ob ich stolz darauf sein sollte, dass er sich den Angriff allein nicht traute. Und dass ich lieber mit dem Fahrrad hätte kommen sollen, nicht zu Fuß. Dann hätte ich wenigstens meinen Helm auf, wenn ich jetzt einen über den Schädel gezogen bekäme.

Aber erst einmal gab es nichts auf die Rübe. Dafür bekam ich kräftig eins auf die Schultern.

»Özmir, das ist er. Der Mann hat mir das Leben gerettet! Doktor, Sie können sich doch erinnern?!«

Nicht wirklich, allzu dramatisch konnte die Lebensrettung nicht gewesen sein. Aber endlich war klar, woher ich den

Mann kannte. Özmir, stellte sich heraus, war sein Schwager, der sich, bei welchem medizinischen Problem auch immer, unbedingt und allein an mich wenden sollte. Und außerdem müsse ich auf der Stelle und sofort mitkommen, sie müssten mich unbedingt einladen. Nein, nicht wieder zu Traudel, etwas Besseres natürlich. Wieder einmal rettete mich mein Beruf.

»Das ist wirklich sehr freundlich von Ihnen. Aber ich hatte eben schon ein Bier, und morgen ist ein normaler Kliniktag. Da könnte ja wieder ein schlimmer Notfall kommen.«

Das sahen die beiden ein.

»Können wir Sie wenigstens nach Hause bringen?«

Ich nahm das Angebot gerne an. Erstens, weil meine Knie immer noch etwas weich waren. Zweitens regnete es stärker als vorhin. Und nicht zuletzt wollte ich mir heute Abend keine Sorgen mehr machen über geschäftige Schritte oder schnelle Autos in meinem Rücken.

Ich hörte kaum zu, als Özmir, wahrscheinlich nicht zum ersten Mal, einen plastischen Bericht über meinen lebensrettenden Einsatz bekam, zumal mein Patient bald ins Türkische wechselte. Auf der Rückbank sitzend, entfaltete das stetige Auf und Ab ihrer Stimmen eine beruhigende Wirkung. Ich musste meine Paranoia ablegen, nahm ich mir vor. Klar, Vorsicht konnte nicht schaden, aber selbst der verängstigte Kleinweg hatte nicht angedeutet, dass er sich körperlich bedroht fühlte.

Deshalb machte ich mir auch keine großen Gedanken, als unser immer pünktlicher Chefarzt am nächsten Tag nicht zur Morgenkonferenz auftauchte.

Kosovo, Sommer 1999 – Sommer 2000

Im Nachhinein erkannten sie, dass die Haussuchung der UÇK noch gefährlicher als ohnehin schon angenommen und Lucas Rettung auch der Geistesgegenwart seiner Schwägerin zu danken war. Gewarnt durch den Polizeijeep, der bei ihrer Rückkehr vom Bäcker vor dem Haus stand, hatte sie ihren Weg unauffällig fortgesetzt und war erst zurückgekommen, als der Jeep verschwunden war. Über kurz oder lang würden die UÇKler die Wohnung erneut kontrollieren, das war mehr als wahrscheinlich. So blieb Luca weiterhin nur der Keller. Und die Suche nach einem Ausweg.

»Die Amerikaner bauen einen riesigen Militärstützpunkt«, sagte Afrim, »gleich hier in der Nähe. Das meiste machen sie selbst, also irgendwelche amerikanischen Firmen. Aber die können ja nicht jeden Baggerfahrer aus den USA einfliegen. Da werden noch Leute gesucht, habe ich gehört. Bei den Amerikanern wärst du bestimmt sicher. Zumal mit deinem perfekten Englisch.«

»Aber die Amerikaner haben die UÇK zu ihren besten Freunden erklärt, Afrim.«

»Ja, natürlich kontrolliert mal wieder die UÇK, welcher Albaner dort einen Job bekommt. Leider.« Sonst würde Afrim sicher längst dort arbeiten. Schließlich hatte er es in Deutschland vom billigen Gastarbeiter aus Jugoslawien bis zum Polier gebracht. Gerade wollte er seine eigene Baufirma hier in Ferizaj aufbauen, da war der Krieg gekommen. »Allerdings, wie alles in unserem wunderbaren Land, ist auch das eine Frage des Geldes. Ich kenne jemanden, der dir einen Job vermitteln könnte.«

»Und warum nicht dir? Das wäre doch genau dein Ding!«

Natürlich haben wir das schon überlegt. Doch jetzt geht es erst einmal um deine Sicherheit!«

»Aber ich habe kein Geld.«

»Wir legen jeden Monat etwas zurück, für die Kinder. Damit sie später nach Europa gehen können. Die Amerikaner zahlen gut, du kannst es uns sicher irgendwann zurückgeben.« Weder Afrim noch seine Frau duldeten Lucas Widerspruch. Aber es gab etwas, das Luca mindestens so stark beschäftigte wie seine persönliche Sicherheit. Afrim war es nicht gelungen, Kontakt zu Bojana aufzunehmen oder etwas über ihr Schicksal in Erfahrung zu bringen.

»Ich bin euch dankbar für alles. Unheimlich dankbar. Aber bevor ich zu den Amerikanern gehe, will ich zurück in mein Dorf. Ich muss wissen, was mit Bojana ist.«

Es dauerte Stunden, Luca diesen Plan auszureden. Am Ende beugte er sich nicht dem Argument der Gefahr, der er sich damit aussetzen würde. Aber er sah ein, dass er auch seinen Bruder und dessen Familie gefährden würde. Und dass der Job bei den Amerikanern ihm bei seinem Vorhaben wahrscheinlich sogar helfen könnte.

Das Militärlager war ein überwältigender Anblick. Sie waren keine zehn Kilometer von Ferizaj nach Osten gefahren, als Luca auf Höhe von Sojeve zum ersten Mal die Baustelle sah, die sich fast über das gesamte Tal erstreckte.

»Ja, ziemlich gewaltig«, stimmte Afrim zu. »Das sind fast 400 Hektar, mehr als halb so groß wie Ferizaj. Und in Ferizaj leben über 100.000 Menschen.«

Luca beobachte, wie eine Armee von Bulldozern und Baggern gerade einen Erdwall um die riesige Fläche aufschob. Arbeiter rodeten verbliebene Waldflächen, planierten Betonstraßen innerhalb des Camps oder stellten Zelte, Fertighäuser und Wachtürme auf.

»Sie brauchen noch jede Menge Leute. Die Rede ist von siebentausend Albanern, die sie insgesamt einstellen wollen.«

Nur wenige Stunden, nachdem die richtige Menge schwarz

getauschter Dollar den Weg in die richtigen Hände gefunden hatte, war Luca einer dieser siebentausend.

Der albanische Vorarbeiter, der am nächsten Morgen die Hilfskräfte aus der Umgebung einteilte, hatte nach Englischkenntnissen gefragt.

»Perfekt«, hatte Luca geantwortet.

»Verstehe.« Der Vorarbeiter hatte gegrinst und ein Häkchen in die entsprechende Spalte gesetzt.

Luca konnte auf der Liste sehen, dass praktisch bei allen Albanern das Häkchen bei »perfekt« stand. Sollte er erklären, dass sein Englisch wirklich perfekt war? Nein, entschied er, das wäre ein zu großes Risiko, schließlich hatte er schon seinen wirklichen Namen angeben müssen, für falsche Papiere hatte das Geld nicht gereicht. Aber schnell hatte er das System dieser Liste begriffen, die Antwort hieß immer »perfekt«, egal ob es um Sprachkenntnisse, handwerkliche Fähigkeiten oder Erfahrungen mit Baumaschinen ging. Der Vorarbeiter hatte ihn zu den Baggerfahrern eingeteilt.

»Kannst du doch, oder?«

»Klar, kann ich.«

So saß Luca jetzt in einem riesigen Bagger und starrte schwitzend auf die Schalter und Pedale. Es war erst früher Vormittag, die Augustsonne hatte die verglaste Kabine trotzdem schon auf mindestens 40 Grad aufgeheizt. Sicher gab es in diesem Monster auch eine Klimaanlage, der Bagger war brandneu. Aber Luca zählte überschlägig mindestens zwanzig Schalter am Armaturenbrett, vor sich auf dem Boden vier Fußpedale und links und rechts neben seinem Sitz jeweils einen Joystick. Natürlich nirgendwo eine Gebrauchsanleitung. Und selbst wenn er irgendwo eine finden sollte, könnte er die jetzt schlecht studieren. Längst schon wurde um ihn herum Erde gebaggert, Erde geschoben, Erde planiert. Im Rückspiegel sah er, dass einer der amerikanischen Bauleiter auf seine Inaktivität aufmerksam geworden war.

»No guts, no glory« war eines der amerikanischen Idioms, die er erst neulich seinen Studenten beigebracht hatte. Luca drehte den Zündschlüssel im Uhrzeigersinn, sofort sprang der schwere Diesel an, lief allerdings auf viel zu hohen Touren. War das rechts das Gaspedal, wie beim Auto? Und klemmte das vielleicht? Vorsichtig drückte Luca das Pedal in Richtung Boden. Sofort hob sich der Ausleger vor seiner Kabine in den Himmel, am Motorengeräusch änderte sich nichts. Luca versuchte es mit dem nächsten Fußpedal, es tat sich nichts. Er übte mehr Druck aus, bewegte versuchsweise den rechten Joystick nach hinten. Unvermittelt rollte der Bagger rückwärts.

Die Kabinentür wurde aufgerissen, der Amerikaner langte über ihn hinweg und schlug mit der flachen Hand auf einen großen roten Knopf. Sofort verstummte der Motor, das Monster stand still.

»Du verdammter Idiot. Willst du uns umbringen? Das ist keiner von euren Mulikarren, blödes Arschloch!«

Luca war stumm vor Schreck, brachte kein Wort heraus.

»He, ob du mich verstehst oder nicht: Raus hier, runter von der Maschine!«

Der Amerikaner zerrte an Lucas Arm.

»Es tut mir furchtbar leid. Ich bin abgerutscht. Von der Pedale.«

Erst jetzt schaute der Amerikaner Luca richtig an.

»Abgerutscht, wie?«

»Ja. Es tut mir wirklich sehr leid. Ich habe vorher auf einer ganz anderen Maschine gearbeitet. Die war aus Korea.«

»Aus Korea? Wahrscheinlich von Hyundai?«

»Ja, von Hyundai.«

Der Amerikaner lenkte Lucas Blick auf den Ausleger. Da stand es, in dicken schwarzen Buchstaben: Hyundai! Und auf dem Armaturenbrett: Hyundai Heavy Industries.

Der Amerikaner grinste. »Du hast noch nie in einem Bagger gesessen, stimmt's?«

Luca nickte stumm. Das dürfte das Ende seines Jobs hier sein.

Doch der Amerikaner grinste noch immer.

»Aber du sprichst wirklich gut Englisch. Hör zu. Ich bin Tom. Tom aus Nebraska. Das mit dem Arschloch tut mir leid. Ich konnte ja nicht ahnen, dass du mich verstehst. Komm mal mit.«

Ein Albaner saß auf den Ketten eines Hyundai-Baggers und rauchte eine filterlose Zigarette.

»Kannst du den mal fragen, was nicht funktioniert, warum er seit gestern nicht arbeiten kann?«

Der Albaner erklärte Luca, dass zwei Hydraulikschläuche defekt wären, er aber im Ersatzteillager die Teile schriftlich anfordern müsse, auf Formularen in Englisch, das er nicht verstehe. Außerdem sei das Schmieröl, das sie im Moment benutzten, für den Wintereinsatz gedacht. Sie bräuchten unbedingt Schmieröl für den Sommer, sonst wären die Maschinen bald kaputt.

»Und warum konnte dieser albanische Dolmetscher, den sie mir zugeteilt haben, das nicht übersetzen? Vielleicht ist der wirklich Dolmetscher, aber sicher nicht für Englisch. Davon versteht er etwa so viel wie du vom Baggerfahren!«

Tom stopfte sich einen Schokoriegel in den Mund. Luca schaute weg.

»Willst du auch einen?«

Schokolade! Ein solcher Genuss schien Luca Jahre zurückzuliegen. Er nickte.

»Ich habe einen Vorschlag für dich … Wie heißt du eigentlich?«

»Ich bin Luca.«

Der Amerikaner reichte ihm die Hand.

»Wie gesagt, ich bin Tom. Also Luca, folgendes: Wenn du mir versprichst, einen Abstand von, sagen wir, zehn Metern zu unseren Baggern oder sonstigen Baumaschinen zu halten, kann ich dich hier im Camp behalten, als meinen Dolmetscher. Du würdest mir einen Gefallen tun. Was sagst du dazu?«

Nicht nur im Vergleich zu den Wochen im UÇK-Keller, auch gemessen am Leben in seinem Bergdorf, im Grunde gemessen am Leben im gesamten Kosovo fühlte sich Luca in den folgenden Monaten wie im Paradies. Es gab drei Mahlzeiten am Tag, auf Wunsch auch ohne Schweinefleisch, er konnte heiß duschen, so viel er wollte, und alles, was er dafür zu tun hatte, war, Tom die Fragen der albanischen Arbeiter zu übersetzen oder umgekehrt.

Tom hatte ihn bald mit einer Code-Karte ausgestattet, die ihm den Zugang zu diversen Einrichtungen in Camp Bondsteel erlaubte. Die Amerikaner hatten wirklich alles, wovon die Menschen im Kosovo nur träumen konnten. Die Fertighäuser, in denen sie untergebracht waren, verfügten über Badezimmer und Klimaanlage. Es gab einen riesigen Selbstbedienungsladen mit den neuesten CDs, elektronischen Geräten und Souvenirs. Dann war da noch ein Komplex, den sie Morale Welfare and Recreation Center nannten. Hier hatten die Soldaten Internet-Zugang, konnten kostenlos in die gesamte Welt telefonieren, Videospiele oder Tischtennis spielen und die neuesten Filme auf DVD ausleihen. Nur ein paar Schritte entfernt luden Volleyball- und Basketballfelder und eine Halle mit allen möglichen Trainingsgeräten zur Benutzung ein. Gerade wurden noch ein Burger King, eine Pizzeria und eine Cappuccino-Bar gebaut.

»Wie kommt es, dass man hier so wenig Uniformen sieht?«, fragte Luca. »Du trägst auch keine. Ist das nicht Vorschrift in eurer Armee?«

Tom lachte. »Klar müssen auch amerikanische Soldaten Uniform tragen, im Dienst wenigstens. Aber die wenigsten von uns hier gehören zum Militär. Wir sind Angestellte einer amerikanischen Firma. Aus Houston, Brown and Root Services. Wir sind für fast alles zuständig, von der Versorgung mit Essen bis zur Versorgung mit Ersatzteilen. Und das Errichten des Camps natürlich.«

»Muss eine ziemlich große Firma sein.«

»Das kannst du wohl sagen. Wir arbeiten weltweit für unser Militär. Aber Brown and Root ist nur ein Tochterunternehmen der Halliburton Corporation. Die ist primär im Ölgeschäft.«

»Im Ölgeschäft? Deshalb baut ihr euer Camp hier? Ich meine, wegen der Gaspipeline, die ihr neulich genau unter uns entdeckt habt?«

Tom lachte. »Davon hast du schon gehört? Nee, das ist laut Armee reiner Zufall. Genauso ein Zufall wie die Tatsache, dass exakt hier die geplante Trans-Balkan-Pipeline verlaufen soll.« Tom klopfte Luca auf die Schulter. »Mach dir keinen Kopf über Sachen, die uns beide nichts angehen. Ich mach's jedenfalls nicht. Immerhin zahlen die unser Gehalt. Lass uns lieber ein wunderbares alkoholfreies Bier aus der Heimat trinken. Ich lad dich ein.«

Es gab viel zu bauen und zu dolmetschen in Camp Bondsteel. Mehr und mehr von den Hauscontainern wurden aufgestellt, eine Kläranlage errichtet, ein Gefängnis, ein Hubschrauberlandeplatz. Am südlichen Ende des Areals entstand gerade eine zweite große Anlage von Morale Welfare and Recreation. Die beiden Hügel innerhalb des Geländes hatte man eingeebnet, die Erde für Wälle verwandt. Im Herbst wurde damit begonnen, die Erdwälle zusätzlich mit einer hohen Mauer zu umgeben. Burger King, Taco Bell und Anthony's Pizza waren längst fertig. Gearbeitet wurde Tag und Nacht, sieben Tage die Woche, auch im Winter. Lucas Arbeitsplatz im Camp Bondsteel schien noch auf Monate hinaus sicher.

»Mach dir keine Sorgen, Luca. Solange wir Dick Cheney haben, haben wir Aufträge.«

»Wer ist Dick Cheney?«

»Jetzt ist er der oberste Chef von Halliburton, unserer Muttergesellschaft. Vorher war er Verteidigungsminister der Vereinigten Staaten. In dieser Eigenschaft hat er Halliburton unsere weltweiten Aufträge zugeschustert.«

Lief es in den USA doch nicht so anders als im Kosovo? Aber Tom hatte recht: Was ging das Luca an?

Andere Dinge machten ihm mehr Sorgen. Am meisten, dass er weiterhin weder Kontakt zu Bojana hatte, noch etwas über ihr Schicksal in Erfahrung bringen konnte. Tom hatte vorgeschlagen, gemeinsam in sein Bergdorf zu fahren.

»Wir stecken dich einfach in eine amerikanische Uniform.« Aber ohne Papiere für Luca hatten sie trotz Uniform schon am ersten Kontrollpunkt der deutschen KFOR-Soldaten umkehren müssen. Luca konnte zwar vom Camp aus mit seinem Bruder telefonieren, aber auch der traute sich kaum aus dem Haus und auf keinen Fall auf längere Fahrten über das Land.

»Ich baue jetzt Stück für Stück mein Baugeschäft auf«, erklärte ihm Afrim, »aber nur als Subunternehmer von ausländischen Firmen. Quasi unter deren Schutz. Keine Ahnung, ob das längerfristig gut geht – oder überhaupt. Du musst nicht denken, dass mit dem Krieg auch das Morden aufgehört hat. Offiziell ist die UÇK aufgelöst. Aber eigentlich haben die nur die Uniform gewechselt, sie nennen sich jetzt Kosovo-Schutzkorps. Was ein guter Name ist, denn jetzt schützen sie ihre Interessen unter den Augen der NATO: Schutzgelder erpressen, Drogenschmuggel, Sympathisanten der FARK oder der LDK verschwinden lassen. Alles wie gehabt. Und den Rest ihrer Leute haben sie bei der neuen Polizei untergebracht.«

Wieder versuchte Tom, ihn zu beruhigen.

»Klar, wir arbeiten mit der UÇK zusammen, mit irgendjemandem müssen wir ja hier zusammenarbeiten. Aber nicht mit Verbrechern. Die setzen wir fest und schicken sie zum UN-Kriegsverbrechertribunal.«

Luca wusste, dass tatsächlich in der sogenannten Detention Area des Camps solche Leute festgehalten wurden. Allerdings waren das zumeist Serben. Wenn die UN-Polizei Albaner einlieferte, die wegen Kriegsverbrechen oder anderer Delikte angeklagt werden sollten, tauchten fast unverzüglich albanische Anwälte auf, die in der Regel rasch ihre Freilassung erreichten.

In diesem Zusammenhang gab es noch etwas, das Luca Sorgen bereitete: der inkompetente Dolmetscher, dessen Platz er eingenommen hatte. Den hatte man zwar nicht entlassen, aber er war sicher nicht gerade glücklich, durch Luca ersetzt worden zu sein. Und Luca hatte ihn erkannt – es war jenes Söhnchen aus einer UÇK-Sippe, dem er seinerzeit das gekaufte Diplom verweigern wollte. Luca erinnerte sich sogar an seinen Namen: Murat. Hatte dieser Murat ihn auch erkannt? Und wenn ja, wusste er, dass Luca von der UÇK gesucht wurde?

Auf jeden Fall ging Luca ihm so weit wie möglich aus dem Weg.

Luca lebte schon ein Jahr in Camp Bondsteel, als eines Tages Anfang Juli 2000 offenbar doch die Gerechtigkeit siegen sollte: Ramush Haradinaj, die »Hand Gottes«, sei von den Amerikanern geschnappt worden, hieß es. Luca eilte zum Hubschrauberlandeplatz. Das wollte er sich nicht entgehen lassen: Endlich wurde einer der schlimmsten Kriegsverbrecher der internationalen Justiz zugeführt. Haradinajs Ruf, besser seine Verbrechen, waren inzwischen so allgemein bekannt, dass auch eine ganze Armee von Anwälten nicht seine Freilassung erwirken konnte, davon war Luca überzeugt.

Er war nicht der Einzige, der sich am Landeplatz eingefunden hatte. Eine ganze Reihe weiterer Leute war erschienen, sogar der Kommandant des Camps und sein Stellvertreter. Angesichts der internationalen Bedeutung von Kriegsverbrechen fand Luca das angemessen.

Der amerikanische Armeehubschrauber schwebte ein, wurde von seinem Piloten routiniert gelandet. Die Tür sprang auf, eine Aluminiumtreppe entfaltete sich, Haradinaj erschien auf den Stufen. Luca erinnerte sich gut an das schmale, eher ovale Gesicht, das extrem kurz geschnittene schwarze Haar mit dem hohen Ansatz. Haradinaj trug die Uniform eines Offiziers des Kosovo-Schutzkorps, von dem Lucas Bruder gesprochen hatte. Sein rechter Arm war verbunden und wurde von einer Schlinge gestützt, offenbar eine frische Verletzung. Hatten die Amerikaner deshalb auf Handschellen verzichtet?

Haradinaj blieb auf der Aluminiumtreppe stehen und winkte lächelnd mit dem linken Arm, bevor er hinabstieg und ihm der Kommandant – die Hand schüttelte! Ihn empfing wie einen Staatsgast!

»Das kann doch nicht wahr sein. Dieser Kerl ist ein Mörder!«

Luca war weder bewusst, dass er diese Worte laut gesagt hatte, auf Albanisch, noch wer unmittelbar neben ihm stand.

»Ramush ist ein großer Mann, ein albanischer Nationalheld!«

»Dieser Nationalheld hat mich gefoltert. Er ist ein Sadist.«

»Dich gefoltert?« Der Mann neben Luca wandte sich ihm jetzt voll zu. »Kenne ich dich nicht?«

Erst jetzt bemerkte Luca, wer da neben ihm stand: Murat, das UÇK-Söhnchen mit dem gekauften Dolmetscher-Diplom.

»Mach dir keine Sorgen«, meinte Tom. »Wenn auch nicht juristisch, de facto bist du auf amerikanischem Territorium. Hier können die dir nichts anhaben.«

Aber das stellte sich als falsch heraus. Zwei Tage später, die Amerikaner hatten der UN-Polizei den Zugang zu Haradinaj verwehrt und ihn schon am nächsten Morgen in ihr Militärkrankenhaus nach Deutschland ausgeflogen, erschienen zwei albanische Staatsanwälte aus Priština mit einem dicken Aktenordner im Camp.

Der oberste Militärrichter in Camp Bondsteel hatte schlechte Laune und war müde. Trotzdem hörte er den beiden Staatsanwälten aus Priština höflich zu oder gab sich jedenfalls den Anschein. Soweit er ihrem lückenhaften Englisch entnehmen konnte, ging es um einen Albaner, der seit einem Jahr im Camp arbeitete – nach ihren Worten sich hier versteckt hielt vor der albanischen Justiz. Bei einem Überfall von serbischen Freischärlern auf sein Dorf hätte er diese bei ihren terroristischen Aktivitäten unterstützt, gemeinsam mit seiner Frau, einer Serbin. Unter anderem hätte er an Hinrichtungen und dem Brandanschlag auf die örtliche Moschee teilgenommen. Die Staatsanwälte legten dem Militärrichter beglaubigte Zeugenaussagen vor, unter anderem von einem gewissen Hajdar, oder Qendrim, offenbar der Bäcker in diesem Dorf. Außerdem bestehe der dringende Verdacht, dass der Mann in Ferizaj zwei Polizisten umgebracht habe. »Brutal ermordet – mit einem Schraubenzieher!« Wahrscheinlich gemeinsam mit seinem Bruder, einem bekannten Terroristen in Ferizaj, der vor kurzem untergetaucht sei.

Der Richter unterdrückte ein Gähnen. Welches beschissene Schicksal hatte ihn nur auf diesen beschissenen Posten in diesem beschissenen Land verschlagen, in dem sich das Ende des Mittelalters noch nicht herumgesprochen hatte! Stundenlang hatte er gestern die Leute von der UN-Polizei hinhalten müssen, bis dieser Verbrecher Haradinaj wieder in der Luft und endlich auf dem Weg nach Lahnstein war. Jetzt stapelten sich jede Menge Anfragen dazu auf seinem Schreibtisch: vom Oberkommando der KFOR, vom General der KFOR-Polizei, vom Außenministerium, vom Justizministerium, und von mindestens zwanzig weiteren Vereinen, die meinten, in der Haradinaj-Angelegenheit mitreden zu müssen.

Und nun wollten ihm diese beiden Albaner, die, wenn überhaupt, weiß Gott wo ihre juristische Ausbildung gemacht hatten, noch eine brisante Angelegenheit unterjubeln.

»Wenn sich die Sache so verhält, wie Sie vortragen, meine Herren, ist das eine Angelegenheit für das internationale Kriegsverbrechertribunal.«

Nicht unbedingt, meinten seine Besucher. Der Verdächtige sei Albaner, kein Serbe, somit handle es sich um eine innere Angelegenheit des Kosovo, zu verhandeln vor dem Gericht in Priština. Wie sollte die Justiz im Kosovo reformiert werden oder neu aufgebaut – das sei eine Sache der Perspektive –, wenn man ihr vorenthielt, Recht zu sprechen?

Der Richter wog seine Möglichkeiten ab. Wahrscheinlich war es wirklich das Beste, die Sache als innere Angelegenheit des Kosovo zu betrachten. Jedenfalls hätte er sie damit vom Tisch. Den Teufel wollte er tun, sich auch noch in die Streitereien der Albaner untereinander einzumischen. Er diktierte ein Memo, in dem sich die Albaner zu einem faireren Prozess nach internationalen Maßstäben und unter Achtung der allgemeinen Menschenrechte verpflichteten. Nachdem die Staatsanwälte ihm das bereitwillig unterschrieben hatten, durften sie ihren Verdächtigen mitnehmen.

Auf den Rücksitz des Jeeps verfrachtet, die Hände wieder in Handschellen, drehte Luca den Kopf und blickte zurück. Durch den kleinen Ausschnitt der Heckscheibe aus Kunststoff beobachtete er, wie die US-Flagge, das stolze Versprechen von Freiheit und Demokratie, immer kleiner wurde, schließlich nach der Kurve verschwand.

Die Morgenkonferenz der Inneren Abteilung ist eine unumstößliche Institution mit festem Ritual, Beginn Punkt acht Uhr, absolute Anwesenheitspflicht. Ursprünglich dafür gedacht, aktuelle medizinische Probleme zu diskutieren, war sie längst zum Basar mutiert, auf dem das aktuelle Patientenangebot auf die Stationen verteilt wurde. Nicht zuletzt darum war Anwesenheit im wohlverstandenen Eigeninteresse jedes Stationsarztes – wer wollte schon die langweiligen Routinefälle? Natürlich diente die Morgenkonferenz auch der Kontrolle, dass wir pünktlich unseren Dienst an der Menschheit aufnahmen. Schon deshalb musste Kleinweg in seiner Vorbildfunktion als Chefarzt immer pünktlich sein, und das war er auch. Also war es höchst ungewöhnlich, dass wir heute ohne ihn um den Konferenztisch herumsaßen. Vorerst machte sich aber niemand große Gedanken, geschweige denn Sorgen. Auch ich nicht – ein Bier und ein Weinbrand hatten für einen Menschen, der sonst seinen Flüssigkeitsbedarf allein mit Selters und einem gelegentlichen Kaffee stillt, offenbar eine andere Spätwirkung als bei mir.

»Haben wir heute nicht Chefvisite?«, fragte Marlies, als sowohl die interessanten wie auch die minder attraktiven Fälle mit mehr oder weniger viel Streit verteilt waren.

»Stimmt«, antwortete ich. »Aber ich denke, wir sollten nicht auf Kleinweg warten. Sonst stolpern wir den ganzen Tag hinter unserem Zeitplan her, und das mit nörgelnden Schwestern.« Außerdem hatte ich keine präzise Vorstellung, wann unser Chefarzt seinen Ein-Bier-ein-Weinbrand-Rausch ausgeschlafen hätte.

So machte sich, angeführt von Oberarzt Dr. Hoffmann, der Tross aus Ärzten, Schwestern, Pflegern und, natürlich, ihren jeweiligen Zeitnehmern, auf den Weg.

Die Urologen hatten uns Herrn Zorn zurückverlegt. Seine Transplantatniere funktionierte einwandfrei, er hatte nicht nachgeblutet noch sonst eine Komplikation entwickelt, also schnell wieder zurück zu den Internisten mit ihm – bevor die teuren Medikamente gegen eine Abstoßung des fremden Organs auf das Budget der Chirurgie gingen.

Herr Zorn deutete auf die stattliche Zahl von Tabletten in dem Tagesdosierer auf seinem Nachttisch.

»Wie lange muss ich diese ganze Chemie in mich hineinstopfen? Das kann doch nicht gesund sein.«

Rotorenlärm unterband eine sofortige Antwort. Draußen setzte der gelbe ADAC-Rettungshubschrauber gerade zur Landung auf dem Rasen vor der Humana-Klinik an, erwartet von reichlich Leuten in Grün und Blau. Offenbar ein Fall für die Chirurgen, oder ein Schlaganfall für die Stroke Unit. Jedenfalls nicht für uns, sonst wären wir längst alarmiert worden. Glück gehabt. Während der Hubschrauberpatient unter den noch laufenden Rotoren auf einer Trage eilig Richtung Eingang geschoben wurde, erstarb wenigstens das Motorengeräusch.

»Lebenslang, Herr Zorn. Und immer pünktlich. Davon hängt das Überleben Ihrer neuen Niere ab.«

»Natürlich«, ergänzte mich Marlies, »werden es schon bald weniger Pillen. Aber, wie Dr. Hoffmann sagte: Die sind jetzt lebenswichtig! Um Gottes willen nie eine auslassen.«

Da Herr Zorn darüber Genaueres wissen wollte, überließ ich ihn Marlies und nutzte die Zeit, Kleinweg anzupiepen. Keine Antwort – offenbar war er noch immer nicht in der Klinik. Also zog ich weiter mit meiner bunten Truppe.

Einige Zimmer später hatten wir es wieder mit Herrn Schlosser zu tun. Trotz der 1000-Kalorien-Diät hatte er in den letzten Tagen nur knapp 200 Gramm abgenommen.

»Da stimmt was nicht mit Ihrer Waage! Ich esse wie ein Spatz, nein, weniger als ein Spatz!«

Schwester Käthe bückte sich, öffnete die kleine Tür an Schlossers Nachtschrank und zauberte zwei Stück Käsekuchen und den Rest einer polnischen Dauerwurst hervor. Schlosser war empört.

»Das dürfen Sie nicht, das ist ein Eingriff in meine Privatsphäre!«

Er bestand darauf, dass ihm Käthe Wurst und Kuchen zurückgab. Nachdem er seine Notration wieder verstaut hatte, reichte er Marlies, die inzwischen zu uns gestoßen war, einen Zeitungsartikel.

»Den hat mir meine Frau mitgebracht, Frau Doktor.«

Ich schielte Marlies über die Schulter und konnte die Überschrift erkennen: »Studien beweisen – umso dicker, desto besser.« Thema war offenbar das Adipositas-Paradoxon. Das geht, kurz gesagt, so: Jedes Pfund Übergewicht erhöht die Wahrscheinlichkeit für eine oder mehrere ernsthafte Folgekrankheiten. Bluthochdruck, Zucker, Schlaganfall, sogar Krebs – da gibt es absolut keine Zweifel. Aber hat man sich erst einmal eine dieser Folgekrankheiten angefressen, dreht sich die Sache plötzlich komplett und der Patient hat umso bessere Karten, je mehr er auf die Waage bringt. Dann gilt tatsächlich, statistisch wenigstens, the fatter, the better. Natürlich hätte ich gerne gehört, wie Marlies sich jetzt aus dem Adipositas-Paradoxon und unserer Empfehlung an Schlosser, endlich vernünftig abzunehmen, herausargumentierte. Aber inzwischen war Kleinweg fast zwei Stunden überfällig, ich begann, mir ernsthafte Sorgen zu machen. Diskret verließ ich das Krankenzimmer und rief Frau Krüger an, seine Sekretärin. Aber die hatte auch noch nichts von ihm gehört.

»Meinen Sie, Dr. Hoffmann, man sollte mal bei ihm zu Hause anrufen?«

Ich überlegte einen Moment. Über Kleinweg war bisher nie ein Gerücht über irgendeine Geliebte oder sonst ein Laster im Umlauf gewesen. Und Frau Krüger war schon seit Jahren unsere Chefsekretärin; ich war sicher, sie würde einen Anruf im Hause Kleinweg mit der eventuell notwendigen Diplomatie hinbekommen.

»Ja, machen Sie das doch bitte. Und sagen Sie mir dann gleich Bescheid, was los ist.«

Ich erfuhr erst einmal nicht, ob Marlies Herrn Schlosser überzeugen konnte oder einfach aufgegeben hatte. Hinter mir öffnete sich die Tür zu seinem Zimmer und unsere Karawane zog weiter.

Es gibt Patienten, die man während der Chefvisite tunlichst im Röntgen oder sonst wo versteckt. Meist geht es darum, sich selbst, dem Kranken oder sogar dem Chefarzt Ärger zu ersparen. Aber jetzt standen wir um den Patienten herum, dem wir vorgestern bei der Punktion den Pneumothorax verpasst hatten, und hätten Kleinwegs Rat gut brauchen können. Es behinderte zwar keine Luft im Rippenfell mehr die Arbeit der Lungen, aber die bei der Punktion gewonnene Gewebeanalyse hatte uns nicht schlauer gemacht: »unauffälliges Lungengewebe«. Wie sollte es nun weitergehen? Das wollte natürlich auch der Patient wissen. Auch ohne den Rückruf von Frau Krüger hätte ich diese Frage aktuell nicht vernünftig beantworten können.

»Ich habe Frau Kleinweg erreicht. Der Chef hat das Haus heute tatsächlich später verlassen als sonst, allerdings nur wenig später, gegen Viertel vor acht.«

Kleinweg braucht mit dem Fahrrad knapp zwanzig Minuten zur Klinik, nach Bier und Weinbrand vielleicht fünf Minuten mehr. Nun machte ich mir wirklich Sorgen.

»Was hat das zu bedeuten, Herr Hoffmann?«

Nichts Gutes, fürchtete ich.

Was konnte ich oder sonst jemand Sinnvolles unternehmen? Ich war sicher, dass Frau Kleinweg inzwischen in ihrem Auto saß und die Strecke abfuhr. Wenn sie ihren Mann nicht fand, würde sie bald hier auftauchen, dann würden wir sämtliche Krankenhäuser in Berlin und Umgebung anrufen. Aber wozu eigentlich? Letztlich war die Humana-Klinik das nächstliegende Krankenhaus.

Leise informierte ich Marlies über den Stand der Dinge.

Auch sie meinte, wir könnten aktuell nicht mehr tun als warten und mit der Visite weitermachen. Gut eine Stunde später, wir hatten immer noch ein paar Patientenzimmer vor uns, ging mein Diensthandy. Es war Heinz Valenta, Chef unserer Inneren Intensivstation.

»Felix, ich bin hier auf der Chirurgischen Intensiv. Du solltest auch kommen, sofort.«

War das tatsächlich Kleinweg? Es erforderte eine erhebliche Vorstellungskraft, dieses beatmete, an eine Unzahl von Monitoren angeschlossene Etwas als lebendigen Menschen zu erkennen. Mein alter Freund Hartmut, mit mir zusammen aufgestiegen und inzwischen leitender Oberarzt der Chirurgie, setzte uns ins Bild.

»Kleinweg ist vor zwei Stunden mit dem Hubschrauber eingeliefert worden. Wir haben die gerissene Milz herausgeholt und ein paar Knochen zusammengeschraubt, aber sein Hauptproblem ist das Schädelhirntrauma. Die Neurochirurgen warten noch ab, stehen aber Gewehr bei Fuß. GCS fünf.«

GCS steht für Glasgow Coma Scale und gibt die Schwere des Schädelhirntraumas an. Fünf war schlecht. Nach der Prognose zu fragen, darüber waren selbst wir Internisten uns im Klaren, war an dieser Stelle sinnlos, weil nicht seriös beantwortbar.

»Wisst ihr, was passiert ist?«

»Verkehrsunfall mit Fahrerflucht. Mehr Informationen haben wir nicht. Nur seinem Fahrradhelm dürfte er verdanken, dass er überhaupt noch lebt.«

Hartmut trug OP-Kittel und Handschuhe. Nicht, wie im Fernsehen, der Dramatik wegen. Es sparte einfach Zeit, weil es die Dauer der Waschung für die nächste OP verkürzte, zu der er jetzt gerufen wurde. Es galt das für den Tag geplante Routineprogramm abzuarbeiten, wahrscheinlich bis in die Nacht hinein. Das Leben ging weiter, hoffentlich auch für Kleinweg. Die auf ihre Operation wartenden Patienten würden natürlich davon ausgehen, dass die Chirurgen Kaffee getrunken und mit den Schwestern herumgemacht hätten.

Um Kleinweg kümmerten sich nun die Anästhesisten, die Chirurgische Intensivstation ist ihr Reich. Dass sie unseren Intensivchef Valenta gerufen hatte, war Ausdruck von Kollegialität, nicht Zweifel an der eigenen Kompetenz. Während eine Schwester die Geschwindigkeit der Infusionen regulierte, informierte uns der diensthabende Anästhesist über die Einzelheiten der Chemie, die in Kleinwegs Körper gepumpt wurde. Valenta und mir war klar, auch das war lediglich kollegiale Höflichkeit; wir würden uns nur im äußersten Notfall einmischen. Kaum etwas ist für einen Patienten gefährlicher, als wenn verschiedene Köche am Rezept für ihn schreiben. Außerdem hatten die Anästhesisten mehr emotionalen Abstand zu Kleinweg als Valenta und ich. Blieb das Problem: Wer von uns informiert Frau Kleinweg? Aber zum Glück hatten das schon die Chirurgen erledigt. Weil wir nichts tun konnten und um nicht Frau Kleinweg in die Arme zu laufen – was hätten wir ihr Tröstliches sagen können? –, verließen wir die Chirurgische Intensiv und überließen unseren Chefarzt der Kunst unserer Kollegen und seinem Schicksal.

Natürlich schaffte ich es irgendwie durch den Rest des Kliniktages, wie Valenta sicher auch. Ärzte müssen in ihrem Berufsalltag schnell die Kunst der Kompartimentierung lernen – die Sorge um einen bestimmten Patienten darf sie nicht von ihren anderen Patienten ablenken. Trotzdem dachte ich immer wieder an Kleinweg und wie es ihm wohl ging. Am Abend schaute ich auf der Chirurgischen Intensivstation vorbei – und meine schlimmsten Befürchtungen wurden wahr: abgeschaltete Monitore, leeres Bett. Niedergeschlagen ließ ich mich auf das frisch bezogene Bett sinken (ein hygienisches No go) und starrte mit gelähmtem Hirn vor mich hin.

»Hallo, Felix.« Hartmut setzte sich zu mir. »Ziemliche Scheiße, was?«

»Kleinweg war in Ordnung. Als Arzt und als Mensch. Sogar als Chef. Was machen wir nun?«

Hartmut legte mir den Arm um die Schulter. »Mach dir nicht unsere Sorgen. Mit ein wenig Glück kann das wieder werden.«

»Wie soll das …?«

»Sie bohren ihm ja nur ein kleines Loch in die Schädeldecke. Das haben schon die alten Ägypter geschafft, würdet wahrscheinlich selbst ihr Internisten hinbekommen.«

Kleinweg war nicht tot, er war nur wieder im OP. Die Hirndruckzeichen hatten zugenommen. Die Neurochirurgen machten gerade eine Entlastungsoperation, und unsere fleißigen Schwestern hatten die Gelegenheit genutzt, sein Bett frisch zu beziehen. Unendlich erleichtert machte ich mich auf den Heimweg, kam aber erst einmal nicht weit. Im Vorraum zur Intensivstation saß Frau Kleinweg, die mir so besorgt wie hoffnungsvoll entgegensah. Keine Chance, ihr auszuweichen. Ich flüchtete mich in Hartmuts Optimismus und versuchte auch sie mit dem Hinweis auf die alten Ägypter zu beruhigen. Erst auf dem Fahrrad fiel mir ein, dass das keine so gute Idee gewesen war. Dachte nicht fast jeder bei »alte Ägypter« an Mumien? Und hatte nicht auch ich heute Mittag beim von Kopf bis Fuß bandagierten Kleinweg sofort an eine Mumie gedacht?

Zu Hause angekommen, rief ich Celine an und erzählte ihr von Kleinwegs Unfall. Klar, dass sie sich bestätigt sah.

»Das war Wurm, wer denn sonst?«

Immer wieder erstaunt mich, wie Celine, die als Mathematikerin auf strenge Beweisführung besteht, in ihren Verschwörungstheorien mit der Beweislage eher großzügig umgeht. Immerhin bestritt sie meine Mitverantwortung für das Geschehene.

»Da bin ich nicht so sicher, Celine, in beiden Punkten nicht. Aber wenn es wirklich kein gewöhnlicher Unfall war: Vielleicht wäre das nicht passiert, hätte ich Kleinweg gestern in der Kneipe ausreden lassen. Wenn er jetzt stirbt oder nicht aus dem Koma aufwacht, wird meine letzte Erinnerung sein, dass ich keine Geduld mit ihm hatte, als er mir etwas gestehen wollte.« Ich zählte auf, was zu erklären ich Kleinweg keine Gelegenheit gegeben hatte: die Sache mit dem Totenschein und der Verschiebung des Todesdatums auf den 1. April. Ob Wurm ihn bedroht oder erpresst habe und wenn, womit. Ob er eigentlich wusste, warum Wurm von der Bildfläche verschwinden wollte. Ob die Albaner ihn bedroht hatten, die ich am Sonntagabend auf seine Spur gesetzt hatte. »Selbst wenn diese Informationen das, was Kleinweg heute Morgen passiert ist, nicht mehr hätten verhindern können, wären sie vielleicht für mich wichtig gewesen. Zum Beispiel die Frage, aus welcher Ecke die Gefahr droht, sollte wirklich auch ich gefährdet sein.«

Egal wie und von wem, wenn ich nicht vollkommen verblödet wäre, meinte Celine, solle ich auf jeden Fall von einer Gefährdung ausgehen.

Na schön. Der Fahrradhelm hatte sich für Kleinweg als nicht ausreichend erwiesen, also würde ich doch wieder das Auto zur Klinik nehmen. Auch wenn ich es, im Gegensatz zu Celine, für immerhin möglich hielt, dass Kleinweg Opfer eines ganz normalen Verkehrsunfalls geworden war. Das allerdings änderte sich, als mein alter Freund Kriminalhauptkommissar Czarnowske am nächsten Tag in der Humana-Klinik auftauchte.

19

Kriminalhauptkommissar Czarnowske lauerte mir auf, als ich vom hastig eingeworfenen Mittagessen in der Kantine zurück auf die Station kam.

»Dr. Hoffmann, wenn ich mich recht erinnere!« Natürlich erinnerte er sich recht, sicher genauso gut wie ich mich an ihn. »Jetzt sind Sie also Chefarzt?«

Aus seinem Munde klang das nach einer Anklage.

»Lediglich kommissarisch, Herr Czarnowske. Nur so lange, bis Professor Kleinweg seinen Dienst wieder aufnehmen kann.«

Meinte Czarnowske etwa, jetzt anstelle von Kleinweg den Chefarzt zu geben wäre mein Traum, eine tolle Abwechslung vom Oberarztalltag? Wenn er das dachte, lag er meilenweit daneben. Unter anderem bedeutete es, dass ich statt wie sonst gegen acht heute schon kurz vor sieben Uhr in die Humana-Klinik eingelaufen war. Zuerst hatte ich auf der Chirurgischen Intensivstation bei Kleinweg vorbeigeschaut: Zustand unverändert kritisch, Prognose unverändert unklar. Wenigstens hatte er den Entlastungseingriff der Neurochirurgen ohne Komplikationen überstanden. Neben seinem Spezialbett saß Frau Kleinweg. Wusste sie, dass ihr Mann und ich uns am Abend vor seinem Unfall getroffen hatten? Und worum es dabei gegangen war? Da sie in ihrem Sessel eingeschlafen war, bestand aktuell keine Notwendigkeit, mir eine Antwort auf eventuelle Fragen von ihr zurechtzulegen.

Auf dem Weg zur Station hatte mich Chefarztsekretärin Frau Krüger abgefangen.

»Guten Morgen, Doktor Hoffmann. Ich hoffe, Sie haben fünf Minuten Zeit für mich.«

Fünf Minuten stellte sich als die Untertreibung des Tages heraus. Natürlich interessierte sich Frau Krüger erst einmal für den aktuellen Zustand von Kleinweg. Danach war schnell klar, dass hier auch die eine Stunde, die ich früher gekommen war, nicht ausreichte, selbst wenn ich nur die nicht aufschiebbaren Dinge erledigen würde, um die sich ein Chefarzt aufgrund seiner Fachkompetenz kümmern darf: unter anderem um den heutigen Krankenstand unter Ärzten und Schwestern und wie diese Löcher zu stopfen wären, eine in der Konzernzentrale dringend erwartete Stellungnahme zu deren neuester Sparidee »fachübergreifende Bereitschaftsdienste«, die Genehmigung oder Ablehnung von zeitnahen Urlaubswünschen und Kongressbesuchen.

»Fachübergreifende Bereitschaftsdienste, das ist doch mal ein toller Plan. Weniger Ärzte im Nachtdienst, das spart Geld. Dann holen nach zwanzig Uhr wir Internisten die Babys auf die Welt und in der nächsten Nacht behandeln die Geburtshelfer unsere akuten Herzinfarkte. Legen Sie mir diesen Blödsinn bitte auch auf den Heute-Abend-Stapel, Frau Krüger.«

Der Heute-Abend-Stapel war gefährlich hoch geworden, als ich Frau Krüger gut zwei Stunden später auf morgen vertröstete und mich endlich um die medizinischen Probleme auf den Stationen kümmerte. Es ging vor allem um Fragen, bei denen Kleinweg den jüngeren Kollegen »Fragt euren Oberarzt« geantwortet hätte. Diese Patentlösung gab es für mich leider nicht, aber immerhin nahm mir Marlies ungefragt eine Menge dieser Fälle ab. Zum Dank lud ich sie zum subventionierten Mittagessen in der Klinik-Cafeteria ein.

Danach bekam ich es mit Kriminalhauptkommissar Czarnowske zu tun.

Czarnowske hatte mich vor meinem Arztzimmer abgefangen. Er kannte sich gut aus in der Humana-Klinik, hatte er doch sowohl beim Tod unseres Krankenhauschefs Professor Dohmke hier ermittelt als auch ein gutes Jahr später beim Tod meiner Tante Hilde. Ich war sicher, dass er mir immer noch übel nahm, dass er mich seinerzeit nicht als Tantenmörder überführen konnte.

»Was verschafft mir die Ehre, Herr Kommissar? Übrigens habe ich kaum Zeit. Vielleicht besorgen Sie sich besser einen Termin.«

Czarnowske machte immer noch auf jugendlich, mit Lederjacke, Jeans und ziemlich albernen Koteletten. Aber auch an ihm waren die Jahre nicht spurlos vorübergegangen, erste graue Haare durchsetzten die Koteletten und seine Jeans musste er inzwischen mindestens zwei Größen weiter kaufen. Unverändert wuchsen an der rechten Schläfe keine Haare, was ihm einen leicht verwegenen Eindruck verlieh. Auf meinen Vorschlag »Termin besorgen« ging er natürlich nicht ein. Hatte ich auch nicht erwartet.

»Es geht um Professor Kleinweg. Um seinen Unfall.«

»Das heißt vermutlich, dass Sie jemanden wegen schwerer Körperverletzung und Fahrerflucht suchen. Warum kommen Sie dann zu mir?«

»Weil ich gerne wissen würde, ob Ihr Professor Feinde hatte. Ich höre, sie haben recht eng zusammengearbeitet. Wissen Sie etwas über Feinde?«

»Erstens, Herr Czarnowske, ist Professor Kleinweg am Leben. Noch jedenfalls, und wir alle geben uns jede Mühe, dass das so bleibt. Zweitens müssen Sie mir schon verraten, was Sie zu Ihrer Frage veranlasst.«

Czarnowske kratzte sich an der Schläfe ohne Haare, sah aber ein, dass er mit einem »Das geht Sie gar nichts an« nicht weiterkommen würde.

»Wir haben einen Augenzeugen. Der meint, Ihr Professor wäre vorsätzlich überfahren worden.«

Spätestens jetzt hatte Czarnowske meine volle Aufmerksamkeit. Aber es war immer noch möglich, dass der Augenzeuge irrte, sich interessant machen wollte, oder der flüchtige Fahrer Kleinwegs Geschwindigkeit falsch eingeschätzt hatte und dachte, mit ein wenig mehr Gas käme er noch vor ihm über die Kreuzung. Zugegeben, zumindest Celine hätte mich ausgelacht für beide Annahmen.

»Wer arbeitet schon engagiert in seinem Beruf und schafft sich keine Feinde, Herr Czarnowske? Wer von den Leuten, die Sie hinter Gitter gebracht haben, wünscht Ihnen nur Gutes? Bei Ihnen sind es gefrustete Kriminelle, bei uns unzufriedene Patienten, die meinen, zu spät, zu wenig oder einfach falsch behandelt worden zu sein.«

»Wissen Sie Konkretes? Hat Herr Kleinweg Drohungen bekommen?«

›Da bin ich so gut wie sicher. Ich weiß sogar, wen Sie als möglichen Täter suchen sollten. Der Mann heißt Wurm und ist untergetaucht. Das war nämlich so ...‹

›Sie, Dr. Hoffmann, haben also einen Patienten unter falschem Namen behandelt und sterben lassen? Dann das Todesdatum gefälscht? Dies auch gegenüber einem Ermittler der Lebensversicherung nicht korrigiert? Sind sogar zur gefakten Trauerfeier dieses Wurm gegangen?‹

›Nein, nein und nein. Ich wusste ja von nichts, das war alles Kleinweg.‹

›Wie praktisch, der kann Ihnen nicht widersprechen.‹

Der nächste Schritt wäre einfach für Czarnowskes Kriminalistenhirn: Natürlich hätte ich Kleinweg umgebracht oder umbringen lassen. Weil in Wahrheit ich all das (und wahrscheinlich noch mehr) für Wurm erledigt hatte und Kleinweg mir auf die Schliche gekommen war. Gerne hatte ich auch den angenehmen Nebeneffekt in Kauf genommen, endlich Chefarzt zu werden. Ein Tatmotiv zu finden ist für den Kriminalisten schon die halbe Miete, gleich zwei davon wahrscheinlich ein Grund, im Präsidium die Sektkorken knallen zu lassen.

›Wie Sie sich Ihr Alibi mit der Morgenkonferenz verschafft haben, werde ich schon noch herausbekommen. Es gibt ja Leute, die so einen Unfall bei ordentlicher Bezahlung auf Wunsch erledigen.‹

Schließlich würde Czarnowske irgendwie auf die Albaner stoßen, die dann auf wundersame Weise von meinen Bedrohern zu meinen Komplizen mutierten und Kleinweg in mei-

178

nem Auftrag mit einem wahrscheinlich gestohlenen Wagen über den Haufen gefahren hatten.

»Nein, konkrete Drohungen, davon weiß ich nichts.« Was ja der Wahrheit entsprach. »Hat Ihr Augenzeuge denn den Wagen erkannt? Hersteller, Typ, Farbe?«

»Es soll ein BMW gewesen sein, größeres Modell. Dunkelblau oder schwarz.« Czarnowske hielt einen Moment inne. »Sie haben doch einen Verdacht, wenn Sie nach dem Tatfahrzeug fragen, oder? Dann müssen Sie mir das sagen, Herr Hoffmann.«

»Nein, habe ich nicht. Ich wollte nur wissen, ob es überhaupt irgendeinen Anhaltspunkt für Ihre Ermittlungen gibt.«

»Autowerkstätten abklappern, die Grenze zu Polen im Auge behalten. Langweilige Polizeiarbeit. Ich zum Beispiel würde meinen Wagen in Polen ausbeulen lassen, nicht in Berlin und Umgebung. Offene Grenzen, keine Kontrollen. Billiger ist es dort auch noch. Man weiß nie. Es sind oft lächerliche Zufälle, die den Täter verraten. Aber man muss diesen Zufällen die Gelegenheit geben, sich zu ereignen.«

Czarnowske sah mich bedeutungsvoll an. Wenigstens die Idee, dass ich Kleinweg hatte umnieten lassen, um endlich Chefarzt zu werden, fasste wahrscheinlich gerade Fuß in seinem Polizistenhirn. Spätestens aber wenn er die Wildschweinbeule an meinem Golf entdeckte, würde er seinen BMW-Zeugen so lange bearbeiten, bis der nicht mehr zwischen einem Smart und einem SUV unterscheiden konnte.

Czarnowske verabschiedete sich gerade (mit dem unausgesprochenen Versprechen, bald wieder hier aufzutauchen), als sich mein Controller Hans-Hennrich zu uns gesellte. Wo hatte der gesteckt? Wahrscheinlich bei Schwester Manuela, was er sicher bereute, hatte er doch offensichtlich etwas Spannendes verpasst. Jetzt aber musste er sich beeilen, mit mir Schritt zu halten. Es gab noch viel zu tun für den kommissarischen Chefarzt Dr. Hoffmann.

Gegen sechs Uhr erklärte Hans-Hennrich seinen Dienst für

beendet, er hätte ohnehin schon Überstunden gemacht. Ich versprach, für ihn zu notieren, wann ich heute nach Hause ging. Das würde allerdings noch ein wenig dauern.

Auch die nächsten Tage sollte ich erst ziemlich spät aus der Klinik kommen. Was die Büroarbeit anbelangte, war ich erstaunt, Vorgänge immer noch unerledigt zu finden, vor deren Bearbeitung ich mich schon bei meiner Vertretung von Kleinweg im März gedrückt hatte. Natürlich kamen die Patienten zu kurz, auch wenn Marlies, so weit es ihr zeitlich möglich war, für mich einsprang. Hans-Hennrich nörgelte zunehmend über zu wenig medizinische Weiterbildung. Um ihn bei Laune zu halten, oder wenigstens zeitweise auf Abstand, setzte ich ihn so oft wie möglich zu Botendiensten innerhalb der Klinik ein.

Bei einem dieser Botendienst blieb er auffällig lange verschwunden. Ich nahm an, dass er noch irgendwo mit Schwester Manuela herummachte. Aber als ich auf die Station gerufen wurde, sah ich, wie mein Freund Kommissar Czarnowske ihn ausführlich befragte. Offenbar bemüht, mein Alibi irgendwie zu erschüttern.

Immerhin kam mir angesichts des nörgelnden Hans-Hennrich eine Idee, wie ich den Kollegen einen Gefallen tun und – im Ausgleich für die Ablehnung der Idee »fachübergreifende Bereitschaftsdienste« – dem Klinikkonzern Geld sparen könnte. Ich schrieb ein kurzes Memo an die Konzernleitung, lobte prinzipiell die tolle Idee mit den externen Beratern, behauptete aber, es würden sich zunehmend Patienten beschweren über nichtmedizinisches Personal während der Visiten. Man könne mit demselben Effekt, rechnete ich vor, zwei Drittel der Zeitnehmer und die damit verbundenen Kosten einsparen.

Meine albanischen Freunde sah ich in dieser Zeit nicht, aber jemand anderes tauchte vollkommen unerwartet auf. Frau Krüger hatte sich längst in den Feierabend verabschiedet, ich saß noch in Kleinwegs Büro über irgendwelchen Gutachten, als es an der Tür klopfte. Nicht ohne Grund hatte ich abgeschlossen, ich wollte nicht gestört werden. Es klopfte erneut, etwas lauter. Und noch einmal. Schließlich siegte meine Neugier. Ich stand auf und öffnete. Vor der Tür stand – niemand. Aber als ich den Korridor hinunter in Richtung Treppenhaus blickte, meinte ich, im Gegenlicht der untergehenden Sonne einen guten Bekannten zu erkennen.

»Wurm?!«

Der Mann drehte sich kurz zu mir um, beschleunigte dann seine Schritte und verschwand im Treppenhaus.

20

Endlich einmal war ich schon gegen sieben Uhr zu Hause, wenn auch auf Kosten einer erheblichen Höhenzunahme des Unerledigt-Stapels im Chefarztbüro. Egal, dieser Aprilabend machte das Versprechen eines baldigen Sommers glaubhaft. Seit Anfang des Monats hatte sich der Sonnenuntergang schon um fast eine komplette Stunde zur Nacht hin verschoben, und mit einem nur mitteldicken Pullover konnte ich gut meinen Feierabendwein auf der Terrasse genießen.

Ich überlegte gerade, dass ich Celine, falls sie Zeit und Lust hätte, zu einem gemeinsamen Sonnenuntergangswein einladen könnte, als das Telefon ging. Die Rufnummernanzeige war unterdrückt, also war es wenigstens nicht die Klinik. Es gibt viele Leute, die ein Gespräch bei unterdrückter Rufnummernanzeige prinzipiell nicht annehmen. Ich hingegen bin neugierig.

»Doktor Hoffmann?«, hörte ich über eine verrauschte Verbindung, wahrscheinlich ein Handytelefonat aus einer Gegend mit mangelhafter Netzabdeckung. Trotzdem erkannte ich die Stimme, und, wie mir gleich bestätigt wurde, ich hatte mich nicht geirrt.

»Wurm hier, Friedrich Wurm. Sie wissen, wer ich bin?«

»Ja. Nur hieß es, Sie seien tot.«

Wurm ging darauf nicht ein.

»Doktor Hoffmann, es ist äußerst dringend, ich muss Professor Kleinweg erreichen. Das hat sich aber als ausgesprochen schwierig erwiesen. Wo ist Ihr Chefarzt hin?«

Wollte hier jemand seinen Hintern retten? Mir schossen verschiedene Antworten durch den Kopf. Das wissen Sie doch am besten. Schließlich waren Sie es, der versucht hat, ihn umzubringen, schien mir die naheliegendste. Doch würde Wurm »Nein, mein dunkelblauer BMW steht schon seit Tagen unberührt in der Garage« oder »Es war ein Unfall, das müssen Sie mir glauben« antworten? Das wäre nur in der Vorstellung von Autoren deutscher Fernsehkrimis realistisch.

Mein Hirn ging ein paar weitere Möglichkeiten durch. »Warum, meinen Sie, können Sie Professor Kleinweg nicht erreichen?« Oder, auch nicht furchtbar schlau: »Wollen Sie wissen, ob er auch wirklich tot ist?«

Ich riss mich zusammen.

»Es ist in der Tat zurzeit schwierig, Herrn Kleinweg zu erreichen. Wenn es um etwas Medizinisches geht, kann ich Ihnen vielleicht helfen?«

Unser Doktor Hoffmann, immer im Dienst an der Menschheit!

Wurms Antwort überraschte mich. Sie kam nach einigem Zögern.

»Sie könnten mir tatsächlich sehr helfen, Dr. Hoffmann. Es gibt wirklich ein medizinisches Problem.«

Aber welches medizinische Problem und wie ich ihm helfen könne, wolle er mir persönlich sagen, nicht per Handy. Großer Gott! Seitdem herausgekommen ist, dass die Amerikaner sogar die Telefonate unserer Frau Bundeskanzlerin mitschneiden, meint hier jeder, er werde abgehört! Jedenfalls wollte Wurm mich unbedingt persönlich treffen, heute noch. Er brachte den für ihn wahrscheinlich selbstverständlichen Motivationsfaktor ins Spiel.

»Es soll auch nicht zu Ihrem Schaden sein, Doktor Hoffmann!«

Er sagte mir noch wo, dann war unser Telefonat beendet. Offenbar war er auch und gerade von Ärzten gewöhnt, dass seinen Bitten nachgekommen wurde, zumal wenn sie mit der Aussicht auf finanzielle Kompensation verbunden waren.

Was sollte ich tun? Die Polizei anrufen?

›Guten Abend. Ich möchte meinen Namen nicht nennen, aber Ihnen sagen, wo Sie heute Abend den Bauunternehmer Wurm festnehmen können.‹

›Wurm?‹

›Ja, Friedrich Wurm, der Bauunternehmer.‹

Kurze Pause am anderen Ende der Leitung, dann: ›Ein Friedrich Wurm ist nicht zur Fahndung ausgeschrieben.‹

›Selbstverständlich ist er nicht zur Fahndung ausgeschrieben. Offiziell ist er ja tot.‹

›Offiziell? Äh – und inoffiziell? Inoffiziell lebt dieser – Wurm?‹

›Ja, sonst hätte er mich nicht gerade anrufen können.‹

›Verstehe ...‹

Pause, dann leichte Ungeduld in der Stimme am anderen Ende der Leitung: ›Und warum, meinen Sie, sollten wir diesen Friedrich Wurm festnehmen?‹

›Weil er versucht hat, unseren Chefarzt umzubringen.‹

›Aha. Also der ist nun aber tot, ja?‹

›Nein. Ich sage doch, Wurm hat es versucht.‹

›Das hat Ihnen dieser Herr Wurm erzählt? Dass er versucht hat, Ihren Chefarzt umzubringen? Oder haben Sie dafür andere Beweise? Haben Sie die Tat beobachtet?‹

›Nein, habe ich nicht. Aber es spricht vieles dafür, ich bin so gut wie sicher ... und außerdem stand in der Zeitung, dieser Wurm sei tot. Was er aber, wie gesagt, gar nicht ist.‹

Der Ton in der Notrufzentrale wechselt von entnervt zu verständnisvoll. ›Ich verstehe. Tot hätte er Ihren Chefarzt nicht umbringen können ...‹

›Aber ich sagte doch, der ist auch nicht tot.‹

Spätestens jetzt hätte die Polizei meine Adresse auf ihrem Telefonnummern-Computer identifiziert und wäre unterwegs zu mir. Oder, wahrscheinlicher, hätte ein Team mit Zwangsjacke in Marsch gesetzt.

Sollte ich Frau Wurm anrufen?

›Frau Wurm, hier ist Dr. Hoffmann. Ich kann Ihnen sagen, wo Sie Ihren Mann treffen können!‹

Aber ich war ziemlich sicher, dass ich Frau Wurm damit nichts wirklich Neues mitteilen würde.

Was würde Celine raten? Eigentlich hatte ich auch dazu recht konkrete Vorstellungen.

›Natürlich musst du den treffen. Erst einmal hören, was er von dir will, und ihn dann ordentlich ausquetschen. Ich gebe dir Deckung!‹

Wahrscheinlich würde Celine sogar anbieten, auf die Schnelle noch ein paar der kräftigen Freunde aus ihrem Karatekurs zusammenzutrommeln.

Am meisten machte mich sauer, dass Wurm davon ausging, ich würde ihn selbstverständlich treffen. Natürlich nicht, weil Doktor Hoffmann immer im Dienst an der Menschheit war, sondern geldgierig wie alle seine Mitmenschen.

Nach einigem Überlegen gab ich Wurm recht – er konnte tatsächlich davon ausgehen, dass ich ihn traf. Aber nicht als allzeit bereiter Menschheitsdiener oder geldgeiler Arzt, sondern weil ich eben neugierig bin.

Wollte er mich umbringen, redete ich mir meinen Entschluss schön, wäre das nicht logischer irgendwo hinterrücks, ohne Einladung an den Havelstrand, auf die ich mich vorbereiten konnte?

Ich beschloss, dass es nichts schaden könnte, wenigstens Celine zu informieren, wo Sie eventuell nach meinen sterblichen Überresten suchen sollte. Aber ihr Anrufbeantworter bat mich lediglich, eine Nachricht zu hinterlassen, ihr Handy ebenso. Beiden vertraute ich nicht, siehe oben. Also griff ich nach meiner wasserdichten Regenjacke – im April weiß man ja nie – und radelte ohne weitere Rückversicherung durch den immer noch überraschend milden Frühlingsabend in Richtung Havel.

Kosovo und Albanien, Juli 2000

Stunde um Stunde ging es auf der R115 durch das Sharr-Gebirge Richtung Westen. Luca versuchte erst gar nicht, sich an der grandiosen Landschaft von stolzen Bergen und unberührten Schluchten zu erfreuen. Wie oft war er mit Bojana in diesen Bergen gewandert! Ein wenig Furcht vor den hier noch frei lebenden Wölfen und Bären war ihr Begleiter gewesen. Heute waren es andere Ängste.

Kurz vor Prizren bog der Wagen nach links ab, über endlose Serpentinen erreichten sie auf dem Plateau einen kleinen Ort. Jabllanicë entzifferte Luca auf dem Schild am Ortseingang. Von diesem Dorf hatte er im Gefängnis von Peja gehört. Hier, hieß es, sei ein wichtiges UÇK-Hauptquartier und ein weiteres »privates« Gefängnis unter dem Kommando von Ramush Haradinaj.

Sie hielten vor einem eher unscheinbaren Haus. Luca musste aussteigen, aber nur, um in einen mit laufendem Motor wartenden Kleinbus mit den Insignien des sogenannten »Kosovo-Schutzkorps«, der UÇK-Nachfolgeorganisation, verfrachtet zu werden. In dem Bus saßen schon drei weitere Gefangene, an Händen und Füssen gefesselt. Auch Luca wurden zusätzlich Fußschellen angelegt. Schläge gab es auch wieder, jedoch – wie gehabt – nur auf Kopf, Arme und Beine.

Mit dem Kleinbus ging es zurück auf die R115. Den Gefangenen war jegliche Unterhaltung verboten, aber bei dem Lärm, mit dem sich der Motor des russischen UAZ-452 die Serpentinen hinunterquälte, hatte Luca mit Flüstern und Handzeichen ein wenig über seine Mitgefangenen erfahren. Zwei waren Serben, der Dritte ein Roma, alle deutlich jünger als Luca.

Nachdem sie Prizren erreicht hatten, ging es weiter in Richtung Vërmica. Rechterhand begleitete sie jetzt der Drini Bardhe, ein Fluss, der im Hochland um Peja entsprang. Das

Kellergefängnis von Peja ... den Adler ermüden ... die Verhöre ... die medizinische Untersuchung durch den schweigsamen Arzt ... der Eimer für die Notdurft ... Ob wenigstens Berschko die Flucht gelungen war?

Als sie an Vërmica vorbei waren, wurde Luca Befürchtung zur Gewissheit: Man wollte sie nach Albanien bringen und damit aus dem Kontrollbereich der KAFOR-Truppen. In Albanien könnten seine Entführer ihr Vorhaben ungestört zu Ende bringen. Gleich, zwischen Vërmica und Morina, würden sie die Grenze überqueren.

Doch an der Grenze sah Luca etwas, mit dem seine Entführer nicht gerechnet haben dürften – die schwarz-rot-gelbe Fahne der Bundesrepublik Deutschland. Die Grenze wurde offenbar von deutschen Soldaten kontrolliert. Von Deutschen! Die Deutschen waren pflichtbewusste Leute, das wusste Luca. Vielleicht sogar ein wenig zu pflichtbewusst, zu bürokratisch. Manchmal, das musste er zugeben, hatte er sich über die deutsche »Gründlichkeit« sogar mokiert. Aber genau diese Gründlichkeit würde ihn jetzt retten.

Tatsächlich fuhr der Kleinbus kurz vor der Grenze rechts ran und hielt. Aber der Fahrer wendete nicht. Der Beifahrer stieg aus, kam nach hinten zu den Gefangenen und zog wortlos die Vorhänge vor die Fenster. Dann startete der Bus wieder und überquerte die Grenze. Der Fahrer hupte zweimal kurz, der Beifahrer winkte den deutschen Soldaten zu. Die öffneten den Schlagbaum und winkten zurück. Das war alles.

Gut zwanzig Kilometer später erkannte Luca die endlosen Plattenbauten von Kukës. An einem ehemaligen Fabrikgelände, jetzt offenbar ein UÇK-Stützpunkt, wurden die beiden Serben und der Roma abgeliefert. Für Luca ging die Fahrt weiter. Seit fast 24 Stunden hatte er nichts gegessen, nur zweimal eine Flasche Wasser bekommen. Aber auch das war inzwischen Stunden her.

»Ich habe Hunger. Und Durst.«

»Du bleibst nüchtern!«

Nach Stunden erreichten sie die Gegend um die Stadt Burrel und hielten schließlich vor einem gelb gestrichenen Haus.

»Endstation« verkündete der Fahrer lachend und öffnete Lucas Fußfesseln.

Ein Haus wie Tausende im Kosovo oder Albanien. Mit einem Unterschied: der Geruch. Zum letzten Mal hatte er den wahrgenommen, als er seinen Vater im Krankenhaus von Priština besucht hatte. Hier roch es ganz ähnlich, allerdings auch nach Fäkalien und Blut.

Das war es dann also. Es waren nicht nur Gerüchte. Es gab dieses Haus wirklich, und sie hatten ihn hierher gebracht.

Er hätte sich gern noch von einigen Menschen verabschiedet. Wenigstens von Bojana, über deren Schicksal er bis heute nichts hatte erfahren können. Und von seinem Bruder, den er in den letzten Wochen auch nicht mehr erreicht hatte.

Aber es waren so viele Menschen in diesem Krieg gestorben und das Sterben hatte danach nicht aufgehört. Viel jüngere Menschen als er hatten den Tod gefunden. Warum sollte ausgerechnet er davonkommen?

Wie oft schon hatte er in den letzten Monaten gedacht, der letzte Tag wäre gekommen. Auf dem Dorfplatz, in der Moschee, im Jeep nach Ferizaj – alles überlebt.

Heute jedoch würde er wirklich sterben.

Kaum drei Stunden später standen, in sechs fast identischen Kühlboxen, sein Herz, seine Leber, seine Lungen, seine Bauchspeicheldrüse und die Hornhaut seiner Augen im Expressfracht-Terminal im Flughafen von Tirana. Sogar sein Blut hatte man in zehn Plastikbeutel zu je 500 ml abgepackt. Und, natürlich, auch seine Nieren.

Lucas letzte selbstbestimmte Gedanken hatten Bojana gegolten. Doch dann sah er sich in der Moschee seines Bergdorfes und erkannte dort in unerklärlicher Klarheit einen

Koranvers. »Meint der Mensch etwa, dass Wir seine Gebeine nicht sammeln werden? Doch! Wir können die kleinsten Teile der Finger wieder zusammenfügen.«

Würde jemand seine Gebeine sammeln? Und wo?

21

Die Havel fließt durch den gesamten Westen Berlins, ziemlich genau in Nord-Süd-Richtung. Dabei weitet sich der Flusslauf immer wieder zu größeren Seen, wie im Norden dem Tegeler See oder dem Großen und dem Kleinen Wannsee im Süden. Eingestreut in diese wunderschöne Wasserlandschaft sind romantische Inseln, die auch bei den Nazis äußerst beliebt waren. Propagandaminister Goebbels und Rüstungsminister Speer wohnten in Villen auf der Insel Schwanenwerder im Großen Wannsee, auch für Hitler wurde ein Grundstück freigehalten. Weiter südlich, auf der verträumten Pfaueninsel, gaben die Nazis gerne Feste und Empfänge. Unter anderem feierten sie hier 1936 mit über tausend Gästen den Abschluss der Olympischen Spiele von Berlin mit einem gigantischen Feuerwerk.

Mehr als siebzig Jahre später blickte ich an einem milden Aprilabend über den Havelstrand auf die Pfaueninsel. Links von mir, in Richtung Potsdam, begann sich der Abendhimmel rot zu färben. Etwa zwanzig Meter vor mir saß der Mann, der vor einigen Wochen den schnellen Gnadentod für seinen vorgeblichen Bruder gefordert hatte und laut *Tagesspiegel* inzwischen selbst tot war. Auch Wurm genoss offenbar den schönen Ausblick. In Trainingshosen saß er auf einer Bank vor dem Wirtshaus zur Pfaueninsel, das erst im Sommer noch um diese Zeit geöffnet sein würde. Jedenfalls war ich ziemlich sicher, dass es Wurm war. Der Mann hatte mir den Rücken zugewandt, aber die Statur stimmte, die Haarfarbe auch. Natürlich, Wurm könnte einen Mietkiller hierher geschickt haben, könnte die Beseitigung des letzten verbliebenen Mitwissers genau so delegiert haben wie den eigenen Tod an seinen Gärtner Pollok.

Wie sollte ich vorgehen? Mich weiter von hinten anschleichen? Aber wir spielten nicht Räuber und Gendarm und waren weder im Kindergarten noch irgendwo auf dem Balkan. Außerdem: Wurm hatte wahrscheinlich nichts mit dem Unfall von Kleinweg zu tun – hätte er ihn sonst in der Klinik gesucht? Vorsichtig näherte ich mich dem Mann in Trainingshosen.

»Herr Wurm?«

Der Mann drehte sich zu mir – es war tatsächlich Wurm. Aber ich blieb wie angewurzelt stehen, hatte ich doch einen fatalen Fehler gemacht: Wurm hielt eine Pistole in der Hand, die genau auf meine Brust zielte.

»Kommen Sie, Doktor. Setzen Sie sich zu mir!« Er deutet weiter mit der Pistole auf mich. »Nun kommen Sie schon!«

Schutzlos stand ich auf dem Weg, zum nächsten Baum waren es fast zehn Meter. Umdrehen und wegrennen? Hätte ich im Zickzack-Lauf, System Feldhase, eine Chance? Oder wäre es günstiger, Wurms Aufforderung nachzukommen und ihm dann bei der ersten Gelegenheit die Pistole zu entwinden? Schließlich war ich gut zwanzig Jahre jünger als er. Ich entschloss mich zu Variante zwei. Da meine Beine jedoch eindeutig für die Zickzack-Idee waren, erforderten die wenigen Meter Überzeugungskraft. Dann aber saß ich tatsächlich neben Wurm. Der steckte jetzt seine Pistole in sein Jackett.

»Ich hoffe, ich habe Ihnen mit dem Ding keine Angst gemacht. Die ist zu meinem eigenen Schutz, nicht um Sie zu bedrohen.«

Meine Beine waren noch nicht überzeugt, aber inzwischen saß ich ja, sodass ihr Zittern nur noch lästig war. Sehr wahrscheinlich wäre auch meine Stimme im Moment zittrig, aber erst einmal sagten wir beide nichts: zwei Männer, die sich ohne Worte am Abendhimmel erfreuten.

Dann deutet Wurm hinüber auf die nahe Pfaueninsel. »Wussten Sie, dass von hier das Testament Hitlers in den letzten Kriegstagen aus dem eingeschlossenen Berlin ausgeflogen werden sollte?«

Nein, wusste ich nicht.

»Hat auch nicht geklappt. Unter russischem Beschuss musste die erste Maschine überhastet wieder starten. Die nächste kam zu spät, die Überbringer der Nachrichten hatten die Insel inzwischen verlassen.«

Was sollte das? Wollte mir Wurm beweisen, wie gut sich auch ein Bauunternehmer in Geschichte auskannte? Oder ging es um das Wort Testament? Sollte ich jetzt schnell noch mein Testament machen? Vielleicht würde mir Wurms Antwort etwas verraten, wenn ich auch einmal was sagte.

»Was fahren Sie für einen Wagen, Herr Wurm?« Erstaunt wandte er sich mir zu. »Ist es vielleicht ein BMW, dunkelblau oder schwarz?«

»Warum interessiert Sie das?«

»Sie wissen nicht, dass Professor Kleinweg auf unserer Chirurgischen Intensivstation liegt, im Koma?«

»Mein Gott, nein. Was ist passiert?«

Ich erzählte es ihm, erwähnte auch den Augenzeugen, der Absicht hinter dem Unfall vermutete. Wurm schien ehrlich erschüttert.

»Eine Frage, Herr Hoffmann. Wenn Sie wirklich glauben, ich hätte den Professor überfahren, oder den Auftrag dazu gegeben, um Mitwisser zu beseitigen – warum sind Sie dann trotzdem gekommen?«

Gute Frage! Warum? Weil Wurm an den Arzt Hoffmann appelliert hatte? Weil ich neugierig bin? Weil ich dachte, ich könnte Wurm als Täter oder Auftraggeber ziemlich sicher ausschließen? Vermutlich hatte mich ein wenig von alldem hierher geführt.

»Denken Sie bloß nicht, ich wäre ohne Rückversicherung gekommen!«

Wahrscheinlich hätte ich tatsächlich wenigstens eine Nachricht auf Celines Anrufbeantworter hinterlassen sollen. Zu spät.

Beruhigend legte mir Wurm seine Hand auf die Schulter.

»Ich bin Ihnen zutiefst dankbar, dass Sie gekommen sind, Doktor. Sie werden gleich verstehen, warum. Aber erst einmal, nein, ich fahre keinen BMW. Und ich habe absolut nichts mit Kleinwegs Unfall zu tun. Kaum jemand dürfte davon mehr betroffen sein als ich. Und zwar im Sinne des Wortes. Nicht nur emotional, sondern auch aus einem ganz handfesten, eigennützigen Grund: Ich brauche Kleinweg als Arzt. Er ist für mich unersetzlich, besonders jetzt, wo ich offiziell tot bin.«

Mir fiel der koksende Yuppie beim Leichenschmaus im Hause Wurm ein und endlich verstand ich: Auch Wurm war drogenabhängig und Kleinweg hatte ihn wenigstens mit Methadon versorgt.

»Ja, Doktor. Ich bin drogenabhängig. Deshalb brauche ich jetzt, wo Kleinweg ausgefallen ist, Sie.«

»Keine Chance. Ich werde nicht Ihr neuer Methadon-Dealer. Keine Ahnung, wie viel Geld Sie mir bieten wollen. Aber schlagen Sie sich das aus dem Kopf.«

Wurm lächelte traurig. »Ich bin drogenabhängig. Aber es geht nicht um Methadon.« Er zog seine Trainingshose auf der linken Seite ein wenig nach unten. »Ich brauche meine Immunsuppressiva. Schon seit drei Tagen! Als Toter kann ich mir die kaum aus der nächsten Apotheke holen.«

»Sie haben eine Spenderniere!«

An typischer Stelle oberhalb der linken Leiste sah ich die Vorwölbung und die Narbe. War es das, wovor Kleinweg sich fürchtete, was er mir noch hatte sagen wollen? Dass er Wurm auf der Transplantationsliste an anderen Patienten vorbei in die höchste Dringlichkeitsstufe bei Eurotransplant geschummelt hatte? Eine Manipulation, die nach den in Deutschland aufgedeckten Transplantationsskandalen und der laufenden Überprüfung aller Transplantationszentren jetzt sicher ans Licht kommen würde?

»Tja, so in etwa hatte ich mir das tatsächlich vorgestellt«, sagte Wurm. »Zumal Ihr Professor, dachte ich, mir einiges schuldig war. Mehr als nur die Tatsache, wie großzügig ihm meine Firma beim Umbau seines Hauses geholfen hat.«

»Sie haben Kleinweg erpresst?«

»Sagen wir, ich habe den armen Professor ganz schön unter Druck gesetzt. Haben Sie eine Vorstellung, wie es ist, auf eine Spenderniere zu warten?«

Schon, antwortete ich, ich hatte es ja gerade wieder mit Herrn Zorn erlebt.

»Wie schrecklich für Sie, Herr Hoffmann! Täglich erneut dieser bittere Moment bei der Visite … und vielleicht denken Sie sogar am Wochenende ab und zu an diesen Patienten. Wie unangenehm! Ich sage Ihnen: Sie haben keine Ahnung, was der Patient durchmacht, der auf ein Spenderorgan wartet. Jedes Mal, wenn das Telefon klingelt – ist das die Niere für mich? Permanent kontrollieren Sie Ihr Handy, ob es auch wirklich aufgeladen ist und angeschaltet. Bei Kopfschmerzen trauen sich nicht, auch nur eine einzige Aspirin zu nehmen – wenn jetzt der Anruf käme, müssten Sie absagen wegen der möglichen Blutungsneigung. Verreisen? Ja, es werden auch Kreuzfahrten mit Dialyse an Bord angeboten – aber wie komme ich vom Mittel- oder Eismeer rechtzeitig in die Klinik zu meiner neuen Niere? Nein, Hoffmann. Ich erkannte schon bald, dass ich die Sache selbst in die Hand nehmen musste. Was gar nicht so schwierig ist, wenn Sie über die notwendigen Finanzen verfügen.«

Mir kam ein schrecklicher Verdacht. Sollte deshalb sein angeblicher Bruder schnell sterben? Wegen der laufenden Überprüfung aller Transplantationen in den letzten Jahren? Ich versuchte mich zu erinnern, ob der »Bruder« eine Narbe an der typischen Stelle gehabt hatte.

»Ihr Gärtner Pollok?«

Es dauerte einen Moment, bis Wurm verstand, was ich meinte. Er lachte, aber das Lachen erstarb sofort.

»Nein, mit so einer abenteuerlichen Geschichte kann ich nicht dienen. Wenn Sie genügend Geld bieten, müssen Sie sich

Ihren Spender nicht selbst suchen, das erledigen Zwischen-
händler für Sie. Heutzutage müssen Sie noch nicht einmal
mehr nach Indien fliegen oder Bangladesch, wo Ihnen irgend
so ein armes Schwein seine Niere verkauft, für ein Moped
oder um die Hochzeit zu finanzieren. Es reicht ein Ausflug
auf den Balkan. Es heißt, dass viele der Angebote dort aktuell
von der Sinai-Halbinsel kämen, wo Menschenhändler Flücht-
linge aus Schwarzafrika als kostengünstige Organspender betrachteten. Die Niere für mich allerdings war ein lokales Pro-
dukt, sozusagen ökologisch sauber.« Erneut ein kurzes
Lachen. »Das hat damit zu tun, dass meine Firma aktiv am
Wiederaufbau im Kosovo beteiligt war. Und ist der Grund dafür, dass ich jetzt immer diese Pistole mit mir herumschleppe.«

Wurm wollte mir seine Geschichte erzählen. Im Mittel-
punkt stand ein »gelbes Haus« in oder nahe der Stadt Burrel
in Albanien. Hierher hätten die albanischen UÇK-Kämpfer
während des Kosovokrieges serbische Gefangene verschleppt
und Ihnen die begehrten Organe entnommen. Eines davon
hätte er bekommen.

»Diese Zusammenhänge habe ich erst später erfahren, da
war der Organhandel im Kosovo längst professionell organisiert. Die Transplantationen liefen inzwischen in der Medicus-
Klinik in Priština. Immerhin kauften die wenigstens die Organe von relativ freiwilligen Spendern in Osteuropa und in
Zentralasien. Für rund 15.000 Euro, hieß es. Vom Empfänger
kassierten sie anschließend bis zu 100.000.«

Ich war sprachlos. War bei uns nicht fast ausschließlich von
den Gräultaten der Serben die Rede gewesen?

»Sie haben Ihre Niere in diesem ›gelben Haus‹ in Albanien
bekommen?«

»Nein, habe ich nicht. Aber ich habe erfahren, wie gesagt
erst später, dass sie dort entnommen worden ist. Wo sie mir
dann einoperiert wurde, werde ich Ihnen nicht sagen.« Wurm
sah mich direkt an. »Sie werden mir doch trotzdem meine
Tabletten besorgen, oder?«

War er bei uns in der Klinik operiert worden? Wie hatte ich mir das vorzustellen? Wurm erscheint eines Tages mit einem Styropor-Behälter unter dem Arm und sagt: »Nur noch einbauen, bitte«? Aber noch etwas störte mich an Wurms Geschichte: Warum waren Albaner hinter ihm her, wenn er die Niere eines serbischen Gefangenen bekommen hatte?

»So einfach ist das alles nicht auf dem Balkan, Doktor Hoffmann. Schon gar nicht mit den Leuten von der UÇK. Die haben auch albanische Landsleute umgebracht, wenn die nicht ihrer Meinung waren. Mein Pech offenbar, dass ich ausgerechnet eine albanische Niere bekommen habe. Die glauben da nämlich noch an Blutrache. Deshalb ist es für mich am besten, wenn man mich für tot hält.«

Wurm erzählte mir noch den Rest der Geschichte, wenigstens die Teile, die er mir erzählen wollte. Schon einmal, ziemlich direkt nach der Transplantation, hatte er seinen Tod vorgetäuscht, damals direkt vor Ort im Kosovo. Man sollte seine vermeintliche Leiche inklusive seiner Brieftasche mit Pass und ein paar Familienfotos unter irgendeiner gesprengten Brücke finden. Das hätte auch ganz gut funktioniert, eine Zeitlang wenigstens, tatsächlich sogar über Jahre. Aber dann hätte der Bruder seines »Spenders« gehört, dass Wurm doch noch lebte.

So weit stimmte Wurms Geschichte mit dem überein, was mir der Albaner bei seinem Besuch in meiner Wohnung erzählt hatte. Aber wieder störte mich etwas.

»Und hier hat niemand ihren angeblichen Tod unter der Brücke mitbekommen? Sie konnten Ihr Leben mitsamt Baugeschäft weiter leben, einfach so?« Das schien mir wenig glaubhaft.

»Es gab eine kurze Pressenotiz, ohne Namen. Damals flog im Kosovo jeden Tag eine Brücke oder sonst etwas in die Luft, Menschen starben, niemanden in Deutschland interessierte das groß.« Wurm holte Luft. »Über ein Jahr später kam aber doch noch was. Irgendwann hatte die Kosovo-Polizei meine angekokelte Brieftasche mit den Papieren unseren KAFOR-Soldaten, der eigentlichen Verwaltung zu dieser Zeit, übergeben. Und nach ein paar Monaten sind die Papiere tatsächlich hier gelandet, nach einigen Umwegen sogar beim richtigen Standesamt, Steglitz-Zehlendorf. Die Mitarbeiter dort wussten allerdings schon von ihren Kollegen beim Melderegister, dass ich seinerzeit meinen Pass als im Kosovo gestohlen gemeldet hatte.« Wurm schüttelte den Kopf. »Nein, das Problem blieb der Bruder mit seiner Blutrache. Dieser Bruder saß in Priština im Gefängnis. Solange das so war, war ich vor ihm sicher. Aber dort hat er irgendwann erfahren, dass ich noch lebe. Von einem Mithäftling. Der hatte das wiederum von Landsleuten aus Berlin gehört. Es gibt hier einfach verdammt viele Albaner … Und dann wurde plötzlich die Zeit knapp. Mir wurde zugetragen, dass der Bruder diesen 1. April freikommen sollte. Und beim Leben seiner Mutter geschworen hatte, mich zu finden.«

»Und deshalb musste Pollok unbedingt vor dem 1. April sterben.«

Wurm nickte.

Die Fähre, die tagsüber Besucher über die Havel zur Pfaueninsel schippert, hatte für heute längst ihren Dienst eingestellt. Es war, während wir hier auf der Bank saßen, nur ein Auto den Nikolskoer Weg heruntergekommen. Wurm hatte unter dem Jackett nach seiner Pistole gegriffen, aber die Insassen hatten lediglich für ein paar Minuten den Sonnenuntergang genossen oder ihn sogar fotografiert. Inzwischen war die Sonne nur noch eine schöne Erinnerung in der zunehmenden Dämmerung. Noch einmal näherte sich ein Wagen, aber inzwischen war es fast dunkel. Nach kurzem Halt fuhr er wieder an, schnell war das Motorengeräusch verstummt. Wurm entspannte sich.

»Sie mögen mich für mein Drängen seinerzeit verurteilen, Dr. Hoffmann. Und es ist wahr, ich habe primär im eigenen Interesse gehandelt. Aber ist es nicht ebenso wahr, dass der arme Pollok nur noch leiden musste? Und dass die Medizin nicht dazu dienen sollte, Leiden unnötig zu verlängern?«

Aus gutem Grund verurteilte ich Wurm nicht, wollte aber, wenn wir schon dabei waren, das letzte Detail klären. »Am Ende hat Kleinweg Polloks Tod aber noch weiter verschoben, auf dem Totenschein wenigstens.«

»Tja, das war Plan B. Der Bauunternehmer Wurm musste unbedingt vor dem 1. April sterben, Plan A. Ersatzweise der arme Pollok, aber frühestens am 1. April, Plan B. Sie haben inzwischen sicher erraten, dass es da um eine Lebensversicherung ging. Ich denke nicht, dass diese kleine Korrektur Professor Kleinweg schlaflose Nächte bereitet hat. Und geschadet hat sie auch niemandem.«

Plötzlich dudelte *We are the Champions* in die Abendstille am Havelstrand.

»Verdammt, das habe ich noch nie vergessen. Ich war einfach zu nervös, ob Sie auch wirklich kommen!«

Hektisch griff Wurm in sein Jackett und riss den Akku aus seinem Handy.

Aber zu spät.

Entsprechend den Gesetzen der Physik nahm ich zuerst nur ein kurzes Plopp wahr. In diesem Moment schlug die Kugel in Wurms Rücken ein. Erst danach hörte ich den Schuss. Die Reihenfolge entsprach nicht der, die man aus dem Kino gewöhnt ist. Im Film allerdings läuft es auch in der Folge häufig anders: Alle sind entsetzt, machen sich furchtbare Sorgen. Aber sobald die Gefahr vorüber ist und die Bösen sich verzogen haben, öffnet der Totgeglaubte die Augen und lächelt. Er hat seine schusssichere Weste getragen, nicht mehr als ein kleiner blauer Fleck wird ihn für ein paar Tage stören.

Wurm hatte keine schusssichere Weste getragen. Langsam sackte sein Oberkörper nach vorn, er blieb jedoch weiter sitzen. Mit jedem seiner Atemzüge drang ein Brodeln an mein Ohr. Vorsichtig legte ich ihn auf die Bank, dann rief ich mir die Grundregeln der Ersten Hilfe ins Gedächtnis, die ich meinen Studenten einhämmerte: Zuerst Eigensicherung (ein ertrunkener Retter ist kein Retter mehr), zweitens Hilfe herbeirufen, erst drittens den Verletzten versorgen. Eigensicherung war wahrscheinlich nicht mehr notwendig, hatte ich doch ein ebenso gutes Ziel wie Wurm abgegeben. Also war Punkt zwei dran. Mein Handy hatte ich wie üblich nicht dabei, fand aber Wurms direkt vor seinen Füßen und tippte die Notrufnummer 112. Nichts geschah. Klar, fiel mir ein. Im fahlen Licht der Dämmerung kroch ich auf dem Boden herum, ertastete endlich den Akku, schob ihn ein und hatte endlich die Notrufzentrale am Apparat. Ich war einigermaßen stolz, dass ich die notwendigen Angaben präzise und in einem Stück hervorbrachte.

»Schussverletzung. Starke Blutung. Wirtshaus zur Pfaueninsel.«

Das brodelnd-schlürfende Geräusch war inzwischen deutlich leiser, was aber nur hieß, dass Wurms Atmung flacher geworden war. Eindeutig eine Lungenverletzung mit Einblutung zwischen Brust- und Rippenfell. Dieses Blut würde die Lunge immer weiter zusammenquetschen, bald das Einatmen auf dieser Seite ganz verhindern. Dagegen konnte ich nichts tun, wie sollte ich an die Blutungsquelle herankommen? Woher hier eine Monaldi- oder Bülau-Drainage nehmen? Ich zog Wurm das Jackett aus, wobei seine Pistole vor ihm im märkischen Sand landete. Dann riss ich sein Hemd entzwei und stopfte damit das Einschussloch. Die Enden verknotete ich über seiner Brust, um meinen Stopfen möglichst luftdicht zu fixieren. Am Ende lagerte ich Wurm auf die angeschossene Seite. Wenigstens einen zusätzlichen Pneumothorax wollte ich verhindern und dem anderen Lungenflügel etwas bessere Arbeitsbedingungen verschaffen.

Nun stand ich da mit all meinem theoretischen Wissen und konnte nicht mehr tun als hoffen, dass bald besser ausgerüstete Hilfe eintreffen würde. Für den Rettungshubschrauber war es zu dunkel. Wie lange würde der Notarztwagen brauchen? Und würde Wurm bis dahin durchhalten? Von der Pfaueninsel meldeten sich plötzlich die Pfauen mit ihrem Geschrei. Die Sirene des Notarztwagens wäre mir lieber gewesen.

Es dauerte noch eine gefühlte Ewigkeit, bis sich endlich das Blaulicht des Rettungswagens von der Pfaueninselchaussee heranarbeitete. Die Chaussee ist für den öffentlichen Verkehr gesperrt, deshalb keine Sirene. Nur Sekunden später traf auch der Notarztwagen ein, zeitgleich etwa mit der Polizei. Die war mit dabei, weil ich das Stichwort Schussverletzung gegeben hatte.

Meine Entscheidung war getroffen: Der Kollege Notarzt und seine Rettungssanitäter sollten Wurm ohne meine Hilfe versorgen. Dazu jedoch mussten sie ihren Patienten erst einmal finden. Höflich ließen die Sanitäter den Kollegen von der Polizei den Vortritt – ebenfalls ein klarer Fall von Eigensicherung. Ich hielt mich im Schilf versteckt. Da unklar war, wie lange ich hier ausharren musste, hatte ich mir zusätzlich Wurms Jackett unter meine Regenjacke gezogen.

Mich zu verstecken hatte ich spontan entschieden, als Notarztwagen und Polizei ankamen. Zum einen bin ich kein ausgebildeter Notarzt. Vielleicht hatte ich bei der Erstversorgung von Wurm doch alles falsch gemacht und würde mir die Klugscheißerei von irgendeinem jungen Kollegen anhören müssen. Noch weniger Lust hatte ich im Moment, die Fragen der Polizei zu beantworten: ›Kennen Sie den Verletzten?‹ – ›Was haben Sie hier gemacht?‹ – ›Gab es einen Streit?‹ Und erst recht keine Lust hatte ich, als Tatverdächtiger wenigstens vorläufig festgenommen zu werden. Zumal, wie die Polizisten gerade verkündeten, hier außer dem Verletzten niemand zu finden war.

Es war inzwischen fast vollkommen dunkel geworden und ich konnte keine Details erkennen, aber aus der Vorsicht, mit der Rettungssanitäter und Notarzt vorgingen, immerhin schließen, dass Wurm noch lebte. Die beiden Polizisten schauten interessiert zu, andere Aktivitäten schienen ihnen aktuell sinnlos. Aber sie hatten die Sache der Einsatzzentrale gemeldet, und es dauerte nicht lange, bis eine ganze Karawane von Polizeifahrzeugen die Pfaueninselchaussee heruntergerollt kam. Scheinwerfer wurden aufgestellt, ein Dieselaggregat angeworfen, Beamte schlüpften in weiße Ganzkörperanzüge. Es wurde langsam eng für mich mit so vielen Leuten vor Ort, andererseits wagte ich nicht, mich zu bewegen. Schnell jedoch erkannte ich, dass Bewegung vorerst auch nicht nötig war. Nachdem sie den Tatort markiert und aus allen Perspektiven fotografiert hatten, konzentrierte sich das Interesse der Tatortspezialisten und Fahnder auf den angrenzenden Wald.

Es war klar, dass Wurm kaum auf der Bank gelegen haben konnte, als ihn die Kugel in den Rücken traf. Mit an Sicherheit grenzender Wahrscheinlichkeit hatte er auf der Bank gesessen. Blut- oder Schleifspuren, die dafür sprachen, dass jemand das Opfer erst nach seiner Verwundung zur Bank geschleppt hatte, gab es nicht. Die Bank aber schaute auf die Pfaueninsel, mit dem Rücken zum Wald, also musste der Schuss von dort gekommen sein.

Wurm war inzwischen abtransportiert worden und die Scheinwerfer, die bisher dem Notarzt und den Tatortspezialisten ihre Arbeit ermöglicht hatten, wurden jetzt auf den Wald gerichtet. Ich hatte keine Vorstellung, wie lange die Polizei ihre nächtliche Spurensuche noch betreiben würde. Aber sicher würde man irgendwann beschließen, den Rest der Arbeit bei Tageslicht zu erledigen und für heute abzuziehen. Diese Zeit müsste ich nur aussitzen, dachte ich.

Bald aber stellte sich heraus: Ich hatte falsch gedacht. Ich hatte sogar gleich dreimal daneben gelegen.

Erster Hinweis darauf waren die neuen Geräusche, die sich näherten. Als sie nahe genug waren, kam der unverwechselbare Geruch hinzu: Wildschweine! Vielleicht hatte sie die Aktivität angelockt, denn, wie jeder Gartenbesitzer in Berlin weiß, sind Wildschweine in den Außenbezirken der Stadt alles andere als scheu. Meine Situation spitzte sich zu, als ich das nächste neue Geräusch vernahm: das unverwechselbare Knattern eines Hubschraubers! Da unsere Rettungshubschrauber bei Dunkelheit nur zwischen sicheren Hubschrauberlandeplätzen verkehren, musste es sich um einen Hubschrauber der Polizei handeln, voll ausgerüstet mit Suchscheinwerfer, Infrarotkamera und Restlichtverstärker. Endgültig unhaltbar wurde mein Versteck mit dem dritten neuen Geräusch: Gebell! Am Wirtshaus zur Pfaueninsel sprang eine freudig-erregte Staffel Spürhunde aus dem Transporter.

Das Stampfen und Grunzen der Wildschweine, das Knattern des Hubschraubers und das Gebell der Hunde erzwangen nicht nur meine Flucht, sie deckten sie auch. Unter Todesverachtung ließ ich mich in das Wasser der Havel gleiten. Gefühlte Temperatur minus 10 Grad.

Ich bin nicht gerade der Typ, den man als Wasserratte bezeichnet. Selbst im Hochsommer muss es schon deutlich über 30 Grad warm sein, damit ich freiwillig ins Wasser gehe. Und auch dann nur äußerst langsam. Die aktuelle Wassertemperatur der Havel dürfte tatsächlich um 10 Grad gelegen haben, 10 Grad plus natürlich. Dagegen nützte meine wasserdichte Regenjacke nicht viel, ebenso wenig wie Wurms Jackett darunter.

Um Hunde und Polizisten nicht auf mich aufmerksam zu machen, musste ich äußerst behutsam ins Wasser gleiten. Aber auch deshalb, weil bei Wassertemperaturen unter 15 Grad in den ersten Minuten die Gefahr der Kälteschockreaktion mit akutem Tod besteht. Ich hielt mich an einem ins Wasser ragenden Ast fest, bis meine Atemfrequenz sich wieder ein wenig gesenkt, wenn auch nicht normalisiert hatte. So überlebte ich wenigstens schon einmal den Kälteschock, unter Medizinern auch als »Sofortreaktion« bekannt.

Zum Glück hatte mich Wurm an die Stelle mit der geringsten Entfernung zwischen Havelstrand und Pfaueninsel eingeladen, dorthin, wo aus gutem Grund der Fähranleger lag. Ich schätzte, dass ich bis zur Insel zwischen hundert und hundertfünfzig Meter zu schwimmen hätte. Der Weltrekord für 100 Meter Freistil liegt bei fünfzig Sekunden, unter normalen Bedingungen schaffe selbst ich diese Strecke in vier bis fünf Minuten. Aber in kaltem Wasser ist die Fähigkeit zu schwimmen drastisch eingeschränkt, weil sich der Körper nach dem Eintauchen fünfmal schneller abkühlt als an der Luft bei vergleichbarer Temperatur. Mit anderen Worten, ich musste einen Kompromiss finden zwischen dem Wunsch, so schnell wie möglich das Ufer der Pfaueninsel zu erreichen, und der Tatsache, dass Schwimmbewegungen den Abfall der Körpertemperatur beschleunigen, natürlich umso mehr, desto hektischer man schwimmt. Ich kalkulierte zehn Minuten Schwimmzeit bei möglichst langsamen Bewegungen. Bei geschätzten 10 Grad Wassertemperatur hatte ich damit, nach überstandener Kälteschockreaktion, statistisch eigentlich gute Überlebenschancen.

Es ist unvorstellbar, wie himmelschreiend kalt 10 Grad Wassertemperatur sind. Meine Muskeln wurden zunehmend schwerer, meine Schwimmbewegungen zunehmend langsamer. Inzwischen schienen zehn Minuten bis zur Pfaueninsel eine eher optimistische Schätzung, obgleich mir eigentlich jede Art von Zeitgefühl längst abhanden gekommen war. Ein Gutes hatte die Kälte jedoch: Auch das Hirn fror langsam ein. In den Minuten, die ich mich an dem Ast festgehalten hatte, war es voll ausgelastet gewesen mit der Kalkulation des Zeitbedarfs bei der zu überwindenden Strecke und meiner Schwimmgeschwindigkeit. Jetzt war seine Vollzeitbeschäftigung, meinen Mund daran zu hindern, nach Hilfe zu schreien und mich von den Polizisten aus dem Wasser ziehen zu lassen. Aber es kam dieser Aufgabe nur äußerst widerwillig nach, vorwiegend spielte es mir Szenen ein wie »Dr. Hoffmann wird von netten Polizisten in warme Decken gehüllt« oder »Dr. Hoffmann bekommt heißen Tee von netten Polizisten«. Letztlich war der Unwille meines Hirns jedoch zu vernachlässigen, denn meine Zähne klapperten dermaßen unkontrolliert, dass ich ohnehin nicht hätte um Hilfe schreien können.

Tatsächlich war mein Hirn gar nicht eingefroren, es hatte nur seine Unabhängigkeit erklärt und konzentrierte sich voll auf seinen eigenen Überlebenswillen. Hätte ich zu diesem Zeitpunkt noch etwas zu sagen gehabt, so wäre es »Gibt doch auf, gibt doch auf, gibt doch auf« mit jedem Schwimmstoß gewesen. Mein Hirn jedoch hatte sich inzwischen von der Vision der netten Polizisten mit Decken und Tee verabschiedet und sich für Tina Turners *You're simply the best* entschieden. Das war schlau: wegen der Motivation und weil es von der Satzlänge viel besser meinen Schwimmbewegungen angepasst war. Vielleicht würde ich es mit Tina Turner doch noch schaffen.

Keine Ahnung, wie weit ich inzwischen gekommen war. Keine Ahnung, wie lange ich schon schwamm. Aber jedes Mal, wenn ich den Kopf ins Wasser eintauchte, nahm ich plötzlich ein neues Geräusch wahr, das schnell lauter wurde. Es dauerte eine Weile, bis ich es zuordnen konnte: ein starker Schiffsdiesel! Hatte man tatsächlich auch noch die Wasserschutzpolizei angefordert? Selbst wenn das mit hoher Geschwindigkeit näher kommende Schiff von der Polizei sein sollte, fürchtete ich weniger meine Entdeckung im Wasser als das genaue Gegenteil – dass mich in Kürze eine Schiffsschraube unbarmherzig zerlegen würde. Trotz des Mehr an Wärmeverlust bei gesteigerter Muskelarbeit versuchte ich, meine Schlagfrequenz zu erhöhen. Ohne Erfolg, die Muskeln waren kurz davor, ihre Arbeit komplett einzustellen. Inzwischen konnte ich das Schiff auch sehen, mit hoher Geschwindigkeit hielt es ziemlich direkt auf mich zu. In wenigen Augenblicken würde Dr. Hoffmann immer noch in der Havel schwimmen, dann aber in mundgerechte Happen zerhakt.

24

Für mich ist es nicht nachvollziehbar, besonders nach meiner aktuellen Erfahrung in der Havel, wie in Abenteuerromanen oder Filmen Schiffbrüchige nicht nur weitaus längere Strecken in noch kälterem Wasser bewältigen und überleben, sondern es ihnen auch noch gelingt, trotz hoher Brandung und Felsküste an Land zu kommen. Am Ufer der Pfaueninsel gibt es keine Felsen und keine Brandung, man muss nur den Strand hochlaufen. Oder, in meinem Fall, robben.

Die Wasserschutzpolizei hatte im sprichwörtlich letzten Moment abgedreht – aber nicht, weil die Besatzung mich gesehen hatte und mein wertvolles Arztleben schonen wollte. Nur ein paar Meter vor mir waren sie auf Kurs scharf backbord gegangen, in Richtung ihrer Kollegen am Havelstrand.

Als ich meinen gefühllosen Körper (gefühllos? Aber warum war mir dann so unsagbar kalt?) komplett aus dem Wasser gezogen hatte, klappte ich mich in Embryostellung und wartete, dass sich die Atemfrequenz etwas normalisierte, die Zähne eventuell ihr Klappern einstellten und meine Muskeln mir wieder gehorchen würden. Die Entfernung zum Ufer drüben erschien mir nun wieder wie ein lächerlicher Katzensprung, aber spätestens jetzt wäre ich in meinem alten Versteck entdeckt worden: Während die landgebundene Polizei mit Unterstützung der Kollegen im Hubschrauber weiter den Wald durchkämmte, suchten die Scheinwerfer der Wasserschutzpolizei den Schilfgürtel ab. Damit scheuchten sie aber nur noch die gerade wieder zur Ruhe gekommene Wildschweinrotte auf, die daraufhin einen Angriff auf die Kollegen an Land startete. Was zu einer für mich erfreulichen Verwirrung auf der Wärmebildkamera im Hubschrauber geführt haben dürfte.

Eindrucksvoll hatte die Berliner Polizei alles aufgeboten, was sie aufzubieten hat. Es fehlte eigentlich nur noch eine Reiterstaffel. Sollten die Verantwortlichen nicht davon ausgehen, dass sich der oder die Schützen längst vor ihrem Eintreffen davongemacht hatten? Nein, diesen Einsatz und sein Ausmaß hatte ich zu verantworten. Den Einsatz an sich, weil ich die Rettungskräfte alarmiert hatte. Dann aber hatte der Kollege Notarzt am Grad der stattgehabten Durchblutung festgestellt, dass der von mir provisorisch fixierte Verband erst vor wenigen Minuten angelegt worden war. Das hieß, dass der Täter oder wenigstens ein wichtiger Zeuge nicht weit sein konnte. Leider ist »wichtiger Zeuge« im Polizeideutsch das Synonym für den nur noch nicht überführten Täter, unschuldig hätte der sich ja nicht davongemacht. Und genau deshalb saß ich jetzt mit klappernden Zähnen auf der Pfaueninsel und beobachtete die aufwendige Suche nach mir. Fluch der guten Tat! Doch dann fand ich den Aufwand, der da drüben getrieben wurde, wiederum auch tröstlich: Obgleich die Männer bestimmter Großfamilien aus dem Nahen Osten das anders sahen, war das Herumballern mit scharfer Munition in Berlin offenbar immer noch etwas Außergewöhnliches.

Bisher hatte sich weder meine Atemfrequenz normalisiert, noch hatten die Zähne ihr Klappern eingestellt. Ich brauchte trockene Kleidung! Sollte ich versuchen, ins Fährhaus einzubrechen? Das war nur ein paar Schritte entfernt, sicher konnte ich meine Beine zu den wenigen Metern überreden. Aber das Risiko war zu hoch. Was, wenn der Fährmann da drin schlief? Nächste Möglichkeit: Einbruch in das kleine Lustschloss. Hier wiederum war ziemlich sicher mit einer Alarmanlage zu rechnen. Es gab auf der Insel, das wusste ich, auch eine Gärtnerei. Zu einer Gärtnerei gehört in der Regel ein Schuppen, häufig unverschlossen, wo allerlei Gerät abgestellt wird, aber vielleicht auch etwas, womit ich mich abtrocknen könnte.

Die Dunkelheit war kein Problem. Es waren mehr der Kampf gegen mein Kopfkino (nette Polizisten mit warmen Decken und heißem Tee) und meine protestierenden Beine, aber am Ende erreichte ich die Schlossgärtnerei und fand auch tatsächlich einen unverschlossenen Schuppen. Aus der Tasche meiner Jacke fischte ich Wurms Smartphone und hatte gleich doppelt Glück: Die Regenjacke war wirklich wasserdicht und Wurms Smartphone hatte eine Taschenlampen-App. Vorsichtig tastete ich mich durch das Gerümpel; mit Hilfe von *tiny flashlight* entdeckte ich ein paar trockene Lappen. Die rochen zwar deutlich nach Motoröl, aber es war kaum die Gelegenheit, besonders wählerisch zu sein. Wiederholt stolperte ich über Spaten und Harken, aber insgesamt hielt mein Glück an. Der Lichtkegel fiel auf ein schickes schwarzes Jackett, das ich gerne gegen Wurms durchgeweichtes tauschte. Rätselhaft, wie das hierher gekommen war. Schon eher passten die ausgebeulten grünen Trainingshosen in den Schuppen, die mir von einem Wandhaken entgegenlächelten. Den darüber hängenden Strohhut ließ ich, wo er war.

Ich löschte die Smartphone-Taschenlampe und schlich nach draußen, um meine Optionen abzuwägen: mich weiter in dem Schuppen verstecken oder irgendwie versuchen, möglichst vor Einbruch des Tages von der Insel wegzukommen. Ich wäre nicht der Erste, der sich für Tage auf der Pfaueninsel versteckt. Während der Märzrevolution 1848 hatte sich hier schon Prinz Wilhelm von Preußen vor den wütenden Berlinern verkrochen – und der war später sogar Kaiser geworden! Während ich über die beste Taktik nachdachte, hörte ich aus der Richtung Forsthaus eine Tür gehen. Wahrscheinlich der Förster, der die Aktivität auf der gegenüberliegenden Uferseite bemerkt hatte und mal schauen wollte, was da los war. Keine Gefahr für mich.

Falsch gedacht. Aus der Dunkelheit kam irgendetwas mit einem Höllentempo auf mich zu gerannt und baute sich böse knurrend vor mir auf. Es stimmte, erkannte ich, man trifft sich immer zweimal im Leben: der Bloodhound des Försters! Bloodhounds haben die beste Nase und wurden früher zum Aufspüren von Viehdieben und Wegelagerern genutzt. Und diese Spürnase hatte offenbar nicht nur unten am Ufer meine

Spur aufgenommen und wollte den Eindringling auf seiner
Insel stellen, sondern, schien mir, erinnerte sich auch an mich.
Und daran, dass ich das arme Wildschwein angefahren hatte.
Damals war er im Auto des Försters eingesperrt gewesen, jetzt
nicht. Klar, Hunde sind für ihre gewissenlose Bestechlichkeit
bekannt, aber ich hatte weder Steak noch Wiener Würstchen
bei mir. Wie zwei Cowboys im Western standen wir uns gegenüber. Der Hund knurrte weiter, ich versuchte, mich größer
zu machen und möglichst bedrohlich dreinzuschauen. Während meine Augen – nur nicht bewegen! – nach einer Waffe
suchten, einem kräftigen Stock zum Beispiel, griff der Hund
noch immer nicht an, bellte jetzt aber aufgeregt. War ihm
nicht klar, dass ich keine Chance gegen ihn hätte?

Na gut. Ich versuchte es mit zwei Schritten rückwärts. Der
Hund folgte mir und blieb im selben Abstand wie vorher stehen, weiterhin bellend und knurrend. Zwei Schritte nach links
führten zum selben Resultat, zwei Schritte nach rechts ebenso.
Langsam wurde mir klar, dass dieser Bloodhound als typischer
Jagdhund nicht auf Angriff abgerichtet war, sondern darauf,
die Beute zu stellen und zu melden. Na schön, der Förster
würde mich ja nicht gleich erschießen.

Aber Bloodhounds sind zum Glück auch äußerst folgsam.
Aus Richtung Forsthaus ertönte ein Pfiff, Bloodhound spitzte
die Ohren. Beim zweiten Pfiff machte er kehrt und düste ab.
Dann hörte ich, wie er mit lautem Gebell seinem Meister klar-
zumachen versuchte, dass er da oben bei der Gärtnerei einen
Eindringling gestellt hatte, und zwar den Kerl, der das Wildschwein auf dem Gewissen hatte. Nein, wirklich, nicht nur
irgendeinen Fuchsbau!

Könnten Hunde mit den Schultern zucken, so wäre Bloodhound dem Förster jetzt sicher mit einem Schulternzucken
angesichts der Dummheit der Menschen zurück ins Haus gefolgt.

Das Zusammentreffen mit dem Hund hatte die Angelegenheit entschieden: Ich würde versuchen, die Pfaueninsel so

schnell wie möglich zu verlassen. Natürlich gab es die Möglichkeit, mich in dem Gartenschuppen zu verstecken, abzuwarten und mich morgen irgendwie unter die ersten Inselbesucher zu mischen. Mit schlichter Alltagskleidung hätte ich eventuell die Variante Übernachtung im Schuppen gewählt, aber in dem schwarzen Jackett und der zerrissenen grünen Trainingshose wäre sicher aufgefallen, dass dieser bunte Vogel nicht mit auf der Fähre gewesen war. Heute Nacht noch von der Insel verschwinden hieß, zum Ufer gegenüber der Nordspitze der Insel zu gelangen, nach Kladow. Voraussetzung wäre, irgendwo ein Boot zu finden; nie im Leben würde ich die Strecke schwimmend schaffen. Die Havel ist dort mindestens viermal breiter als hier an der Südwestspitze.

Wo war Norden? Noch einmal hatte ich Glück in dieser Nacht. Obgleich ich nie bei den Pfadfindern war, wusste ich doch, wo Norden ist: in Richtung Polarstern. Und wie man den Polarstern findet: der hellste Stern an der Deichsel des Kleinen Wagens. Also stolperte ich los in Richtung Norden. Hoffte ich jedenfalls.

Die Pfaueninsel ist so um die zehn Fußballfelder groß, von der Südwestspitze bis zur Nordspitze sind es etwa anderthalb Kilometer. Wurms Smartphone zeigte an, dass es inzwischen kurz vor Mitternacht war. Ich rechnete nicht damit, auf meiner Wanderung jemandem zu begegnen; meiner Schätzung nach lebten höchstens ein Dutzend Leute ständig auf der Insel – neben jeder Menge Karnickel. Mein Hirn sah das natürlich vollkommen anders, entdeckte hinter jedem Baumstamm einen Säbelzahntiger oder Schlimmeres.

Zu Tode erschrocken fuhr ich zusammen, als ein grässliches Geschrei unmittelbar neben mir anhob. Mir stockte das Blut, wäre noch untertrieben. Doch dann musste ich über mich lachen, und sogar in dieser Situation fiel mir Altvater Goethe ein: »Der Pfau schreit hässlich, aber sein Geschrei erinnert mich ans himmlische Gefieder; so ist mir auch sein Schreien nicht zuwider.« Schließlich war ich auf der Pfaueninsel, offenbar gerade auf Höhe der Voliere, und die Pfauen beschwerten sich über die ungewohnte Störung ihrer Nachtruhe. Immerhin wusste ich jetzt, dass ich in die richtige Richtung marschiert war. Nun musste ich nur noch irgendwo ein Boot finden. Ich wanderte weiter in Richtung Meierei. Man hatte die Insel seinerzeit als Mustergut angelegt, mit Viehhaltung und Milchproduktion in der eigenen Meierei. Die steht noch, vielleicht würde ich dort auf ein Boot stoßen. Sicher allerdings nicht auf das, mit dem Prinz Wilhelm auf seiner Flucht hierhergekommen war. Das hatte man damals sofort versenkt, um die Spuren der Flucht zu tilgen.

War die Meierei bewohnt? Oder eines der Nebengebäude? Offenbar ja, denn hinter zwei Fenstern war Licht zu sehen. Das war beides, gut und schlecht. Gut, weil es die Chancen auf ein Boot erhöhte. Schlecht, weil das auch für die Chance meiner Entdeckung galt. Ich machte einen großen Bogen um die Gebäude und bekam ein paar Minuten später erneut nasse Füße – ich war wieder am Ufer. Ich folgte der Uferlinie, so gut es ging, nahm dabei noch mehr Havelwasser in meinen Segeltuchslippern in Kauf, bis ich plötzlich auf die Nase fiel. Vielleicht hätte ich, wäre ich nicht über die Holzbohle gestolpert, den kleinen Steg übersehen. Und damit das Ruderboot, das dort auf mich wartete.

Nun konnte ich nur noch Kurs halten und hoffen, dass weder der Polizeihubschrauber noch die Wasserschutzpolizei plötzlich auf dieser Seite der Insel auftauchten.

»Schick siehst du aus!«

Mit einem Lächeln begutachtete Celine mein Jackett und die zerrissene Trainingshose, als ich mich in der angenehmen Wärme ihres Hybrid-Toyotas erst einmal ausführlich streckte.

»Ich hätte noch einen passenden Strohhut mitbringen können. Habe ich aber dagelassen, wollte nicht unverschämt sein.«

»Hättest du mitnehmen sollen, unbedingt. Allerdings wüsste ich lieber, ob ich diesen Ölgestank jemals wieder aus den Polstern herausbekomme.«

Ich hatte Celine mit Wurms Smartphone aus dem Bett geholt, sie sich nur einen Pullover und eine Jogginghose übergestreift. An ihr sieht auch eine Jogginghose ultraschick aus, selbst in meiner geklauten Trainingshose würde sie noch eine gute Figur machen.

Langsam begann ich mich zu entspannen, ein klein wenig entspannte sich auch meine Muskulatur. Die hatte beim Rudern etwa in der Mitte zwischen Pfaueninsel und Kladow endgültig zu streiken begonnen. Nur mit der Drohung, dass wir auch gerne wieder schwimmen gehen könnten, hatte ich sie überzeugt, bis Kladow durchzuhalten. Dort hatte ich an einem Steg angelegt, das Ruderboot ordentlich vertäut und mich dann über ein parkartiges Großanwesen geschlichen. Erst als ich – wie ich hoffte, unentdeckt – die Straße erreicht hatte, erkannte ich, dass ich an einem der schönsten Wassergrundstücke Berlins angelandet war: dem Ordenshaus der Jesuiten. Hier ließ es sich sicher auch als besitzloser Mönch gut aushalten.

Ich stellte Heizung und Gebläse auf die höchste Stufe. Endlich fühlte ich mich sicher und geborgen. Sogar meine Zähne klapperten inzwischen weniger heftig.

»Kopf runter, Hoffmann!«

Wenn Celine mich Hoffmann nennt und sie steht nicht unmittelbar vor einem Orgasmus, ist die Lage ernst. Sofort rutschte ich noch tiefer in meinem Sitz.

»Ganz runter! Auf den Boden! Ich glaube, da interessiert sich jemand für uns.«

»Wer?«

»Polizei. Hinter uns.«

Hatten die Jesuiten einen Einbrecher in ihrem Park gemeldet? Oder mich beim Anlegen an ihrem Steg beobachtet?

»Ich glaube, die kann ich abhängen.«

Im bläulichen Glimmen der Armaturenbeleuchtung erkannte ich Celines Vorfreude.

»Bist du wahnsinnig? Die suchen, wenn überhaupt, nach einem Kerl mit nassen Haaren, nicht nach einer schicken Frau allein am Steuer. Fahr einfach weiter, werd kaum merkbar langsamer und lass die überholen.« Da ich wusste, was Celine Spaß macht und wie wenig sie Spaßverzicht schätzt, schob ich noch ein deutliches »Bitte« nach.

»Na schön. Dein Risiko.«

Will man von Kladow zurück in die Stadt, ist die Havel nur ein Hindernis. Entweder muss man ganz im Norden über Spandau oder im Süden über Potsdam fahren, beides rund dreißig Kilometer Umweg. Celine hatte sich für den Weg über Potsdam entschieden, das hieß, dass wir erst einmal vorwiegend durch Wälder fuhren. Nominell hatten wir damit die Stadtgrenzen von Berlin verlassen, was aber die Berliner Polizei offenbar nicht davon abhielt, uns weiter zu folgen.

»Sind die immer noch hinter uns?«

»Bleib unten!«

Eingeklemmt zwischen Beifahrersitz und Handschuhfach im Toyota Auris war es nicht gerade bequem, aber ich hatte heute Nacht weiß Gott schon ungemütlichere Situationen erlebt. Vom Boden des Kompaktklasseautos aus erstattete ich nun brav Bericht über die vergangenen Stunden und versuchte mir dabei klar zu werden, was eigentlich passiert war. Celine und ich gingen beide davon aus, dass Wurms albanische Freunde hinter dem Anschlag steckten.

»Wie, denkst du, haben die ihn gefunden?«

»Sein Handy hat ihn verraten. Er muss sonst sehr vorsichtig gewesen sein. Aber dieses Mal hat er, nachdem er mich angerufen hatte, den Akku nicht aus seinem Smartphone genommen. Es klingelte einmal kurz, dann fiel auch schon der Schuss.«

Handyortung, das wussten wir beide, ist schon längst kein Privileg von Polizei und Sicherheitsdiensten mehr. Im Internet werden entsprechende Programme sogar kostenlos angeboten. Ich machte mir Vorwürfe, das viel zu frühe Verstummen des Motors nach dem zweiten Auto nicht richtig interpretiert zu haben. Die Albaner waren vermutlich nur um die nächste Kurve gefahren und dann zu Fuß zurückgekommen. Na ja, beruhigte ich mich, mehr noch hätte das Wurm auffallen sollen.

»Und dann hast du dir Wurms Handy gegriffen? Deins hattest du doch bestimmt nicht dabei. Wie immer!«

»Richtig. Deshalb habe ich seins genommen. Aber insbesondere, weil die Polizei sofort gesehen hätte, dass sein letzter Anruf an meine Nummer ging. Da hätte ich auch gleich dableiben und mich festnehmen lassen können.«

»Ich hätte auch die Pistole mitgenommen.«

»Klar, Celine. Und dann hättest du dir den Weg freigeballert!«

Nach der totalen Dunkelheit im Wald war auch auf der Landstraße nur ab und zu ein Lichtstreifen in den Wagen gefallen. Jetzt leuchtete es deutlich häufiger hinein, offenbar hatten wir Potsdam erreicht. Ganz vorsichtig tauchte ich auf, wenigstens so weit, dass ich in den Rückspiegel sehen konnte.

»Wie lange haben wir schon keine Polizei mehr hinter uns?«

»Oh – haben wir nicht?«

Hatte Celine tatsächlich nicht mehr auf unsere Verfolger geachtet? Trotz ihres unschuldigen Blicks glaubte ich eher, sie hatte mich zu ihren Füßen hocken lassen als kleinen Ausgleich dafür, dass ich sie aus dem Bett geholt hatte. Oder, mehr noch, dass sie bei all der spannenden Action nicht dabei gewesen war.

Ich fuhr mit meinem Bericht fort, begründete, warum ich den Notarztkollegen bzw. die Polizei nicht persönlich empfangen hatte – Celine stimmte mir zu, dass ich richtig gehandelt hatte –, und schilderte dann meine dramatische Flucht auf die Pfaueninsel. Wie ich erst beinahe von der Schiffsschraube und dann vom Försterbluthund zu Kleinholz zerlegt worden wäre, wie ich sowohl dem Kältetod als auch dem Tod durch Ertrinken entronnen war, wie ich mich überhaupt ziemlich tapfer und ziemlich schlau geschlagen hatte. An dieser Stelle hätte ich mir ein wenig mehr Empathie von Celine gewünscht, die ich dann männlich-nüchtern beiseitegewischt hätte. Aber Celines Interesse konzentrierte sich weiterhin auf Wurm. Eine Hand am Steuer, wickelte sie mit dem Finger der anderen eine Haarsträhne um ihren Zeigefinger.

»Was der Wurm dir da alles erzählt hat, glaubst du ihm das? Wäre es nicht eher logisch, dieser albanische Rächer wäre hinter den Leuten her, die seinem Bruder die Niere herausgerissen haben, nicht hinter dem Empfänger?«

Obgleich ich es nach dieser Nacht für unmöglich gehalten hatte, schlief ich sofort ein, wurde allerdings schon zwei Stunden später durch das penetrante Schnarren des Weckers aufgeschreckt. Es hätten drei Stunden sein können, hätte ich mich nicht als Erstes für fast eine Stunde unter die heiße Dusche gestellt. Nächste Überraschung: Ich wachte ohne Lungenentzündung auf.

Kurz darauf gleich noch eine Überraschung, diesmal in der Klinik.

»Du siehst heute ja mal richtig ausgeschlafen aus!«, begrüßte mich Marlies ohne Ironie in der Morgenkonferenz. Haben die Russen und die Finnen recht? Wirkt Eisbaden Wunder? Selbst wenn dem so sein sollte, würde ich kein Fan dieses Vergnügens werden.

Die Morgenkonferenz war kaum vorbei, als ich dringend auf die Chirurgische Intensivstation gerufen wurde. Vermutlich irgendeine Komplikation bei Kleinweg, und wahrscheinlich sollte ich das auch gleich noch seiner Frau beibringen. Mit einem unguten Gefühl machte ich mich auf den Weg zu den Chirurgen.

»Nee, eurem Chef geht's sogar etwas besser, sagen jedenfalls die Apparate«, versicherte mir Hartmut. »Es ist wegen dieses neuen Patienten. Hat uns die ganze Nacht beschäftigt, der Gute.«

Die Anweisung für die Notarztwagen ist einfach: Es ist mit dem Patienten das nächstgelegene geeignete Krankenhaus anzufahren. Also war es nicht sonderlich überraschend, dass Hartmut mich jetzt zu Friedrich Wurm führte. Für die Behandlung einer schweren Schussverletzung am Wirtshaus zur Pfaueninsel erfüllte die Humana-Klinik die Voraussetzungen in idealer Weise.

Wurm hing an der Beatmung, sein gesamter Oberkörper versteckte sich unter Verbänden, aus denen dicke Drainageschläuche ragten.

»Schlimme Sache«, erklärte mir Hartmut. »Schuss in die rechte Lunge, von hinten. Hat ihm zwei große Lungenarterien zerfetzt, keine Chance. Die gesamte rechte Lunge musste raus. Aber er hat verdammtes Glück gehabt. Irgendjemand hat ihn noch vor Eintreffen des Notarztwagens erstversorgt, sonst wäre er längst über den Jordan.«

Nur noch eine Lunge ist kein grundsätzliches Problem, solange man nicht unbedingt Leistungssport machen will. Das wusste natürlich auch Hartmut.

»Unser Problem ist das hier« Er zeigte mir Wurms Laborwerte. »Was wir von euch schlauen Internisten wissen wollen, ist, ob das alles nur Folge des Blutverlustes ist, oder ob da sonst noch was dahintersteckt.«

Die Laborwerte waren katastrophal. Besonders die Nierenwerte.

»Was wisst ihr über den Mann? Was sagt seine Familie zu Vorerkrankungen und so?«

»Das ist Teil des Problems. Wir wissen nichts. Nada. Nothing. Nicht einmal seinen Namen. Hatte keine Papiere dabei.«

Stimmt. Die waren auf der Pfaueninsel, in seinem Jackett. Ich schaute auf das Schildchen am Fußende des Bettes, wo normalerweise der Name des Patienten steht. Wurm war »unbekannter Pat. Nr. 13«. Chirurgen sind offenbar nicht abergläubisch. Hoffentlich Wurm ebenso wenig, falls er jemals aufwachte.

Ich studierte nicht nur noch einmal die Laborwerte, sondern schaute mir auch an, was aktuell an Medikamenten in Wurm hineingepumpt wurde. Fast alles, was gut und teuer war, aber nichts gegen eine Abstoßungsreaktion! Ein schlimmer Verdacht stieg in mir auf. In der Hektik war sein Nierentransplantat schlicht übersehen worden. Wie könnte ich die Kollegen diskret darauf hinweisen?

»Habt ihr ihn durchs CT geschoben?«

»Nee, dazu ging's ihm zu schlecht.«

»Hm – na dann guck ich ihn mir mal an.«

Eine gründliche körperliche Untersuchung ist in der modernen Medizin weitgehend aus der Mode gekommen. Heute schiebt man den Patienten gleich durch den Computer- und/ oder Magnetresonanztomographen, das spart Zeit und wird auch viel besser bezahlt. Bei Wurm kam natürlich die Dramatik seiner Situation hinzu; es galt, ihn dem Tod aus den Händen zu reißen, der sich nur noch entscheiden musste, ob er Wurm verbluten oder ersticken lassen sollte. Klar, dass man sich in dieser Lage sofort um die Lunge gekümmert und auf die Ganzkörperuntersuchung gerne verzichtet hatte. Ich griff zu meiner Geheimwaffe: einfach mal die Bettdecke zurückklappen. Nun sah Hartmut die Beule und die Narbe in der linken Leiste und wusste natürlich, was sie bedeutete.

»Ach du Scheiße!«

Hartmut erkundigte sich sofort, ob eine künstliche Niere frei wäre, ich schrieb inzwischen die Dosis für die Abstoßungsmedikamente auf.

»Wenn eure Nr. 13 so lange durchhält, punktieren wir morgen das Transplantat. Damit wir ihm die Abstoßungsmedikation nicht umsonst geben.«

Die Chirurgische Intensivstation, das musste ich wieder einmal einsehen, war deutlich besser organisiert als unsere Intensiv auf der Inneren Abteilung. Noch während Hartmut und ich uns auf einen schnellen Kaffee zurückzogen, rollten die Schwestern eine künstliche Niere heran.

»Ist ja nicht zu glauben!« Hartmut klang echt sauer.

»Wie jetzt? Wieder mal kein Kaffee mehr in der Kanne?«

»Nee – aber guck dir das mal an.«

Er warf mir den Aufnahmebogen für »unbekannter Pat. Nr. 13« hin. Fein säuberlich hatte jemand die Narbe in Wurms linker Leiste eingezeichnet.

»Wir wussten es sogar. Theoretisch jedenfalls. Wahrscheinlich war das irgendein gewissenhafter Jungdoktor, dem wir
einfach nicht zugehört haben in der Hektik. Stand uns bestimmt nur im Weg, dachten wir.«

»Mach dir keinen Kopf, Hartmut. Erst einmal hattet ihr
aktuell Dringenderes zu tun. Und außerdem ist doch in dieser
Hinsicht überhaupt nichts verloren, wenn er bis gestern brav
seine Pillen geschluckt hat.«

Hatte er aber nicht, wie ich wusste. Ziemlich sicher war das
Transplantat hin, vielleicht durch beginnende Abstoßung,
sicher aber endgültig durch den Blutverlust. Morgen, nach der
Punktion, würden wir es wissen. Ich nahm mir noch einen
Kaffee. Auch wenn Marlies meinte, ich sähe ausgeschlafen aus
wie selten, fühlte ich mich überhaupt nicht so.

»Und ihr habt keine Ahnung, wer der Mann ist?«

»Woher sollten wir? Wir bieten ihn jedem an, der wegen
eines Vermissten nachfragt, aber den hier wollte bisher niemand.«

Ich überlegte schon seit heute Morgen, ob ich Frau Wurm
anrufen sollte. Oder nicht sogar müsste. Sicher war sie inzwischen krank vor Sorge um ihren Mann und saß dazu noch
in einer bösen Falle. Sie konnte kaum die Berliner Krankenhäuser durchtelefonieren, war ihr Mann doch offiziell tot.
Und offenbar wusste sie nicht, dass er mich treffen wollte,
sonst hätte sie sich sicher längst bei mir gemeldet.

Für den Moment nahm ich damit vorlieb, mir etwas
Rückendeckung zu verschaffen, nur für den Fall der Fälle.

»Also, irgendwie kommt mir der Mann bekannt vor. Aber
ich weiß nicht, wo ich ihn hinstecken soll.«

»Sag uns Bescheid, wenn's dir einfällt.«

27

Natürlich war mir klar, dass ich Frau Wurm anrufen musste. Erst recht jetzt, nachdem ich wusste, wo und in welchem Zustand sich ihr Mann befand. Nach dem Kaffee mit Hartmut schaute ich noch einmal kurz bei Wurm vorbei – und war erstaunt, wie viele Leute plötzlich um sein Bett herumtanzten.

»Gibt's Probleme mit der Dialyse?«

»Nee. Das ist Polizei. Erkennungsdienst. Die wollen auch herausbekommen, wer das ist.«

Die Leute steckten in den gleichen weißen Ganzkörperanzügen, die ich gestern an der Havel in der Dämmerung gesehen hatte. Sie nahmen Wurms Fingerabdrücke, fotografierten ihn von allen Seiten, kratzten mit einer Pinzette unter seinen Fingernägeln und sammelten, was immer sie dort gefunden hatten, in kleine Plastikbeutel. Eine Haarprobe nahmen sie auch. Wie hoch waren ihre Chancen, Wurm zu identifizieren? Waren seine Fingerabdrücke irgendwo gespeichert? Wie war das mit Biometrie, wo findige Computerprogramme in Sekundenschnelle den Abstand Auge zu Auge, Augen zu Nase, Nase zu Kinn und so weiter mit Tausenden von Bildern im Internet und sonst wo abgleichen? Ich war gespannt.

Zurück in meinem beziehungsweise in Kleinwegs Büro, konnte ich die Sache nicht länger aufschieben und rief Frau Wurm an. Oder richtiger, ich wählte ihre Nummer – aber es hob niemand ab. Ich gebe es ungern zu, aber ich war erleichtert. Natürlich würde ich es später trotzdem wieder versuchen. Vorerst jedoch widmete ich mich dem Papierstapel, den Frau Krüger für den Chefarztvertreter Hoffmann täglich wachsen ließ. Immerhin, das war nett, mit einem frischen Kaffee und ein paar Keksen daneben.

Der Vital-Konzern hatte tatsächlich auf meinen Vorschlag, die Anzahl der externen Berater wenigstens zu reduzieren, reagiert. Natürlich ohne eine Entscheidung zu treffen. Man hatte von den Wirtschaftsleuten einen Zwischenbericht angefordert, zu dem ich nun Stellung nehmen sollte. Dringlich, betonte Frau Krüger. Also hatte ich mir wieder einmal selbst ins Knie geschossen.

Ich blätterte in dem Bericht herum: viel Text, eindrucksvoll garniert mit Tabellen und Grafiken in verschiedensten Farben. Wie zu erwarten, ging es um »Effizienzsteigerung« (»Effizienzsteigerung wird durch möglichst reibungslose Koordination der Wertschöpfungsprozesse erreicht«), »Kernkompetenzen« (»Es ist von höchster Priorität, durch Betonung der Kernkompetenzen eine attraktive und strategisch nachhaltige Wettbewerbsposition zu besetzen«), »Branding«, »Performance«, »Prozess-Triage« und so weiter. Neben ihren BWL-Sprechblasen hatten die Wirtschaftsleute sogar noch ein paar konkrete Vorschläge zu Papier gebracht. Am besten fand ich den, dass die Klinik von den Hinterbliebenen Gebühren für die Lagerung der verstorbenen Patienten kassieren solle.

Ich diktierte Frau Krüger die verlangte kurze Stellungnahme. »Hochinteressante Ergebnisse«, »unbedingt bedenkenswerte Vorschläge«, »bemerkenswert gründliche Durchdringung der gestellten Aufgabe«. Es hatte keinen Zweck, den Vital-Managern auf die Nase zu binden, dass sie grandios Geld verbrannt hatten für einen Haufen Papier mit aneinandergereihten Gemeinplätzen. Sie wären nur beleidigt gewesen und nicht aufnahmefähig für den wichtigsten Teil meiner Zusammenfassung: »Um der Bedeutung der aktuellen Problematik gerecht zu werden, sollten diese wichtigen Anregungen und Vorschläge nun mit der dem Thema angemessenen Gründlichkeit möglichst zeitnah mit allen Beteiligten diskutiert werden.« Mit anderen Worten: schönen Dank so weit, bitte vorerst keine weiteren super Ideen. Vielleicht würden wir die Rolex-Typen so endlich loswerden.

Auch der Rest meines Kliniktages wurde fast komplett von Chef- und Oberarztbürokratie aufgefressen. Was unsere

Patienten betraf, hielt mir Marlies ungefragt den Rücken frei. Später brachte sie mir sogar eine Streuselschnecke vorbei.

»Du rettest mir das Leben, Marlies!«

»Ich weiß. Aber dazu sind wir Ärzte doch da, oder?«

Irgendwann gegen Abend war der To-do-Papierstapel weitgehend auf Normalmaß abgearbeitet, drohte jedenfalls nicht mehr jeden Moment umzustürzen. Ich machte mich auf den Heimweg, ohne erneut nach Kleinweg oder Wurm zu schauen. Solange die Kollegen von der Chirurgischen ITS sich nicht meldeten, wäre sicher alles in Ordnung, verteidigte ich meine Inaktivität, hinter der die Angst vor unangenehmen Überraschungen stand. Die konnten, wie der Papierstapel, bis morgen warten.

Ich hatte nicht noch einmal versucht, Frau Wurm zu erreichen. Es war sicher angebrachter, ihr die Nachricht persönlich zu überbringen. Was ein Blick auf Wurms Smartphone bestätigte – über zwanzig Anrufe in Abwesenheit, fast alle von der gleichen Nummer: seinem Festnetzapparat. Als ich keine Ausrede mehr fand, meinen Besuch bei Frau Wurm weiter hinauszuschieben, stapfte ich in Richtung U-Bahnhof. Das war der direkte Weg, mein Golf durfte sich weiter auf dem Klinikparkplatz ausruhen.

Als ich am Haus Wurm geklingelt hatte, ging automatisch das Licht vor der Tür an, sicher auch das über dem Klingelknopf eingebaute Kameraauge. Dann öffnete mir Frau Wurm. Sie hatte mich sofort erkannt und zog mich schnell ins Haus, nachdem sie einen kurzen Blick nach links und rechts über die Straße geworfen hatte.

»Er ist tot, nicht wahr? Mein Mann ist tot!«

»Nein, ist er nicht, Frau Wurm.« Sie hatte meine Hand gefasst, ich zog sie nicht zurück. »Aber es geht ihm nicht gut. Er liegt als unidentifizierter Patient auf unserer Chirurgischen Intensivstation. Im Koma.«

»Aber Professor Kleinweg kümmert sich um ihn? Er kennt meinen Mann doch am besten! Seine ganze Krankengeschichte.«

»Das kann er nicht, Frau Wurm. Professor Kleinweg liegt auch im Koma.«

»Mein Gott!«

Frau Wurm bat mich ins Wohnzimmer, »verzeihen Sie meine Unhöflichkeit«, und ich fasste die wichtigsten Einzelheiten kurz für sie zusammen. Jedenfalls das, was ich für wichtig hielt. Sie dürfte sich aktuell kaum für mein Abenteuer auf der Pfaueninsel interessieren oder dafür, wie ich dort hin und wieder weggekommen war. Ich versicherte ihr, dass ihr Mann auch ohne Kleinweg optimal versorgt würde und dass wir uns natürlich auch um das Nierentransplantat kümmerten. Sie sprang auf, suchte nach ihrer Handtasche.

»Ich muss sofort zu ihm!«

»Können Sie sich bitte einen Moment wieder setzen?«

Frau Wurm schaute mich irritiert an.

»Ein Problem ist, Frau Wurm, dass Sie mich in Schwierigkeiten bringen würden. Zu Recht würde die Polizei wissen wollen, warum ich Sie informiert, aber der Polizei die Identität Ihres Mannes nicht verraten habe. Das würde dann eine ganze Reihe von Fragen nach sich ziehen.«

Sie brauchte nicht lange zu überlegen.

»Ist doch klar, wie ich meinen Mann gefunden habe, jedenfalls, was ich der Polizei dazu sage. Selbstverständlich habe ich alle Krankenhäuser durchtelefoniert, als er nicht nach Hause gekommen ist.«

»Natürlich. Nur müssen Sie dann erklären, warum Sie nicht nur mich schon vor zwei Wochen zu seiner Beerdigung und Leichenschmaus eingeladen hatten.«

Einen Moment schaute Frau Wurm stumm vor sich hin. »Das ist jetzt doch alles vollkommen egal!«

»Aber Ihr Mann hatte bestimmt wichtige Gründe, dass man ihn für tot halten sollte.«

Wieder folgte eine Pause.

»Ja. Eine ganze Menge sogar. Aber, wie gesagt, das ist doch im Moment nicht wichtig.«

»Würden Sie ihn nicht in Gefahr bringen? Wenn Ihr Mann wieder gesund wird …«

Das war mir mehr oder weniger herausgerutscht. Als Arzt gewöhnt, mit allem zu rechnen, auch mit erstaunlich positiven Krankheitsverläufen, hatte ich eigentlich nur laut gedacht.

»Warum sagen Sie das, Dr. Hoffmann? Hat er tatsächlich eine Chance?«

Ich hasse mich, wenn ich auf Gemeinplätze zurückgreifen muss, selbst wenn sie der Wahrheit entsprechen.

»Das weiß man nie, Frau Wurm.«

Sie schaute mich an, versuchte in meinem Gesicht zu lesen, wie viel wirkliche Überzeugung hinter diesen Worten stand. Mit einem tiefen Seufzer erhob sie sich erneut.

»Entschuldigen Sie mich einen Moment.«

Ich schaute mich um und stellte fest, dass sich hier nichts groß geändert hatte, seit ich mich mit Celine durch das kalte Büffet gearbeitet hatte. Nach wie vor keine Fotos vom Hausherrn. Dann hörte ich eine Spülung gehen. Frau Wurm kehrte zurück und saß mir wieder gegenüber. Mit einem Papiertaschentuch tupfte sie sich die Augenwinkel und sah mich fragend an.

»Selbstverständlich kann ich nicht in die Zukunft sehen, Frau Wurm, ebenso wenig wie Sie. Und es ist richtig, aktuell ist der Zustand Ihres Mannes alles andere als gut. Aber der Anschlag auf ihn ist gerade mal vierundzwanzig Stunden her, da kann man wirklich nichts Endgültiges sagen, und aufgeben schon gar nicht. In der Klinik können Sie im Moment nichts für ihren Mann tun. Lassen Sie uns morgen noch einmal aktuell die Situation beratschlagen.«

Erneut war Frau Wurm aufgestanden, ich fürchtete, um trotz meiner kleinen Rede nach ihrem Mantel zu greifen. Doch ich hatte mich geirrt. Sie holte ein dickes Fotoalbum, das offen auf einem Beistelltisch lag, und setzte sich zu mir.

»Ich hätte Ihnen gern noch etwas gezeigt, Doktor Hoffmann.«

Die beiden waren offenbar schon lange verheiratet. Ich sah Frau und Herrn Wurm in verschiedensten Altersstufen. Auf einem Weingut in Südafrika, an der Großen Mauer in China, in irgendeinem Dschungel und natürlich auch in Osteuropa. Kinder gab es offensichtlich keine. Ich fragte nicht nach, wollte nicht an einer möglichen Wunde kratzen. Was ich wirklich wollte: sobald wie möglich in mein Bett. Aber ich brachte es nicht übers Herz, eine Frau zu unterbrechen, die davon ausgehen musste, dass die in diesem Album festgehaltenen Erinnerungen schon bald alles sein würde, was ihr von ihrem Mann geblieben war.

Es war fast elf Uhr, als ich mich endlich von Frau Wurm und ihrem Fotoalbum verabschieden konnte und gegen einen ziemlich kühlen Wind durch die spärlich erleuchteten Straßen in Dahlem zum U-Bahnhof Podbielskiallee marschierte. Ich schlug den Mantelkragen hoch.

Auf Höhe der Pacelliallee nahm ich Schritte hinter mir wahr. Offenbar mehrere Leute, die trotz meiner recht zügigen Gangart schnell näher kamen. Ich musste lächeln: Noch vor wenigen Tagen, spätestens aber nach Kleinwegs Unfall, hätte ich jetzt Wurm hinter mir vermutet oder von ihm gedungene Schläger. Inzwischen war klar, dass die Annahme, nur ich und Kleinweg wären Mitwisser von Wurms Scharade, kurzsichtig gewesen war. Eben erst hatte ich mich unter anderem an den Yuppie erinnert, der mir so wissend zugezwinkert hatte, als ich beim Leichenschmaus vom Gartenfreund Wurm gesprochen hatte.

Von hinten tippte mir jemand auf die Schulter.

»Hoffmann?«

Ich drehte leicht den Kopf, da hatte ich auch schon eine harte Faust auf der Nase. Ich wollte die Hände schützend vor mein Gesicht heben, doch die wurden mir jetzt auf dem Rücken zusammengehalten wie in einem Schraubstock. Zugleich gab es noch zwei Haken in den Bauch. Jetzt roch ich es, trotz meiner blutenden Nase, dieses penetrant süßliche Parfüm meiner albanischen Freunde. Nur der Gegenwind war schuld, dass mich ihr Angriff unvorbereitet getroffen hatte.

Der Albaner, den ich als Ersten seiner Sippe in der Klinik hatte kennenlernen dürfen, baute sich vor mir auf. Er war ganz offenbar der Chef, das Prügeln überließ er seinen Helfern.

»Sie haben mich nun schon zweimal belogen, Dr. Hoffmann. Das macht mich sehr traurig. Und meine Cousins ärgerlich.«

»Wann soll ich Sie belogen haben?

»Wirklich, Dr. Hoffmann! Sie wussten doch genau, dass Ihr Patient mit dem Krebs nicht Wurm war, nein?«

»Wusste ich nicht. Professor Kleinweg hat mich nicht eingeweiht. Er hat ihn mir als Wurm vorgestellt und so wurde er auch in der Krankenakte geführt.«

»Meinetwegen. Aber als wir Sie zu Hause besucht haben? Das Zeitungsfoto! Ist Ihnen nicht aufgefallen, dass der Mann auf dem Foto ganz anders aussah?«

Dagegen konnte ich nichts sagen. Hätte ich sowieso nicht gekonnt – gerade bekam ich wieder einen Schlag in den Bauch, der mir die Luft nahm.

Der Chef brachte seine Anklage mit trauriger Stimme vor, ganz so wie ein Mafiaboss im Film, der mit höchstem Bedauern die Exekution seines Consigliere anordnet. »Aber trotzdem haben Sie behauptet, Herr Wurm wäre tot. Und dann treffen Sie sich mit ihm an der Havel?«

Wie waren mir diese Leute auf die Spur gekommen? Ich hatte vorhin vergessen, Frau Wurm das Smartphone ihres Mannes zu geben, und schleppte es immer noch mit mir herum. Hatten die Albaner mich so aufgespürt, genau wie sie Wurm an der Havel gefunden hatten? Oder hielten sie sein Haus unter Beobachtung?

»Was wollen Sie eigentlich von mir?«

»Sagen Sie uns endlich, wo Wurm ist.«

»Und was wollen Sie von dem?«

»Das geht Sie nichts an, Hoffmann. Aber schön, wenn Ihnen das bei der Antwort hilft. Er hat etwas, das uns gehört.«

Ging es hier wirklich um Wurms transplantierte Niere? Wie ist das bei den Moslems, muss da am Jüngsten Tag auch alles Körperliche beieinander sein, wie bei den Katholiken? Oder gibt es eine christliche Minderheit unter den Albanern, und Wurm hatte das Pech gehabt, ausgerechnet eine christliche Niere zu bekommen? Jedenfalls hatte er eine albanische Niere bekommen, das hatte er mir selbst am Havelstrand erzählt.

»Wollen Sie seine gekaufte Niere zurück? Die kann er Ihnen doch nicht geben!«

Die Reaktion war ein eher gequältes Lachen der Männer, nachdem ihr Boss übersetzt hatte. Ich bekam noch eins in den Magen.

»Ich habe Ihnen doch gesagt, nein? Meine Cousins sind sehr ärgerlich auf Sie.«

Offenbar hatte Celine recht, es ging nicht um die Niere oder jedenfalls nicht nur. Aber warum ließ ich mich hier für Wurm verprügeln? Was ging mich sein Versteckspiel an? Sollte ich aus Stolz weitere Schläge einstecken? Ich dachte nicht daran!

»Sie haben recht. Sie haben Wurm an der Havel nicht getötet, jedenfalls nicht ganz. Noch nicht. Er liegt in unserer Klinik auf der Intensivstation, im Koma. Es ist allerdings sehr unsicher, ob er durchkommt.« Dann noch ein ziemlich jämmerlicher Versuch zur Rettung meiner männlichen Ehre: »Aber ich werde dafür sorgen, dass Sie dort nicht an ihn herankommen!«

Dafür gab es noch mal eins in den Magen, dann verschwanden die Albaner in der Dunkelheit. Doch noch längst nicht ihr Parfümgeruch. Plötzlich schoss mir eine weitere Erklärung durch den Kopf, wie die Männer mir hier so zeitgerecht hatten auflauern können: Hatte Frau Wurm sie gerufen? War die Toilettenspülung nur eine Alibispülung gewesen? Musste sie mir deshalb unbedingt noch das Familienalbum zeigen?

Als mich am nächsten Morgen erneut der Wecker gnadenlos aus dem Schlaf riss, protestierte jeder einzelne Muskel und jeder einzelne Knochen gegen auch nur die kleinste Bewegung. Offenbar bekam ich erst jetzt die Quittung für mein Pfaueninsel-Abenteuer, aufgerundet mit den Folgen der aufmunternden Albanerschläge. Schluss – aus – Feierabend, kommandierte mein Körper, heute wird nicht aufgestanden! Er würde mir gerade noch gestatten, die Handy-Kurzwahltaste für die Klinik zu drücken, um mich krank zu melden, mehr wäre nicht drin!

Nur zu gern hätte ich auf meinen Körper gehört. Aber wie sollte der Tag in der Klinik laufen ohne mich? Nicht dass ich mich für unersetzlich halte, überhaupt nicht. Aber die Arbeit als Klinikarzt hat auch ein paar Nachteile. In vielen anderen Berufen bleibt die Arbeit einfach liegen, wenn der Kollege krank ist, und wartet brav auf seine Gesundung. Dann wird das Gutachten, der Neubau, die Straße eben eine Woche später fertig. Oder ein ICE-Bahnhof für einen ganzen Monat vom Netz abgekoppelt. Ärgerlich, sicher, aber nicht zu ändern. Kranke Menschen hingegen und ihre akuten Probleme nehmen keine Rücksicht auf den Krankenstand des Klinikpersonals, können ihre Krankheit nicht eben mal um eine Woche verschieben. Durch den Ausfall Kleinwegs, die unbesetzte zweite Oberarztstelle und zwei Kolleginnen im Schwangerschaftsurlaub war die Situation schon angespannt genug. Na schön, ein wenig waren es wohl auch meine preußischen Gene, die mich aus dem Bett und in die Klinik trieben. Der Verlauf des Tages zeigte dann allerdings, dass ich tatsächlich besser zu Hause geblieben wäre.

Während ich mich auf die Chirurgische Intensivstation schleppte, um nach Kleinweg und Wurm zu schauen, machte ich mein Selbstmitleid darauf aufmerksam, dass jeder der beiden nur zu gern mit mir tauschen würde, und zwar inklusive Schlafdefizit und schmerzenden Knochen. Ich bereitete mich auf schlechte Nachrichten vor.

Kaum hatte ich jedoch die Schleuse zur Intensivstation passiert, sah ich, dass Chirurg Hartmut heute Morgen schon einen Besucher hatte: Kriminalhauptkommissar Czarnowske, der sich eingehend mit ihm unterhielt. Ich hatte keine Lust, Czarnowske zu begegnen, und schon gar nicht am Bett von Wurm. Schleunigst drehte ich ab.

Das verschaffte mir allerdings nur eine kurze Gnadenfrist. Sie endete mit dem Abschluss meiner Visite auf der Privatstation, deren Patienten schon wieder auf die teuer bezahlte Chefarztbehandlung verzichten mussten. Einziger Lichtblick während der Visite war die Unterstützung durch Schwester Manuela. Wenigstens unsere männlichen Patienten waren meinen Empfehlungen gegenüber deutlich aufgeschlossener, wenn Manuela mit ihren großen Haselnussaugen zustimmend nickte. Wo war eigentlich mein Zeitnehmer Hans-Hennrich? Trotz seiner erfreulichen Abwesenheit wurde nichts aus dem verdienten Kaffee mit Manuela nach der Visite. Während wir auf dem Flur noch ein paar Einzelheiten zu den Patienten klärten, trat Czarnowske zu uns.

»Darf ich Sie einen Moment stören?«

Ich verzichtete auf eine Antwort, wollte weder lügen noch unhöflich sein.

»Sie haben doch diesen unidentifizierten Patienten auf der Chirurgischen Intensivstation mitbehandelt, Dr. Hoffmann. Deshalb bin ich hier. Wir konnten ihn identifizieren. Es ist ein Friedrich Wurm, aus Berlin.«

»Friedrich Wurm?«, platzte Manuela heraus. »Das kann nicht sein! Der ist doch schon vor fast vier Wochen verstorben. Genau hier, Zimmer 14.«

Czarnowske war sichtlich erstaunt, wohl auch ein wenig verunsichert. Hatte die Polizei einen Fehler bei der Identifikation gemacht? Er guckte von Manuela zu mir, dann zurück zu Manuela. Ich sagte nichts, einfach, weil mir auf die Schnelle nichts Schlaues einfiel – und es gerade gegenüber der Polizei oft geraten ist, erst einmal nichts zu sagen. Aber Czarnowske kam auf eine schlaue Idee, oder jedenfalls auf etwas Nahe- liegendes. Er schnappte sich Manuela.

»Würden Sie mich wohl kurz zur Intensivstation beglei- ten?«

Mir war klar, dass Czarnowske schon von Berufs wegen nicht an Zufälle glaubte. Bei Müller, Meier, Schulze wäre es selbst bei demselben Vornamen gut möglich, dass wir in der Humana-Klinik zwei Patienten desselben Namens kurz hin- tereinander behandelt hätten, aber bei Wurm? Mir war jedoch auch klar, dass Czarnowske gleich eine Enttäuschung erleben würde, denn Manuela würde sagen:

»Das ist nicht Friedrich Wurm.«

An dieser Stelle hätte Czarnowske vielleicht aufgeben, den Fall als ungeklärt zu den Akten legen können. Leider sagte sie aber auch:

»Trotzdem, ich kenne den Mann. Er hat Herrn Wurm öfter besucht.« Und dann, immer bereit zu helfen: »Dr. Hoffmann kann Ihnen das sicher bestätigen. Der hat doch seinerzeit mit diesem Mann gesprochen.«

Und so stand Czarnowske wenig später wieder vor mir und konfrontierte mich mit Manuelas Aussage. Ich war der Ansicht, ein wenig Taktik und Zeitgewinn könnten nicht scha- den.

»Tatsächlich? Lassen Sie mich den Mann noch mal an- schauen.«

An Wurms Bett war mir hoffentlich anzusehen, wie sehr ich mein Gedächtnis bemühte.

»Wissen Sie, Czarnowske, vielleicht haben Sie das auch schon mal bemerkt. Nehmen Sie einem Mann seinen Brioni- Anzug weg und stecken sie ihn in ein Krankenhaushemdchen: Sie werden ihn kaum wiedererkennen. Erst recht nicht, wenn er jede Menge Blut verloren hat und auf der Intensivstation an der Beatmung hängt.«

Ich trat ein paar Schritte zurück, studierte Wurms Physiognomie offenbar aus verschiedenen Perspektiven, wiegte den Kopf hin und her. »Ja, ich denke, es ist möglich. Das könnte der Mann sein. Aber beschwören würde ich es nicht.«

Dann fiel mir ein, dass ich genau für diesen Fall vorgesorgt hatte.

»Ich habe schon gestern zu meinem Kollegen gesagt, dass mir der Mann irgendwie bekannt vorkommt. Aber ich konnte mich nicht erinnern, woher.«

Sicher würde Czarnowske Hartmut dazu befragen. Und da er vielleicht kein übertrieben fantasievoller, aber ein erfahrener Kriminalbeamter war, würde er das tun, bevor ich Hartmut möglicherweise instruieren konnte. Gut so. Vorher hatte Czarnowske noch eine Frage an mich.

»Und worüber hat dieser Mann mit Ihnen gesprochen? Und wie hat er sein Interesse an Ihrem Patienten begründet?«

Ich bemühte die Wahrheit.

»Er hat gesagt, er sei sein Bruder.«

Damit war, vorerst wenigstens, für Czarnowske die Sache mit dem Namen Wurm geklärt. Blieb aber das Problem des Vornamens. Genau wie seinerzeit ich, konnte sich auch der Kommissar nicht vorstellen, dass Eltern ihren zwei Söhnen denselben Vornamen geben. Ich behauptete, mich an den Vornamen nicht erinnern zu können, was üblicherweise bei Patienten auch so ist. Manuela jedoch beharrte auf ihrem guten Namensgedächtnis. Zum Beweis holte sie das Stationsbuch.

»Sehen Sie hier, 11. März – ›Neuzugang: Friedrich Wurm‹! – und hier: ›Herr Wurm hat schlecht geschlafen‹. Und hier …« Manuela suchte, ob Wurm noch einmal mit seinem Vornamen im Stationsbuch auftauchte, dann hielt sie irritiert inne.

Natürlich wusste ich, was nun geschehen würde. Ich hoffte nur, man sah es mir nicht an.

»Das ist seltsam!« Manuela blätterte noch einmal zurück,

dann wieder vor, doch es blieb dabei: »Die Seite aus der Todesnacht fehlt!«

Nun war endgültig klar, dass ich Czarnowske bald wiedersehen würde. Dagegen war nichts zu machen. Was mich
im Moment mehr störte: Czarnowske hatte nicht gesagt, wie
die Polizei der Identität von »unbekannter Patienten Nr. 13«
eigentlich auf die Spur gekommen war. Hatte da jemand nach-
geholfen?

Wenigstens konnte ich Frau Wurm jetzt offiziell informieren, dass ihr Mann bei uns lag. Das wusste sie aber schon – die
Polizei hatte sie bereits besucht.

Immerhin hatte ich danach ein paar Tage Ruhe vor Czarnowske. Natürlich wagte ich nicht wirklich zu hoffen, er hätte das Interesse an dem Fall verloren. Ich versuchte mir vorzustellen, was er mit ordentlicher Polizeiarbeit noch an den Tag fördern, welche eventuell unangenehmen Fragen er mir demnächst stellen würde. Wenigstens hatte Hartmut ihm bestätigt, dass mir unbekannter Patient Nr. 13 irgendwie bekannt vorgekommen sei.

Soweit man bei der ohnehin immer angespannten Personalsituation und mit unserem Chefarzt als Patient auf der Intensivstation davon reden konnte, nahm der Betrieb auf der Inneren Abteilung seinen gewohnten Lauf. Ebenso keine dramatischen Entwicklungen auf der Chirurgischen ITS, weder bei Kleinweg, noch bei Wurm. Für ihn bestätigte allerdings das Pathologielabor unsere Befürchtung, dass die Transplantatniere unrettbar verloren war. Frau Wurm saß fast ständig an seinem Bett, hatte aber aufgehört, uns nach einer Prognose oder Fortschritten zu fragen. Ich wäre gerne das Smartphone ihres Mannes losgeworden, wollte es ihr aber nicht vor eventuellen Zeugen geben. Wenigstens hatte ich den Speicher gelöscht, eine nur begrenzt sinnvolle Maßnahme: Wie lange speicherten eigentlich nach aktueller Rechtslage die Provider die Kontaktdaten?

Auch unsere Zeitnehmer tauchten wieder auf, allerdings nur noch in halber Personalstärke. Hans-Hennrich berichtete mir begeistert von einem Schlosshotel in der Umgebung, in der sie über fünf Tage ihre Daten ausgewertet und sicher in schöne Balken-, Torten- und sonstige Diagramme verwandelt hatten.

»Mit den Ärzten sind wir durch. Es fehlen aber noch Daten vom medizinischen Personal, auf das wir uns jetzt konzentrieren werden.« Hans-Hennrich lächelte vielsagend, Manuela auch. Wahrscheinlich war sie sich nicht bewusst, dass die Rationalisierer wohl noch Einsparpotenziale beim medizinischen Personal vermuteten.

Natürlich hatte ich Celine auf dem Laufenden gehalten, ihr ausführlich von Czarnowske und seinen Ermittlungsergebnissen berichtet.

»Ist er schon auf die Albaner gestoßen?« wollte sie wissen.

»Nicht dass ich wüsste.«

»Sobald er die Albanien-Connection ermittelt, bist du entweder runter von seiner Liste – oder er fängt an, bei dir nach Drogen und Waffen zu suchen.«

»Ach, Celine. Allein die Tatsache, dass Wurm eine Pistole bei sich hatte, macht ihn noch nicht zum internationalen Waffenschieber.«

Trotzdem musste ich zugeben: Das Lachen der Albaner, als ich neulich Wurms Nierentransplantat erwähnt hatte, war doch ein bisschen zu herzlich gewesen. Und außerdem hatte Frau Wurm kurz zuvor von »einer ganze Menge von Gründen« gesprochen, aus denen man ihren Mann für tot halten sollte. Celine zählte auf, mit was sich die Albaner in Berlin so beschäftigten: Prostitution, Drogenhandel, Waffen en gros und en detail wären beliebte Geschäftsfelder.

»Das mag ja sein. Obgleich mich diese Einschätzung« – ich konnte mir diese kleine Spitze nicht verkneifen – »bei deinem Engagement für Amnesty und ProAsyl schon ein wenig erstaunt. Aber was Wurm betrifft, warum sollte er sich darauf einlassen? Der hat genug Geld als Baulöwe gemacht. Vielleicht ist seine Verbindung zu den Albanern, abgesehen von der Niere, nur eine Kompanie illegaler Bauarbeiter von dort.«

»Erstens, mein Lieber, verdienen die Reichen nie genug. Und zweitens muss Wurm ja nicht aktiv mit Waffen oder Drogen handeln. Aber er könnte zum Beispiel der Mann sein, bei dem die Albaner das Geld aus ihren Geschäften in Bürohochhäuser und andere Immobilien verwandeln. Das ist eine beliebte Methode, in Deutschland illegales Geld zu waschen, nicht nur bei der italienischen Mafia.«

»Wenn das so wäre, dann brauchen die Albaner doch Wurm. Warum sollten sie ihn dann über den Haufen schießen?«

»Weil, denke ich, das die Art ist, wie man in bestimmten Kreisen seine geschäftlichen Meinungsverschiedenheiten austrägt.«

Es verging fast eine ganze Woche, bis Czarnowske wieder auftauchte. Aber es wurde schnell klar, dass er in dieser Zeit nicht Urlaub gemacht oder geschlafen hatte. Tatsächlich hatte er, von mir unbemerkt, auch in der Humana-Klinik weiter herumgeschnüffelt. Unklar, ob er im Personenstandswesen nur kurz mit seiner Dienstmarke gewedelt hatte oder mit einem richterlichen Beschluss aufgetaucht war, jedenfalls lag nun eine Kopie von Polloks Totenschein vor mir auf dem Schreibtisch.

»Ich darf dann mal zusammenfassen, Dr. Hoffmann, ob ich Sie richtig verstanden habe. Sie haben also die Behandlung des verstorbenen Herrn Pollok von Ihrem Chefarzt übernommen. Der hat Ihnen aber gesagt, bei dem Patienten handle es sich um einen Herr Wurm. Dann haben Sie Herrn Pollok fast zwei Wochen lang behandelt, und auch der hat Ihnen nie gesagt, dass er eigentlich Pollok heißt. In dieser Zeit haben Sie wiederholt mit dem richtigen Herrn Wurm gesprochen. Aber auch der hat Ihnen nicht den wahren Namen Ihres Patienten gesagt. Am Ende Ihrer Behandlung ist Pollok tot. Er stirbt in der Nacht, in der weder Sie noch Chefarzt Kleinweg in der Klinik sind oder auch nur für die Klinik erreichbar. Tatsächlich sind Sie in den Urlaub nach Mallorca geflogen, obgleich Sie laut Dienstplan Rufbereitschaft hatten. Und es ist Ihnen auch nicht bekannt, wer die Berichte von dieser Nacht aus dem Stationsbuch entfernt hat.«

Ich hätte noch ein paar Dinge ergänzen können, aber so weit war Czarnowskes Aufzählung korrekt. Ich hätte schlicht zustimmen sollen. Wieder vergaß ich, dass Mundhalten häufig die beste Variante ist.

»Das Stationsbuch ist Sache der Pflegekräfte.«

»Ja, sicher.« Czarnowske nickte, als hätte er genau diese Art von lahmer Ausrede erwartet. »Und als der richtige Friedrich Wurm hier als Patient eingeliefert wurde, haben Sie ihn nicht erkannt. Weil er nicht in seinem Brioni-Anzug steckte.«

»Ich habe Ihnen doch gesagt, dass er mir irgendwie bekannt vorgekommen ist.«

Ein Verdächtiger, der sich verteidigt, hat so gut wie gestanden, lernt man bestimmt schon auf der Polizeischule, spätestens aber in der ersten Woche als Kriminalbeamter. Ich hatte Czarnowske mit Sicherheit nicht überzeugt, seine Ermittlungen einzustellen. Oder wenigstens mich als Verdächtigen zu streichen.

»Wissen Sie, Dr. Hoffmann, was mein Problem ist?«

Diesmal hielt ich den Mund.

»Mein Problem ist, dass die einzigen Leute, die Ihre Angaben bestätigen könnten, dazu nicht in der Lage sind. Einer sicher infolge eines Verbrechens, möglicherweise aber auch beide.«

31

Verdächtigte mich Czarnowske tatsächlich? Und, wenn ja, welchen Verbrechens? Dass ich unseren Chefarzt über den Haufen gefahren hatte, um selbst endlich Chefarzt zu werden? Dass ich auf Wurm geschossen hätte? Warum auch das noch?

»Weil Czarnowske weiter zu Wurm ermittelt hat«, spekulierte Celine. »Und inzwischen ist er zum Beispiel auf die Albaner gestoßen. Also vermutet er das Naheliegende, Drogengeschäfte. Und zu Drogen passt vielleicht ein Arzt, der diesen Drogengeschäften irgendwie einen halbwegs legalen Anstrich geben kann. Oder er hat ermittelt, wie Wurm an seine Niere gekommen ist. Und natürlich hat er inzwischen mitbekommen, dass du der Transplantations-Koordinator in der Humana-Klinik bist. Passt schon wieder. Irgendwie machst du groß mit in Sachen Beschaffung und Verkauf von Organen.«

»Aber selbst Czarnowske dürfte klar sein, wenn er wirklich in diese Richtung denken sollte, dass das alles nur Vermutungen sind, Spekulationen.«

»Das mag sein. Aber versetz dich mal in seine Lage, Felix: Ob er den verdächtigen Unfall von Kleinweg untersucht, den Schuss auf Wurm, den toten Patienten unter falschem Namen – immer stößt er auf Dr. Hoffmann. Du bist seine Verbindung in den Fällen. Er kann dir nichts beweisen – er denkt wahrscheinlich ›noch nicht‹ –, aber für ihn dürfte es schwer sein, an einen Zufall zu glauben.«

Haben die bei der Polizei, fragte ich mich, wirklich so eine Pinwand wie im TV-Krimi mit Fotos aller irgendwie aufgetauchten Namen in einem Fall, die sie untereinander verbinden? Wenn sich dann alle Linien bei Dr. Hoffmann trafen, konnte ich nur hoffen, sie hatten wenigstens ein anständiges Foto von mir.

»Wie auch immer, mein Lieber. Du bist diesen Czarnowske sicher noch lange nicht los.«

Damit hatte Celine natürlich richtig gelegen. Kommissar Czarnowske ist kein Inspektor Columbo mit genialen Geistesblitzen. Aber das kompensiert er mehr als genug durch Gründlichkeit und Sturheit. Bei unserer nächsten Plauderei kam er mit einer Frage, die mich vollkommen unerwartet traf. Und fast von den Socken haute.

»Kennen Sie eine Frau Bergkamp?«

Verdammt, wie kam plötzlich Celine ins Spiel?

»Warum wollen Sie das wissen?«

»Wären Sie so freundlich, meine Frage zu beantworten?«

»Ich sehe nicht ein, was Sie mein Privatleben angeht.«

»Also kennen Sie Celine Bergkamp.«

»Großer Gott, ja. Sie ist eine Freundin. Und wenn Sie es genau wissen wollen: eine sehr gute Freundin.«

Czarnowske nickte. Natürlich hatte er das längst irgendwie ermittelt, war ja auch kein Geheimnis. Aber nun zeigte sich, wie gründlich er seine Fälle bearbeitete. Oder war ihm irgendein blöder Zufall zu Hilfe gekommen?

»Sehen Sie, Dr. Hoffmann, es gibt da einen eigenartigen Umstand. Es geht um die Nacht, in der auf Friedrich Wurm geschossen wurde.« Czarnowske öffnete ein kleines Notizbuch, obgleich ich sicher war, dass er die relevanten Daten im Kopf hatte. Hatte wahrscheinlich was mit Verhörmethodik und Psychologie zu tun. »Also«, fuhr er fort, »der Anschlag fand vor dem Wirtshaus zur Pfaueninsel statt, direkt gegenüber der Insel. Auf der anderen Seite der Pfaueninsel, im Norden, liegt Kladow. Das wissen Sie sicher.«

Czarnowske schaute von seinem Notizbuch auf, aber ich ließ ihn im Unklaren über meine geografischen Kenntnisse. Also blätterte er eine Seite weiter.

»Nun kommt das Eigenartige. In dieser Nacht, kurz nach Mitternacht, wurde aus Kladow bei der Polizei angerufen.

Und zwar aus dem Peter-Faber-Haus, einem Ordenshaus der Jesuiten. Man meldete, dass dort jemand durch den Park schleiche, ein Mann. Nun wissen Sie sicher, wie viele Polizeidienststellen in den letzten Jahren wegrationalisiert wurden. Für Kladow ist jetzt Spandau zuständig, der Abschnitt 23 in der Schmidt-Knobelsdorf-Straße, über zehn Kilometer entfernt vom Peter-Faber-Haus. Was dazu führte, dass, als die Kollegen dort eintrafen, der Mann verschwunden war.«

Czarnowske machte erneut eine Pause, wartete, ob ich etwas zu sagen hätte. Aber so dumm war selbst ich nicht. Also warf er mir den nächsten Brocken vor die Füße.

»Am Morgen riefen die Mönche noch einmal bei unserer Dienststelle in Spandau an. Sie meldeten, dass jemand ein Ruderboot, das ihnen nicht gehöre, an ihrem Steg festgemacht hätte.«

Nächste Pause, nächster Brocken.

»Nun ist der Diebstahl eines Ruderbootes keine so große Sache, wird nicht in eine Fahndungsdatei aufgenommen. Deshalb dauerte es ein wenig, bis wir auf eine Diebstahlsmeldung von der Pfaueninsel stießen, von wo ein Ruderboot genau in dieser Nacht verschwunden war. Die Pfaueninsel fällt nämlich nicht in die Zuständigkeit der Kollegen in Spandau. Die Pfaueninsel macht Zehlendorf, Abschnitt 43, Alemannenstraße.«

Ich denke, mit seiner umständlichen Erzählweise und den unwichtigen Einzelheiten wie Straßennamen und Nummern der Polizeiabschnitte wollte Czarnowskes nur meine Konzentration schwächen. Ganz so, wie ein Zauberer die Aufmerksamkeit seines Publikums ablenkt. Auch wenn ich, wie ich meinte, seine Taktik durchschaute, hatte ich doch einen Moment gehofft, er hätte über all die Details Celine vergessen. Hatte er natürlich nicht.

»Jetzt fragen Sie sich sicherlich, weshalb ich Ihnen das erzähle und warum ich Sie nach Celine Bergkamp gefragt habe.«

Klar fragte ich mich das. Trotzdem versuchte ich weiter, ein überzeugendes Pokerface zu bieten.

»Ja, wie gesagt: Als unsere Beamten im Peter-Faber-Haus eintrafen, war der Mann aus dem Park verschwunden. Also fuhren die Kollegen ein wenig in der Gegend herum, um ihn vielleicht irgendwo in der Umgebung zu entdecken. Die Chancen standen nicht schlecht. Wie Sie sicher wissen, ist in einem Vorort wie Kladow nach Mitternacht kaum jemand unterwegs, weder zu Fuß noch im Auto. Aber sie fanden den Mann nicht. Allerdings fiel ihnen ein Auto auf, ein hellblauer Toyota. Leider haben wir ziemlich strenge Vorschriften in Deutschland, was Verdachtskontrollen angeht, also konnten die Kollegen diesen Toyota nicht einfach anhalten. Zumal sie nur eine Person im Wagen sahen, am Steuer, und das war eine Frau.«

Manchmal belohnt das Leben gute Taten sogar. In diesem Falle, dass ich nach dem Umzug endlich das Rücklicht an Celines Toyota repariert hatte. Und manchmal wird auch Vorsicht belohnt – nämlich dass ich Celine von einer Wettfahrt mit der Polizei abgehalten hatte. Stolz über meine gute Tat und gute Voraussicht machten mich mutig. Selbst wenn Czarnowske schon wusste, dass Celine einen hellblauen Toyota fuhr – wie wollte er beweisen, dass seine Kollegen ausgerechnet ihren Toyota gesehen hatten? Ich lachte.

»Und die Fahrerin haben Sie als Frau Bergkamp identifiziert?!«

»Nein, haben wir noch nicht.«

Na siehste, Superbulle. Werdet ihr auch nicht. Alles nur heiße Luft. Dachte ich wenigstens.

»Aber die Kollegen haben das Nummernschild dieses Toyotas notiert. Der Wagen ist auf Frau Bergkamp zugelassen.«

Scheiße, Scheiße, Scheiße! Es sind also tatsächlich blöde Kleinigkeiten, die das perfekte Verbrechen so schwierig machen. Und dabei hatte ich, einmal abgesehen vom vorübergehenden Ausleihen eines Ruderbootes, in dieser Nacht noch nicht einmal ein Verbrechen begangen!

Das sah Czarnowske wohl anders. Noch zwei Punkte warteten im Moment in seinem Puzzle auf Einordnung an der richtigen Stelle. Er wollte wissen, ob ich mir erklären könne, warum der Notarzt Wurm am Wirtshaus zur Pfaueninsel professionell erstversorgt gefunden hatte. Außerdem hätte ich ihm verschwiegen, dass ich in der Nacht, als der falsche Wurm, also Pollok, gestorben war, nicht im Flugzeug nach Mallorca und erst recht nicht schon auf Mallorca gewesen sei, sondern immer noch auf dem Flughafen Tegel in Berlin.

Kein Zweifel, Hauptkommissar Czarnowske war tatsächlich ein gründlicher Ermittler.

32

»Also sprechen wir hier über Mord, zumindest Mordversuch.
Da sollten Sie sich wenigstens auf eine Haussuchung vorbereiten.«

Wir saßen bei Luigi, immer noch Celines Lieblings-Italiener.
Luigi lässt sie sogar die ökologisch höchst bedenklichen gas-
betriebenen Heizpilze durchgehen, die uns erlaubten, an diesem späten Abend Anfang Mai noch auf seiner Terrasse zu sitzen. Celine hatte ihren Amnesty/ProAsyl/Attac-Rechtsanwalt
Burghardt mit dem Versprechen auf »überirdisch gute Pasta«
hergelockt. Sicher gehörte Burghardt zu den vielen Leuten,
die Celine sowieso kaum einen Wunsch abschlagen können.
Wenn Burghardt nicht pro bono für Celine und ihre Freunde
arbeitet, ist er einer der bestverdienenden Promi-Rechts-
anwälte und Strafverteidiger in Berlin. Heute Abend arbeitete
er sozusagen für Naturalien. Ich konnte nur hoffen, dass seine
juristischen Kenntnisse genauso gut wären wie sein Appetit.
Nach einer guten Portion Taglierini mit Wintertrüffeln, die
Celine und mich vollkommen gesättigt hatte, und einer Wolfs-
barsch-Lasagne als Zwischengang, auf die wir beide dankend
verzichtet hatten, stimmte er Celine zu. Ja, Luigis Pasta wäre
wirklich großartig – nun wäre er gespannt, ob seine Medail-
lons vom Hirschfilet mit Morcheln auch so lecker wären.

Celine hatte auf Kriegsrat mit Burghardt bestanden, nachdem, wie zu erwarten, Czarnowske gestern »auf ein paar kurze Fragen« bei ihr aufgetaucht war. Ja, hatte sie ihm bestätigt,
sie besitze einen hellblauen Toyota, und ja, das sei ihr Kenn-
zeichen. Ebenfalls ja, es sei schon möglich, dass sie in jener
Nacht in Kladow herumgefahren sei, ganz genau könne sie
sich da nicht erinnern, sie führe kein Fahrtenbuch. Und nein,
der Grund für diesen Ausflug ginge Czarnowske nichts an,
aber sie sage es ihm trotzdem. Sie mache solche Fahrten durch

die Nacht öfter. Um den Kopf freizubekommen, wenn der Tag anstrengend gewesen sei. Und ja, was den verspäteten Mallorcaflug angehe, hätte Dr. Hoffmann die gesamte Nacht mit ihr auf dem Terminal verbracht.

»Ich denke, dass die Polizei dich in Ruhe lassen wird. Vorerst wenigstens«, meinte Fachmann Burghardt. Celine hätte alles richtig gemacht. Was mich betraf, behauptete er zwar nicht das Gegenteil, sprach es zumindest nicht aus, aber blieb dabei – ich solle mich lieber auf eine Haussuchung vorbereiten.

»Ich kann ja nachvollziehen, dass es Czarnowske auffällt, wenn ich immer wieder in seinen Ermittlungen auftauche. Nur, wie will er einen Ermittlungsrichter von mir als Tatverdächtigen überzeugen?«

Es schien Burghardt nicht zu stören, dass an unserem Tisch allein er noch mit Essen beschäftigt war, ebenso wenig, dass er dabei neben kauen auf meine Fragen eingehen musste.

»Muss er nicht, Dr. Hoffmann. Er braucht dem Richter keinen hinreichenden Tatverdacht gegen Sie zu präsentieren. Eine Haussuchung bei Ihnen wäre erst einmal nur eine Durchsuchung bei einer sogenannten ›anderen Person‹, also nicht beim Täter oder Tatverdächtigen. Die kann erfolgen, wenn aufgrund von bewiesenen Tatsachen die Annahme gerechtfertigt ist, dass die Durchsuchung zum Auffinden bestimmter Beweismittel führen wird. Paragraf 103 Strafprozessordnung.«

Das liebe ich so an Juristen, ihr eingepauktes Paragrafenwissen. Manchmal fürchte ich, dass die »evidenzbasierte Medizin« bei allen ihren Vorteilen uns Ärzte am Ende zu ähnlichen Merksatz-Automaten machen wird.

»Also, Sie meinen, die Kripo würde eine Durchsuchung bei mir genehmigt bekommen.«

Celines Anwaltsfreund legte einen Moment das Besteck beiseite, beugte sich zu mir über den Tisch. Hatte ich auch eine so starke Knoblauchfahne?

»Herr Hoffmann. In Deutschland sind schon Wohnungen wegen Falschparker-Bußgeldern in Höhe von fünfzehn Euro durchsucht worden. Legal! Mit richterlichem Beschluss!«

Spätestens jetzt hatte der Anwaltsfreund meine volle Aufmerksamkeit.

»Und wie bereitet man sich auf eine Haussuchung vor?«

»Durch scharfes Nachdenken. Gibt es irgendetwas in Ihrer Wohnung, das kleinste Fitzelchen, das Sie weiter mit dem Unfall Ihres Chefarztes oder den Schüssen auf diesen Baulöwen in Verbindung bringt? Vergessen Sie dabei nicht Ihren Laptop, Ihren Tablet-PC, Nummern und SMS-Nachrichten auf Handy oder Smartphone. Löschen Sie großzügig. Aber löschen Sie nicht alles, das wäre wieder ein Verdachtsmoment.«

Erneut unterbrach der Rechtsanwaltsfreund seine Arbeit am Filetto di cervo con spugnole und brachte jetzt das Messer gegen mich in Anschlag. »Und, nicht zu vergessen: Wir sind hier nicht in den USA. Zufallsfunde, die auf andere Straftaten hinweisen als die, der die Genehmigung der Durchsuchung zugrunde liegen, können gemäß Paragraf 108 Strafprozessordnung auch beschlagnahmt und gegen Sie verwandt werden. Sogar wenn die Durchsuchung selbst rechtswidrig gewesen sein sollte.«

Burghardt hörte auf, mich mit dem Steakmesser zu bedrohen. »Also finden Sie Ihre Leichen im Keller und entsorgen Sie die. Sie verstehen schon, auch der Fund eines Nummernkontos in Liechtenstein würde den Kommissar erfreuen. Zumal wenn es sonst nichts bei Ihnen zu finden gibt. Bisher wenigstens kann er nicht viel gegen Sie in der Hand haben, sonst hätte er Sie schon längst zum Verhör in sein Kommissariat einbestellt und würde sich nicht zu Ihnen in die Klinik bemühen. In seinem Kommissariat hätte er Heimvorteil.«

Rechtsanwälte gehen offenbar davon aus, dass jeder Mensch irgendwelche Leichen im Keller hat. Ich versprach, Wohnung und Keller tief umzugraben, und zwar mindestens so tief, wie Czarnowske das eventuell tun würde.

Schließlich war auch Burghardt ausreichend gesättigt, wobei Celine und ich ihm wenigstens bei der abschließenden Fantasia di dolce della casa wieder Gesellschaft leisteten. Zum Abschied bekam Celine eine kleine Schachtel italienisches Konfekt von Luigi, »damit Sie auch zu Hause an mich denken, mia bella«, ich die Rechnung. Eine Anwaltsstunde wäre wahrscheinlich günstiger gewesen. Aber da letztlich der Staat mir dieses Beratungsdinner eingebrockt hatte, würde ich es wenigstens als berufsbedingte Ausgabe von der Steuer absetzen.

Auf dem Heimweg dachte ich an die einzige Leiche im Keller, die ich hatte. Von der wusste nicht einmal Celine, und sie war tief vergraben. Aber weder in meiner Wohnung noch in meinem Keller.

Selbstverständlich ist es prinzipiell von Vorteil, vor einer womöglich drohenden Unannehmlichkeit gewarnt zu sein. Andererseits, lästig war die Erwartung einer Haussuchung schon. Sie behinderte mich nicht wirklich bei meiner Arbeit, doch war da jetzt fast ständig so ein Grummeln im Bauch, wie früher vor Weihnachten oder einer Klassenarbeit. Eigenartig, es ist dasselbe Grummeln, offenbar wird erst auf einer anderen Ebene entschieden, ob es ein positives oder negatives Grummeln ist. Aktuell war es eindeutig ein negatives Grummeln.

Zur Ablenkung begleitete ich wieder einmal Marlies bei einer Visite. Ich wusste, dass sie alles gut im Griff hatte, brauchte aber einfach sowohl die Ablenkung wie auch eine Abwechslung von meiner Schreibtischarbeit. Das jedenfalls stand fest: Selbst wenn Kleinweg es nicht packen sollte, ich wenigstens würde mich nie um die Chefarzt-Position drängeln.

»Wo ist eigentlich unser Herr Schlosser? Sind wir den tatsächlich nach Hause los geworden?«, wunderte ich mich während unserer Prozession durch die Krankenzimmer.

»Nicht nach Hause. Der liegt jetzt bei den Traumatologen.«

»Ach du Scheiße! Ist er bei uns die Treppe runtergefallen?« Das würde eine Menge zusätzlichen Papierkram bedeuten.

»Nein, Gott sei Dank. Der hat die Knochenschrauber überzeugt, dass er neue Kniegelenke braucht. Die soll er heute bekommen.«

Das ist das Schöne an unserem Gesundheitssystem. Es enthebt seine Nutznießer jeder Mitverantwortung. Auch die Traumatologen wussten natürlich, dass zwanzig Kilo abnehmen Schlossers überlasteten Kniegelenken mindestens ebenso gut geholfen hätte und – wenn es denn trotzdem sein musste –

sicher auch den Prothesen. Aber selbst wenn unsere Kollegen gesagt hätten: »Gerne, Herr Schlosser, machen wir, sobald Sie zwanzig Kilo abgenommen haben«, hätte der Patient schnell eine andere Klinik gefunden, denn die Operation wird gut bezahlt.

Nett hingegen war der Besuch bei Frau Schulz, der ich leichtfertig »keine Komplikationen« beim Herzkatheter versprochen hatte. Frau Schulz stand heute zur Entlassung an, wartete nur noch, um sich bei uns zu bedanken. An den größten Teil der Untersuchung und all die lebensgefährlichen Komplikationen dabei hatte sie weiterhin keine Erinnerung. Und, mindestens ebenso wichtig, sie hatte keine Schäden davongetragen.

»Ich wundere mich nur über die beiden roten Flecken auf der Brust. Die haben die anderen Patienten nach dem Herzkatheter nicht.«

Die waren von dem mit etwas zu viel Hektik und zu wenig schützender Paste durchgeführtem Elektroschock.

»Die sind in ein paar Tagen verschwunden«, beruhigte sie Marlies.

Kaum waren wir mit der Visite durch, meldete es sich wieder, das Grummeln. Gab es doch eine Leiche bei mir zu Hause, die ich finden sollte, bevor Czarnowske sie entdeckte? Was war mit Burghardts »Zufallsfunden«? Für ein Nummernkonto in der Schweiz oder sonst wo reichte mein Einkommen nicht. Die schöne grüne Trainingshose und das schwarze Jackett von der Insel hatte ich gestern in einen Altkleidercontainer vom Roten Kreuz geworfen. Am Nachmittag, ich sprach mit Frau Wurm am Bett ihres Mannes, fiel mir doch noch etwas ein, das ich unbedingt loswerden musste.

Als ich nach Hause kam, parkte ich mein Rad erst einmal im gemeinschaftlichen Fahrradkeller zwischen. Ich schaute auf die Uhr: kurz nach neun. Burghardt hatte mir noch gesagt, dass Haussuchungen in der Nacht unzulässig sind – wobei man wissen muss, dass »nach Paragraph 104 Absatz 3 Strafprozessordnung« von April bis September die Nacht schon um vier Uhr morgens vorbei ist. Was stimmte, regelmäßig wachte ich jetzt gegen vier Uhr auf.

Es war nicht vier Uhr morgens, als Czarnowske mit seinem Stoßtrupp bei mir erschien. Es war sechs Uhr. Aber es war fast halb acht, bis er mit seiner Durchsuchung bei mir beginnen konnte. Sorgfältig vorbereitet, wie ich war, durften mir die Herrschaften vorerst nur ihren Durchsuchungsbeschluss präsentieren, den ich in aller Ruhe durchging. So lange mussten sie schon einmal vor der Tür warten.

Konnten sich alle als Polizisten ausweisen? Konnten sie. War im Durchsuchungsbeschluss der Grund für die Durchsuchung ausreichend begründet? Ja, »aufgrund von bewiesenen Tatsachen« war laut Gericht die Annahme gerechtfertigt, dass die Durchsuchung »zum Auffinden bestimmter Beweismittel im Zusammenhang mit dem Tötungsversuch an Wurm, Friedrich« führen würde. War genau aufgeführt, wo sie suchen durften? Ja: »Wohnräume und zugehörige Boden- und/oder Kellerräume und Fahrzeug/Fahrzeuge des Wohnungsinhabers«. War der Durchsuchungsbeschluss noch gültig? Ja, erst gestern ausgefertigt und unterschrieben und ja, von einer Richterin, komplett mit Dienstsiegel. So weit, so in Ordnung.

»Können wir jetzt endlich hereinkommen?« Inzwischen war es viertel nach sechs.

»Einen Moment noch, Herr Czarnowske. Wo ist der Gemeindebeamte, beziehungsweise die »zwei Mitglieder der Gemeinde, in deren Bezirk die Durchsuchung erfolgt«, die Sie als Zeugen hinzuziehen sollen? Sie wissen schon, Paragraf 105 Strafprozessordnung?«

Leichte Ungeduld in Czarnowskes Stimme. »Paragraf 105 Strafprozessordnung sagt nicht, dass solche Leute bei einer Durchsuchung in jedem Fall anwesend sein müssen, Dr. Hoffmann.«

»Er sagt, »wenn möglich« sollen sie dabei sein. Würden Sie sagen, das ist nicht möglich?«

Czarnowske seufzte, nickte einem seiner Leute zu. Der machte ein Gesicht wie »Habe ich Ihnen doch gleich gesagt« und griff zu seinem Handy. Da ich kein Unmensch bin, bat ich Czarnowske und seine Leute jetzt trotzdem schon einmal herein. Sie durften sich in der Küche hinsetzen, aber noch nichts durchsuchen. Ich warf die Kaffeemaschine an – aber nur für mich.

Wie gesagt, es dauerte bis halb acht, ehe die Polizei mit ihrer Durchsuchung beginnen konnte. Bei dem endlich eingetroffenen »Gemeindebeamten« handelte sich um den im Bezirk zuständigen Gerichtsvollzieher.

»Ist doch auch zu Ihrem Schutz«, beruhigte ich Czarnowske, »der soll Sie nicht zuletzt vor ungerechtfertigten Beschuldigungen von mir schützen.«

Ich muss zugeben, dass sich die Beamten trotz meiner Verzögerungstaktik recht ordentlich benahmen, jedenfalls kein mutwilliges Chaos anrichteten. Sie waren zwar gründlich, hatten aber mitbekommen, dass ich sie erwartet hatte und sie deshalb wahrscheinlich ohnehin nichts zutage fördern würden, nicht einmal einen Zufallsfund. Immerhin schienen sie technisch auf dem Stand der Zeit. Als sie mit ihrem Laptop mein Handy auslasen, war ich froh, gestern noch an Wurms Smartphone gedacht zu haben: Der Fahrradkeller stand nicht auf der Durchsuchungsliste. Als nächstes kopierten sie die Festplatte des PCs in meinem Arbeitszimmer.

»Ist ja nicht gerade das neueste Modell!«

Ich konnte nur bedauernd die Schultern heben. Es stimmte, ich gehöre nicht zu den Leuten, die jedes Jahr unbedingt den neuesten IT-Gimmick haben müssen. Aber ganz so alt wie den PC, den sie gerade auslasen, war mein aktueller Laptop nun auch wieder nicht. Den hatte ich allerdings zu Marlies gebracht. Das war einfacher, als hunderte Dateien durchzugehen und eventuell die falschen zu löschen. Und sicherer, als ihn bei Celine zwischenzulagern. Wer weiß, ob Czarnowske sich nicht auch noch bei ihr umschauen wollte.

Wiederholt klingelte das Telefon. Ich ließ es klingeln. Eine weitere schlechte Nachricht würde ich heute Morgen nicht vertragen.

Abschließend marschierten wir in die Tiefgarage zu meinem Auto. Inzwischen hatten die Polizisten wohl kapiert, dass Dr. Hoffmann insgesamt nicht auf dem aktuellen technischen Stand war, und enthielten sich eines entsprechenden Kommentars, der bei meinem Golf gerechtfertigt gewesen wäre. Immerhin fotografierten sie die Wildschweinbeule von allen Seiten und nahmen sogar eine Farbprobe vom Lack. Der Durchsuchungsbefehl hatte sich auf »Tötungsversuch an Wurm, Friedrich« bezogen, von Kleinwegs Fahrradunfall war keine Rede gewesen. Aber wahrscheinlich waren sie durch den Paragrafen zum Zufallsfund gedeckt.

Gegen zehn Uhr schob der Stoßtrupp ab. Eher als Alibi, denke ich, nahmen sie ein paar Aktenordner mit: alte Rechnungen und Garantieerklärungen, mehr würden sie darin nicht finden. Getreu Burghardts Anweisung bestand ich trotzdem auf offizieller Beschlagnahme und Versieglung. Auf dem Weg zur Klinik ging ich die letzten Stunden im Geiste noch einmal durch und fand, dass ich keine Fehler gemacht hatte. Vielleicht hätte ich bei der Farbprobe vom Golf protestieren sollen, um die Kriminalisten damit erst recht auf die für mich ungefährlichere Spur zu drängen. Aber alles in allem kam ich mir ziemlich schlau vor.

Das änderte sich, als ich in der Humana-Klinik eintraf. War die Haussuchung bei mir nur ein geniales Ablenkungsmanöver gewesen, um mich von der Klinik fernzuhalten? Der schlaue Rechtanwalt Burghardt hatte nicht daran gedacht, dass die Polizei sich auch einen Durchsuchungsbeschluss für die »Diensträume des Dr. Felix Hoffmann in der Humana-Klinik« besorgen würde. Hatte sie aber, und hier war der Teufel los. Der Staatsanwalt war persönlich vor Ort. Ständig verfolgt von zwei Anwälten, die im Eiltempo aus der Hauptverwaltung unserer Konzernmutter in Marsch gesetzt worden waren, rannte er mit seinen Leuten zwischen meinem Stationszimmer und Kleinwegs Chefarztbüro hin und her. Klar, dass ich an allem schuld war.

»Da haben Sie uns aber was Schönes eingebrockt, Dr. Hoffmann«, zischten die Konzernanwälte. Gut dass ich sowieso beschlossen hatte, nie Chefarzt zu werden!

Ich flüchtete in die Stationsküche, wo ich auf Marlies traf. »Hast du dein Telefon vorhin nicht gehört?«, raunte sie mir zu.

»Du warst das?«

»Ja. Frau Krüger hat es ebenfalls versucht.«

»Danke dir, Marlies!« Ich behielt für mich, dass ihre Warnung die Durchsuchung in der Klinik auch nicht verhindert hätte.

Ich fand, dass genug Leute mit der Aktion Durchsuchung beschäftigt waren, ich eh daran nichts mehr ändern und die Zeit besser für meine eigentliche Arbeit nutzen könnte. Die beiden Patienten, denen ich gestern versprochen hatte, sie »gleich morgen früh« mit einem Herzschrittmacher zu versorgen, waren inzwischen ziemlich sauer. Ich sedierte sie ein wenig mehr als notwendig, damit sie wenigstens während des Eingriffs aufhörten, sich zu beschweren. Das gab mir Zeit zum Nachdenken, während ich die Schrittmacher einbaute. Bald hatten mich die schon ein paar hundertmal durchgeführten Handgriffe beruhigt. Ich machte mir klar, dass es auch bei dieser Durchsuchung um die Schüsse auf Wurm ging, und dass der Staatsanwalt auch hier nichts finden konnte, was mich damit in Zusammenhang bringen würde.

Den gesamten Tag verbarrikadierte ich mich gleichsam im Herzkatheterlabor, verbrachte die Zeit weiter mit dem Einbau von Schrittmachern, stellte den Blutfluss in Herzkranzgefäßen wieder her oder unterband unerwünschte elektrische Leitungsbahnen. Schließlich hörte ich, dass der Staatsanwalt und seine Leute abgezogen waren – und ich war immer noch ein freier Mann.

Als ich am Abend auf der Chirurgischen Intensivstation vorbeischaute, sah ich Hartmut im Gespräch mit Frau Wurm. Hartmut warf mir einen kurzen Blick zu, und ich erkannte, dass Frau Wurm weinte. Friedrich Wurm war tot.

34

Zwar war die Personalsituation in der Humana-Klinik weiterhin angespannt und es gab keinen aktiven Chefarzt Kleinweg, der mich erneut abkommandieren konnte. Trotzdem nahm ich an der kleinen Zeremonie auf dem Waldfriedhof teil. Für Frau Wurm, mehr aber noch, um auch für mich die ganze Angelegenheit zu einem Abschluss zu bringen.

Diesmal gab es keine Zusammenkunft der Berliner Baulöwen und Immobilenspekulanten beziehungsweise deren zweiter Garnitur. Frau Wurm hatte mir die beiden Frauen, die gemeinsam mit ihr die gesamte Trauergemeinde bildeten, vorgestellt. Ich weiß nicht mehr genau, Schwestern oder Cousinen, Familie jedenfalls. Daneben gab es nur noch einen Friedhofsangestellten, der mit professioneller Miene die Urne in den Händen hielt, und einen konfessionell ungebundenen Trauerredner. Mit dem Beistand der Kirche war Friedrich Wurm ja schon am selben Ort vor nun fast zwei Monaten beigesetzt worden.

Nicht einmal Kommissar Czarnowske war erschienen. Wenigstens hatte er inzwischen den »Fall Kleinweg« abschließen können – der Unfallfahrer hatte sich, geplagt von schlechtem Gewissen und in Begleitung seines Rechtsanwalts, gestellt. Obgleich er keinen BMW fuhr, sondern einen Honda Legend, grün, nicht dunkelblau. Er war nie Patient von Kleinweg oder überhaupt unserer Klinik gewesen, auch private oder familiäre Kontakte zu unserem Chefarzt konnte Czarnowske nicht ermitteln. Ebenso wenig zu mir, sicher noch enttäuschender für ihn. Immerhin aber konnte er dem Unfallflüchter über die beim Provider gespeicherten Daten nachweisen, dass er zum Zeitpunkt des Unfalls über sein Handy telefoniert hatte.

War der Kommissar jetzt mit einem neuen Fall beschäftigt? Oder versuchte er in seinem Büro, einen neuen Ansatz im Fall

Wurm zu finden? Da war doch einiges, was er noch ermitteln könnte. Zum Beispiel mehr zu der Verbindung von Wurm zu Kleinweg. Er wusste zwar, dass Kleinweg Wurms Gärtner und Hausmeister unter falschem Namen behandelt hatte, aber warum sollte sich die Mordkommission für eventuelle Schwarzarbeit und einen kleinen Betrug zu Lasten der Krankenversicherung interessieren? Vielleicht hätte Czarnowske ein wenig mehr nachgehakt, hätte er von Kleinwegs Verschiebung von Polloks Todesdatum gewusst.

Ich hingegen war inzwischen noch einmal genau mit dieser Angelegenheit konfrontiert worden. Ich hatte ihn schon vollkommen vergessen, da tauchte am Tag vor der Beisetzung der diskrete Kundschafter wieder auf, der seinerzeit lediglich die Annahme erlaubt hatte, er käme von einer Lebensversicherungsgesellschaft, und auch nur über einen hypothetischen Patienten sprechen wollte. Er müsse mich nun leider noch einmal belästigen, da Professor Kleinweg, sein eigentlicher Ansprechpartner, ja aktuell nicht verfügbar wäre und ich ihn verträte. Ich möge ihm seine Geheimnistuerei damals nachsehen.

»Dabei ging es mir, ich glaube, ich hatte das erwähnt, um Ihre ärztliche Schweigepflicht. Formal entbindet der Versicherungsnehmer die behandelnden Ärzte zwar mit seiner Unterschrift von dieser Pflicht, aber es bleiben Grauzonen. Auch die einschlägigen Gerichtsurteile sind widersprüchlich. Trotzdem sind nähere Erkundigungen bei Lebensversicherungen in gewisser Höhe manchmal unabdingbar, zumal wenn, wie in diesem Fall, nicht einmal eine Stunde zwischen Todeszeitpunkt und abgelaufener Sperrfrist liegt.« Der Mann sprach tatsächlich so umständlich, aber immer grammatikalisch korrekt. »Und dann bestand noch die Möglichkeit, dass in diesem Fall eventuell eine Doppelversicherung vorliegt. Aber das hat sich inzwischen als Irrtum herausgestellt.«

Stimmt. Diese Annahme hatte ich verschuldet, weil sich

damals auch der Albaner-Chef als Repräsentant einer Lebensversicherung ausgegeben hatte.

»Wir haben inzwischen den Totenschein vom Standesamt, also dürfen wir bestätigen, dass es keine Unklarheiten mehr gibt bezüglich des Todes des Herrn Pollok und der termingerechten Wirksamkeit seiner Lebensversicherung.«

Der Mann tat so, als müsse ich mich über diese Nachricht freuen. Warum sollte ich? Bisher wusste ich nicht einmal, weshalb er noch einmal erschienen war, wenn doch alle Fragen geklärt und alle Zweifel ausgeräumt waren. Also fragte ich ihn danach.

»Na, Dr. Hoffmann, weil doch, wie gesagt, Professor Kleinweg aktuell nicht geschäftstüchtig ist und Sie ihn, so wurde ich jedenfalls unterrichtet, in seiner Position als Chefarzt vertreten.«

Und nun? Was hatte Kleinweg mit Polloks von Wurm bezahlter Lebensversicherung zu tun – außer dass er Polloks Tod offiziell um ein paar Minuten verschoben und wahrscheinlich vor einem Jahr dessen angebliche Gesundheit bestätigt hatte? Endlich ließ der Versicherungsmann die Bombe platzen.

»Und sehen Sie, in dieser Ihrer Position als geschäftsführender Chefarzt muss ich nun von Ihnen wissen, auf welches Konto wir die Auszahlungssumme überweisen sollen. Der Vertrag regelt explizit, dass die Begünstigte nicht die Humana-Klinik ist, sondern allein Ihre Innere Abteilung.«

Ich erinnerte mich, dass Kleinweg von 250.000 Euro für die Klinik aus dem Erbe von Wurm gesprochen hatte. Wieder einmal hatte Wurm einen Weg gefunden, uns ihm zu verpflichten, ohne dafür allzu viel Geld auf den Tisch zu legen – jedenfalls keine 250.000 Euro. Die Reichen sind wirklich unglaublich! Aber immerhin erfuhr ich gerade, dass Kleinweg mit der Verschiebung von Polloks Todeszeitpunkt nicht seinem Freund Wurm einen Gefallen getan hatte, sondern unserer Abteilung. Sein »Es ist für uns alle besser, wenn es bei diesem Todesdatum bleibt. Auch für Sie!« in der Kneipe neulich, das ich als Drohung verstanden hatte, war ein Plädoyer für die Interessen unserer Abteilung gewesen.

»Sie haben doch ein eigenes Konto?«

Klar habe ich ein eigenes Konto. Dem würden 250.000 Euro sogar ausgesprochen gut tun. Aber natürlich war ein Bankkonto der Inneren Abteilung gemeint. Ich versicherte dem Versicherungsmenschen, mich darum zu kümmern.

»Ja bitte, tun Sie das, Dr. Hoffmann, damit wir den Vorgang bald abschließen können.«

Vorerst nur im Geiste, tat ich Abbitte. Und war froh, mich in Kleinweg getäuscht zu haben. Der Trauerredner bemühte derweil die üblichen Gemeinplätze, die immer passen. Wahrscheinlich hatte er zwei, drei verschiedene Manuskripte, in die er jeweils nur den Namen des Verstorbenen einsetzen musste.

Diese Beisetzung war wirklich traurig. Nicht einmal die Albaner waren erschienen, um sich endgültig von Wurms Tod zu überzeugen. Auch kein Bruder diesmal, der mit einem zufriedenen Lächeln die Zeremonie beobachtete.

Sollte ich Czarnowske irgendwie auf die Spur der Albaner bringen? Aber wie? Oder würde ich damit Frau Wurm schaden? Und warum sollte ich der Polizei einen Gefallen tun? Ich wagte mir nicht vorzustellen, wo ich heute wäre, hätten Czarnowske und seine Leute nicht wenigstens eine echte Ermittlungspanne zu verantworten. Sie hatten zwar herausbekommen, dass ich erst seit kurzem eine Wohnung in einem Haus bewohnte, das Wurm gehört. Aber was bewies das? Sie hatten keine Korrespondenz oder Verträge mit Wurm bei mir gefunden, keine Waffen, keine Drogen, keine Telefonate mit ihm auf meinem Handy. Wobei sie aber böse gepatzt hatten, war der Zeitpunkt, zu dem Wurm als unbekannter Patient in die Klinik eingeliefert worden war. Sie waren so versessen auf seine Identifizierung, dass sie erst zwei Tage später daran dachten, sein blutiges Hemd zu asservieren, mit dem ich die

Wunde erstversorgt hatte. Sicher hätten sie auf dem ein paar Haare von mir finden können, auf jeden Fall genug für eine DNA-Bestimmung. Als ihnen zwei Tage später das Hemd einfiel, war das längst routinemäßig in der klinikeigenen Müllverbrennung gelandet. Ein Haar hätte einem Ermittlungsrichter wahrscheinlich gereicht, mich in Untersuchungshaft zu stecken. Schließlich war aus den Schüssen auf Wurm Mord geworden.

Vielleicht war ich gestern Abend sogar der Frage, warum Wurm nun wirklich und endgültig gestorben war, näher gekommen. Wie heißt es bei den Kriminalisten? Weißt du das Motiv, hast du den Täter. Ich hatte mich inzwischen informiert, dass Blutrache im Kosovo tatsächlich noch nicht aus der Mode gekommen war. Und dass auch der Islam an die körperliche Wiederauferstehung mit allen Einzelteilen glaubt. Aber ich hatte auch noch das Lachen der Albaner dazu im Ohr. Außerdem, darauf hatte schon Celine hingewiesen, hätten sie für die körperlich unversehrte Wiederauferstehung mindestens ihre Niere wieder mit nach Hause nehmen müssen.

Ich lag auf meiner Couch und versuchte, die unausgepackten Umzugskisten zu ignorieren. Als Hintergrundsberieselung zum Nichtstun lief im Fernseher die Spätausgabe der Berliner Abendschau. Wieder einmal wurde über eine Razzia an einer Berliner Großbaustelle berichtet. Zoll und Polizei waren in erheblicher Stärke angerückt und hatten entsprechend viele Schaulustige angelockt. Groß im Bild ein paar arme Teufel, denen man sogar Handschellen angelegt hatte. »Kosovo-Albaner ohne Papiere«, wusste der Reporter. Das zog meine Aufmerksamkeit auf sich, ich schaute genauer hin. Und da stand er, auf dem brandneuen Großbildgerät in full HD zweifelsfrei zu erkennen, mitten unter den Schaulustigen: mein parfümierter Albaner! Gleich neben ihm sein Cousin.

Inzwischen glaubte ich ebenso wenig an Zufälle wie mein Freund Kommissar Czarnowske. Wahrscheinlich hatten die

beiden einen Tipp bekommen, aber zu spät, um ihre Zwangs-
arbeiter rechtzeitig wegzuschaffen. Ich erinnerte mich an die
Kalkflecken auf den schwarzen Edeltretern, als der Albaner in
der Klinik aufgetaucht war. Celine dürfte wieder recht haben:
Die Verbindung von Wurm zu den Albanern war das Baugewerbe, nicht seine albanische Niere. Und diese Verbindung
dürfte tiefer gehen als die Lieferung von Zwangsarbeitern zu
Hungerlöhnen. Vielleicht war es wirklich so, dass hier Dro-
gen- und Woher-auch-immer-Geld mit Baubeton gewaschen
wurde, Wurm aber seine Partner nicht ausbezahlt hatte, sondern lieber von der Bildfläche verschwand – zumindest, bis er
diese Partner in irgendeinem Knast kaltgestellt wusste. Wahrscheinlich war das schon damals im Kosovo so gewesen, bei
dieser Geschichte mit der Brücke, von der er mir erzählt hatte.
Sicher war nur, dass der Schuss an der Havel nicht der erste in
der Berliner Bauszene war. Und dass Wurm mir an der Havel
einen tüchtigen Bären aufgebunden hatte, um an seine lebens-
notwendigen Medikamente zu kommen.

Ich angelte nach der Fernbedienung und stellte den Fernseher aus. Sollte sich doch Czarnowske darum kümmern. Mit
oder ohne Wurm und mit oder ohne meine beiden Albaner
bliebe das Baugewerbe eine Spielwiese für kriminelle Aktivitäten jeder Art.

Der Trauerredner faselte inzwischen irgendetwas von Schuld,
ohne die niemand durchs Leben gehen könne. Was hatte ihm
Frau Wurm über ihren Mann erzählt? Oder gehörte das auch
zu seiner Standardrede? Am Tod von Friedrich Wurm jedenfalls traf mich keine Schuld. Aber frei von Schuld, im juristischen Sinne wenigstens, war auch ich nicht.

Hatte Celine wirklich nicht bemerkt, dass ich sie in der
Nacht am Flughafen Tegel für eine Weile alleine gelassen hatte?

Epilog
31. März, Flughafen Tegel und Humana-Klinik, Berlin

»Dr. Hoffmann? Sind Sie das? Ich denke, Sie sitzen im Flieger nach Mallorca?«

Ich drehte das Licht in Polloks Krankenzimmer ein wenig höher.

»Der geht jetzt doch erst morgen früh.«

»Und da haben Sie nichts Besseres zu tun, als noch einmal nach einem ziemlich kranken Mann zu schauen?«

Ich hob die Schultern. Wir beide wussten, dass »ziemlich krank« stark untertrieben war. Pollok, den ich seinerzeit noch unter dem Namen Wurm kannte, würde sterben, sehr bald. Fast mit Sicherheit, bevor ich in zwei Wochen von Mallorca zurück war.

Da hatte ich also auf dem Flughafen Tegel gesessen, Celine um ihre Fähigkeit, überall und sofort zu schlafen, beneidet. Und mich bemitleidet wegen der unbequemen Stühle, der gestohlenen Lebenszeit und überhaupt. Irgendwann war mir klar geworden, wie lächerlich das war, allein schon, wenn ich an meine Patienten dachte. Die würden jederzeit ihr Krankenhausbett mit dem Plastikstuhl auf dem Flughafen tauschen. Und wie feige ich heute Abend gewesen war bei meinem letzten Besuch bei Wurm. Erst jetzt hatte ich verstanden, was er vorhin gemeint hatte, als er sagte, dass er sofort in die Schweiz fahren würde, könnte er noch reisen. Es war ihm nicht um einen letzten Blick auf schneebedeckte Berggipfel und saftige Almen gegangen, sondern um die Gesetzeslage dort bei aussichtslosen Fällen wie seinem.

»Jedenfalls ist es sehr nett von Ihnen, Dr. Hoffmann, dass Sie gekommen sind.«

Natürlich hatte ich auch ein wenig Angst gehabt vor einem dieser Gespräche über den Tod, warum gerade ich, warum jetzt schon und warum überhaupt. Aber meine Angst stellte sich als unbegründet heraus.

»Was werden Sie tun auf Mallorca?«

»Was man so tut im Urlaub. Ausschlafen, faulenzen, lange frühstücken. Und baden, hoffentlich. Im Mittelmeer oder im Pool, je nach Wetter.«

»Wollen Sie sich auch auf der Insel umschauen?«

»Nicht vorwiegend, aber sicher auch wieder ein wenig.«

»Kennen Sie die Gärten von Alfabia?«

Ich verneinte.

»Da müssen Sie hin. Ist auf dem Weg nach Soller. Diese Gärten haben die Araber angelegt, ein Flecken Traumland aus Pflanzen und Wasser.« Seinen Garten, meinte Wurm/Pollok, den werde er wirklich vermissen. »Und dann grüßen Sie dort die Blumen und Bäume von mir.«

Damals wunderte ich mich ein wenig, dass dieser Mann weder von seinen stadtbildprägenden Bauten sprach noch von seiner Frau. Dafür fragte er nach Celine. Ich gestand ihm die Wahrheit.

»Wissen Sie, da scheint es mir oft, ich wäre zumindest Teil-Autist. Dass ich sie lange nicht genug liebe …«

»Schon weil Sie das sagen, Dr. Hoffmann, glaube ich das nicht. Ich bin ja nur ein einfacher Mann, habe nicht viel gelesen. Aber bei dem, was ich gelesen habe, habe ich häufig gedacht, dass die Autoren ihre Mitmenschen manchmal ganz schön unter Druck setzen. Besonders, wenn es um die Liebe geht.«

Ich stand auf, vielleicht würde Celine ja doch aufwachen und meine Abwesenheit bemerken. Das wollte ich, wenn möglich, verhindern.

»Würden Sie, wenn Sie könnten, immer noch sofort in die Schweiz reisen?«

Wurm/Pollok nickte und blickte mir dabei direkt in die Augen.

Da rückte ich den Morphin-Tropf für ihn erreichbar an sein Bett. Warum hatte das eigentlich sein Bruder, den ich doch vorhin noch hier getroffen hatte, nicht für ihn getan? Offenbar ein Mensch, ging mir durch den Kopf, der es gewohnt war, dass andere seine Wünsche ausführen. Aber das musste ich leider in Kauf nehmen, wenn ich jetzt einem Menschen, der mir lieb geworden war, eine letzte Bitte erfüllte.

Zurück im Terminal des Flughafens, schlief Celine noch immer. Es gibt viel, was man an Celine bewundern kann: ihre Empathie für Mensch und Tier, die sogar Leute wie mich einschließt, ihre Intelligenz, ihre Entschlossenheit, wenn sie eine Sache als richtig erkannt hat. Ihre Fähigkeit, auf Wunsch an jedem Ort zu jeder Zeit einzuschlafen, ist jedoch das, worum ich sie am meisten beneide. Trotzdem weiß ich bis heute nicht, ob sie meine vorübergehende Abwesenheit wirklich nicht bemerkt hat. Bisher habe ich sie nicht gefragt. Es gibt Dinge, die man mit sich selbst ausmachen muss, glaube ich. Oder, auch als Agnostiker, doch mit Gott bespricht – zur Sicherheit wenigstens.

***

Nächstes Wochenende werden wir einen Ausflug auf die Pfaueninsel machen, gewürzt mit einem Einbruch in den Schuppen, wo sicher immer noch Wurms Jackett mit seinen Papieren hängt. Und meine schönen Bermudas. Das wird Celine Spaß machen – und Beweisstücke aus der Welt schaffen, an denen man doch noch ein paar Haare von mir finden könnte.

Ein paar kurze Erläuterungen

Namen und Handlung sind, soweit sie in Berlin spielen, selbstverständlich erfunden. Allerdings entspricht der Hinweis des Rechtsanwalts Burghardt, dass in Deutschland schon Haussuchungen wegen Falschparker-Bußgeldern in Höhe von fünfzehn Euro durchgeführt worden sind, den Tatsachen. Erfunden hingegen ist die Existenz einer Försterei auf der Pfaueninsel.

Anders verhält es sich mit der Geschichte um den Englischprofessor Luca im Kosovo. Luca selbst ist selbstverständlich eine fiktive Person, nicht aber fiktiv sind die von ihm geschilderten Zustände an der Universität Priština und an den albanischen Untergrunduniversitäten im Kosovo (siehe u. a. Interview mit dem UNO-Beauftragten Michael Daxner über den Wiederaufbau der Universität Priština im Uni-SPIEGEL 6/2000).

Weitaus schlimmer: Auch Lucas Erlebnisse während und nach dem Kosovokrieg von 1999 wie die handelnden Personen in diesem Drama sind nicht dem kranken Hirn des Autors entsprungen. Ramush Haradinaj, in der Zeit des gegenseitigen Mordens von Albanern und Serben im Kosovo Unterkommandant der »Befreiungsarmee des Kosovo« (UÇK), ist eine reale Person. Ob er sich seinen Spitznamen »die Hand Gottes« oder auch »die Faust Gottes« erst in dieser Zeit verdient hat oder schon als Türsteher im Schweizer Exil, ist umstritten. Neben seiner paramilitärischen Karriere, die er nicht nur dem Kampf gegen die Serben, sondern auch dem Kampf gegen die mit seiner UÇK rivalisierenden »Streitkräfte der Republik Kosovo« (FARK) widmete, ist er Chef eines der führenden Familienclans des Kosovo mit den branchenüblichen Geschäftsfeldern Menschenhandel, Waffen- und Drogenschmuggel, Schutzgelderpressung und Geschäften mit humanitären Hilfsgütern für die Bevölkerung. Als guter Freund nicht nur der Amerikaner (Sören Jessen-Petersen, UN-Sonderbeauftragter für den Kosovo: »*ein Freund und Partner*«) wurde er von der US-Army tatsächlich nach einer Schießerei mit einem rivalisierenden Clan (nach einigen Presseberichten ging es um Clan-Interessen, nach anderen um die von Haradinaj angeordnete Ermordung von Mitgliedern der FARK) Anfang Juli 2000 in ihr Militärlager Camp Bondsteel evakuiert und von dort zur US-Militärbasis Ramstein in Deutschland ausgeflogen, womit er dem Zugriff der UN-Polizei entzogen war.

Im Dezember 2004 wurde Ramush Haradinaj dann Premierminister des Kosovo. Dieses Amt musste er allerdings unter dem Druck der Anklage des Internationalen Strafgerichtshof für das ehemalige Jugoslawien (ICTY) aufgeben. Zu einer Verurteilung wegen Kriegsverbrechen und Verbrechen gegen die Menschlichkeit kam es bisher nicht: Zwei Mal wurde Haradinaj mangels Beweisen freigesprochen, da neun der zehn Zeugen der Anklage inzwischen einem nicht natürlichen Tod erlegen waren und der verbliebene Zeuge, der gerade ein Attentat überlebt hatte, seine Aussage zurückzog. Immerhin sollen nach einem Bericht des Schweizer Tagesanzeiger vom 27. Juli 2014 diese und andere Untaten der ehemaligen UÇK und ihrer Führer, heute die »politische Elite« des Kosovo, im Jahre 2015 erneut zur Anklage gebracht werden.

Gab es, neben den dokumentierten Verbrechen an Serben, Sinti, Roma und unliebsamen Albanern, tatsächlich einen von der UÇK organisierten Organhandel während des und nach dem Kosovokrieg? Nicht nur die ehemalige Chefanklägerin vor dem Haager Kriegsgerichtstribunal, Carla Del Ponte, ist davon überzeugt.

In entsprechenden Berichten taucht immer wieder das »gelbe Haus« in der Nähe der albanischen Stadt Burrel auf. Im Februar 2004 besuchte eine internationale Expertenkommission dieses Haus, das jedoch weiß gestrichen war – »schon immer«, wie die dort wohnende albanische Familie behauptete. Allerdings förderten die Ermittler unter dem weißen Anstrich schnell Überreste von gelber Farbe zutage und alte Fotos belegen einen früheren gelben Anstrich. In dem Haus selbst und in seiner unmittelbaren Nähe wurde für chirurgische Eingriffe geeignetes medizinisches Material wie Verbandsmull, Spritzen und Infusionsbeutel gefunden. Unter den Arzneiresten entdeckten die Ermittler eine Substanz zur Muskelentspannung, wie sie für die Narkose benutzt wird. In der Küche des Hauses konnte mit Luminol-Spray eine erhebliche Anzahl von Blutspuren nachgewiesen werden. Inzwischen hat der Bericht des Schweizer Europaratsabgeordneten Dick Marty an den Europarat vom 7. Januar 2011 (Dokument 12462) den Verdacht des Organhandels substanziell erhärtet.

In der Zusammenfassung heißt es: »*According to the information gathered, numerous concrete and convergent indications confirm that some Serbians and some Albanian Kosovars were held prisoner in secret places of detention under KLA [Kosovo Liberation Army = UÇK] control in northern Albania and were subjected to inhuman and degrading treatment, before ultimately disappearing. Numerous indications seem to confirm that ... organs were removed from some prisoners at a clinic on Albanian territory, near Fushë-Krujë, to be taken abroad for transplantation.*«

Bestätigt wurden diese Untersuchungsergebnisse von John Clint Williamson, der im Auftrag der Eulex (Rechtsstaatlichkeitsmission der EU im Kosovo) als Chefermittler der Special Investigative Task Force (SITF) im Juli 2014 »*schlüssige Hinweise*« für Organraub zur persönlichen Bereicherung und Machtanhäufung hochrangiger UÇK-Führer ermittelte (Pressemitteilung der SITF, 29. Juli 2014).

Aber wie konnten Gefangenentransporte unter den Augen der KFOR-Schutztruppe aus dem Kosovo nach Albanien gelangen? Einfach, sagt ein Bericht der UNMIK (United

Nations Interim Administration Mission in Kosovo) vom Oktober 2003, und zwar unter den Augen deutscher Soldaten an der Grenze bei Morina: *»Die Serben trugen bereits Handschellen und ihnen wurde gesagt, sie sollten leise sein, sonst würden sie auf der Stelle erschossen. Sie fuhren ohne Probleme über die Grenze. Sie hupten die Deutschen an und das war alles.«*

Auch die Gräueltaten der (serbischen) Frenkie Boys sind nicht meine Erfindung. Die Frenkie Boys benannten sich nach ihrem Anführer, Franko Simatovic, und bestanden aus Freiwilligen, denen es darum ging, mit einem Minimum an Aufwand ein Maximum an Angst zu verbreiten. Ein wenig davon erzählte ein gewisser Mirko dem Reporter der ZEIT (ZEIT vom 2. Dezember 1999):

Er selbst habe zwar nur albanische Männer und Frauen ermordet, *»Männer, Frauen, okay, aber keine Kinder«*, berichtete aber u. a. von seinem Freund Josip, *»wie er daneben stand, als Josip das Kind tötete. Josip und Mirko wussten nicht, wo es herkam, wussten nicht, wie es hieß, wussten nicht, wie alt es war. Aber das war egal, denn das Einzige, was Josip interessierte, sah er: Es war albanisch. Es war ein Schiptar. Mirko sah, wie Ekel seinen Freund Josip schüttelte. Etwas vom Hirn des Jungen hatte die Uniform beschmutzt. Josip nahm einen Lappen und versuchte, die graugelbe Masse abzureiben. Aber das Hirn ging nicht ab. ›Gottverdammte Scheiße‹, hörte Mirko seinen Kameraden Josip brüllen. Der versetzte dem Leib des toten Kindes einen Tritt. Dann nahm er die Leiche, verstaute sie in einem Koffer, drapierte sechs Handgranaten darum und verband sie durch eine Schnur mit dem Kofferschloss.«*

Ich bin weder Historiker noch Jurist oder gar Spezialist in Fragen des Kosovo. Mein persönlicher Eindruck aus den Recherchen zum Hintergrund dieses Buches ist jedoch, dass sich die moslemisch-albanische und die christlich-serbische Seite an Grausamkeit wenigstens qualitativ nicht wirklich unterschieden haben. Offenbar, das lehrt auch unsere deutsche Geschichte, ist unvorstellbare Grausamkeit ebenso eine menschliche Möglichkeit wie die Fähigkeit zu unbegrenzter Hilfsbereitschaft und Liebe.

Christoph Spielberg ist Facharzt für Innere Medizin und Herzspezialist. Er war viele Jahre Oberarzt an einem Berliner Universitätsklinikum, seitdem niedergelassener Kardiologe. Als Autor wurde er durch die in mehrere Sprachen übersetzten Kriminalromane um den Klinikarzt Dr. Felix Hoffmann bekannt. Spielberg erhielt u. a. den Friedrich-Glauser- und den Agatha-Christie-Preis. Er lebt und schreibt zurzeit in Berlin und an der Ostsee.

Bislang sind folgende Dr.-Hoffmann-Krimis erschienen (nur noch als E-Book zu beziehen): »Die Russische Spende«, »Denn wer zuletzt stirbt«, »Hundertundeine Nacht« und »Der vierte Tag«.

Ein schmutziger Job

Christoph Spielberg
Der Ein-Euro-Schnüffler
Ein Neukölln Krimi
9,95 €
ISBN 978-3-89809-536-5

Oskar Buscher bessert mit einem Ein-Euro-Job sein schmales Hartz-IV-Budget auf. Als er eines Nachts auf mehrere Hundeleichen in einem Müllcontainer stößt, ist er bald nicht mehr nur den harmlosen Kleinkriminellen des Bezirks auf der Spur, sondern gerät in die Fänge eines mafiös agierenden Clans ...

»Spielberg erzählt glaubwürdig und rasant.«
Berliner Zeitung

»Üb immer Treu und Redlichkeit ...«

Christine Anlauff
Der Fall Garnisonkirche
Ein Verloren-in-Potsdam-Krimi
9,95 €
ISBN 978-3-89809-537-2

Ein Sprengstoffanschlag zerstört den Turm der Potsdamer Garnisonkirche. Wenige Tage zuvor ist Justus Verloren ein Manuskript zugespielt worden, das den Hergang des Anschlags minutiös schildert! Justus geht der Sache nach – und verstrickt sich in einem Geflecht aus Hass, Eifersucht, Gier und Politik ...

»Temporeich, humorvoll und pointiert.«
Potsdamer Neueste Nachrichten

Gänsehaut in Friedrichshain

Krause & Winckelkopf
Warschauer
Ein Friedrichshain Krimi
9,95 €
ISBN 978-3-89809-535-8

Ein sechs Monate alter Junge verschwindet am helllichten Tag aus dem Auto seiner Mutter. Erst vor Kurzem wurde das Opfer einer anderen Kindesentführung tot aufgefunden. Treibt ein Serienmörder sein Unwesen in Berlin? Oder kommt der Täter diesmal aus dem Umfeld der Eltern, zwei Musikern der angesagten Band »Warschauer«? Ein Wettlauf mit der Zeit beginnt …

Mörderisches Prenzlauer Berg

Thomas Knauf
Berliner Weiße mit Schuss
Ein Prenzlauer Berg Krimi
9,95 €
ISBN 978-3-89809-527-3

Im Mauerpark wird eine Leiche gefunden. Schnell bestätigt sich die Vermutung, dass es sich bei dem Toten um einen Jugendlichen handelt, der in der Nacht des Mauerfalls spurlos verschwand. John Klein kommt einem dunklen Geheimnis auf die Spur, die bis ins Pankower Rathaus führt und bald weitere Tote fordert …

»Ein aktuelles Thema mit sehr gelungenem Lokalkolorit.«

ekz-Informationsdienst

Sándor Lehmanns erster Fall

Martin Keune
Black Bottom
9,95 €
ISBN 978-3-89809-528-0

Berlin, 1930. Bei einem Giftgasanschlag auf den legendären Tanzpalast »Femina« am Tauentzien sterben elf Menschen. Auch Kriminalkommissar Sándor Lehmann kommt nur knapp mit dem Leben davon – denn eben noch stand er inkognito als Jazzmusiker auf der Bühne ...

»Ein intensiver Einblick in die damalige Zeit und eine große Liebeserklärung an den Jazz.«
Stadt intern, Köln

Tödlicher Tanz

Gabriele Stave
Gefährliches Terrain
9,95 €
ISBN 978-3-89809-520-4

Berlin, Sommer 1923: Eine ausgelassene Landpartie zum Schützenfest ins märkische Rhunow wird durch den Tod eines Pianisten erschüttert. Ein Mord aus Eifersucht? Bei den Ermittlungen stößt Kriminalrat Eugen Ruben auf immer mehr Leichen und eine Mauer aus Schweigen ...

»Eine fesselnde Geschichte nach einem authentischen Kriminalfall aus der Weimarer Republik.«
literatur-report.de